HEIKE ABIDI

Noch immer Zeit zu lieben

Roman

 PENGUIN VERLAG

Penguin Random House Verlagsgruppe FSC® N001967

1. Auflage
Copyright © 2025 der Originalausgabe
by Heike Abidi und Penguin Verlag,
in der Penguin Random House Verlagsgruppe GmbH,
Neumarkter Straße 28, 81673 München
produktsicherheit@penguinrandomhouse.de
(Vorstehende Angaben sind zugleich
Pflichtinformationen nach GPSR)

Redaktion: Katharina Rottenbacher
Umschlaggestaltung: www.buerosued.de
Satz: Uhl + Massopust, Aalen
Druck und Bindung: GGP Media GmbH, Pößneck
Printed in Germany 2025
ISBN 978-3-328-11184-9
www.penguin-verlag.de

Kapitel 1

Momentaufnahmen

In dem Zimmer mit den Sprossenfenstern und dem Kachelofen herrscht furchtbares Chaos, und obwohl ich es selbst
verursacht habe, sitze ich völlig reglos im Schneidersitz
auf dem Boden. Inmitten der Pulloverstapel, der Schubla-
den voller Unterwäsche und der Bücherkisten bin ich in das
Fotoalbum versunken, das aufgeschlagen vor mir liegt.

Fotos sind meine Leidenschaft, doch selbst wenn es nicht so
wäre, würde mich diese eine Aufnahme in den Bann ziehen. Sie
zeigt ein etwa fünfjähriges Mädchen mit geflochtenen Zöpfen
und einem geringelten Kleidchen, das Hand in Hand mit seiner Mutter am Ufer des Neckars spazieren geht. Deren rot-
blonde Hochsteckfrisur, tiefgrüne Augen und zierliche Figur
könnten einen glauben lassen, ich selbst sei die Frau auf dem
Foto, so groß ist die Ähnlichkeit. Doch die rotstichigen Farben
des Abzugs und der altmodische Kleidungsstil verraten, dass es

in den Siebzigern aufgenommen wurde. Damals war ich noch ein Vorschulkind und meine Mutter in den besten Jahren. Sie war sogar deutlich jünger als ich heute, dennoch wirkt sie auf dem Bild wie meine Doppelgängerin. Es ist, als würde ich mich gleich zweifach wiedererkennen – als das Mädchen, das ich einmal war, und die Frau, zu der ich geworden bin.

Ich erinnere mich so gut an den Tag, an dem das Bild aufgenommen wurde. Es war ein Sonntag im Frühsommer, und wir kamen von einer Schiffsanlegestelle. An die Fahrt mit dem Ausflugsdampfer entsinne ich mich nur noch vage, wohl aber sehr genau an das Eis, das ich anschließend bekam. Meinen ersten Spaghettibecher. Meine Eltern tranken Eiskaffee, und ich bettelte so lange, bis ich davon probieren durfte, verzog dann aber nur angewidert das Gesicht, weil der Kaffee so bitter schmeckte.

Unfassbar, wie präsent das alles auf einmal wieder ist. Doch noch viel unwirklicher kommt es mir vor, dass ich nun nie wieder die Hand meiner Mutter halten werde. Dass sie gegangen ist, für immer. Und ich nun dabei bin, ihre Sachen auszuräumen.

»Wenn ich so weitermache, brauche ich dafür Jahre«, murmele ich, um mich selbst anzutreiben, und wische die Tränen weg, die mir schon wieder übers Gesicht laufen. Nach wie vor zieht sich mein Herz schmerzhaft zusammen, wenn mir die Endgültigkeit meines Verlustes bewusst wird. Vier Wochen sind vergangen, seit sie gestorben ist, doch mir kommt es vor wie ein Wimpernschlag. Kann man sich überhaupt jemals daran gewöhnen, dass ein geliebter Mensch nicht mehr da ist? Und will ich das überhaupt?

Ich klappe das Fotoalbum zu. Das werde ich mir irgendwann ganz in Ruhe ansehen. Jetzt gilt es erst einmal, die Schränke und Kommoden zu leeren, damit ich die Möbel abholen lassen und dann den Raum renovieren kann.

Doch das ist leichter gesagt als getan, denn jeder einzelne Gegenstand hängt voller Erinnerungen, und es gelingt mir einfach nicht, sie zu ignorieren.

Diese Handtasche zum Beispiel habe ich ihr zum fünfzigsten Geburtstag geschenkt. Sie ist aus Wildleder und hat lange Fransen. Eigentlich entsprach sie eher meinem damaligen Look und hat nie so richtig zum Kleidungsstil meiner Mutter gepasst. Trotzdem war sie jahrelang ihr täglicher Begleiter, und sogar als die Tasche ganz speckig und schäbig aussah und durch eine neue ersetzt wurde, hat sie sie aufbewahrt.

Nächstes Jahr werde ich selbst fünfzig, und außer meiner Freundin Olivia gibt es niemanden, der mir zu diesem Anlass etwas schenken wird. Und schon gar nichts, an dem mein Herz so sehr hängen wird wie das meiner Mutter an dieser Tasche. Nicht weil sie so außergewöhnlich schön war, sondern weil ich sie ausgesucht hatte.

Diese tiefe und reine Liebe, wie sie es nur zwischen Mutter und Kind gibt, die alles verzeiht und vollkommen uneigennützig ist, werde ich niemals erleben. Und auch sonst hat die Liebe mir nicht viel Glück gebracht im Leben.

Wäre Oscar noch da, ja, dann wäre gewiss alles anders gekommen. Wir hätten geheiratet, eine Familie gegründet, das ganze Programm. Wir wären glücklich miteinander geworden. Ganz zweifellos.

Aber Oscar ist tot. Und das hat alles verändert.

Überhaupt kommt mir mein ganzes Leben auf einmal vor wie eine Aneinanderreihung von Verlusten. Erst Oscar, dann mein Vater und jetzt meine Mutter.

Es sei eine Erlösung, haben sie gesagt, die Nachbarn und entfernten Verwandten, als sie mir am Grab kondolierten. Und ich habe mechanisch genickt. In den Jahren zuvor, als mir Mamas Alzheimererkrankung zuweilen den letzten Nerv raubte, habe ich mir selbst hin und wieder diesen Gedanken erlaubt. Dass der Tod eine Erlösung wäre. Für alle. Aber nun ...

»Demenz ist das Allerschlimmste«, hat Mama früher immer gesagt. In einem Ton, der ihre Überzeugung kundtat, dass sie selbst davon verschont bleiben würde. Bei den vielen Büchern, die sie las, und all den Kreuzworträtseln, die sie löste, war ihr Gehirn gewiss davor gefeit.

War es nicht. Als sie krank war, kam ihr dieser Satz nie mehr über die Lippen.

Demenz ist schlimm, aber nicht das Allerschlimmste. Mit fünfundzwanzig zu ertrinken, das ist schlimm. Oder mit noch nicht einmal sechzig an einem Schlaganfall zu sterben, obwohl man doch noch so viel vorhatte. Aber sanft ins Reich des Vergessens abzutauchen und sich darin immer mehr selbst aufzulösen, bis irgendwann gar nichts mehr von einem übrig bleibt, das ist gnädig.

Ich packe den Stapel Pullover in eine Kiste für das Sozialkaufhaus. Beste Qualität, alles noch in Topzustand. Auch die drei völlig identischen dunkelblauen Feinstrickpullis, die sich meine Mutter im Abstand von zwei Wochen im Versandhaus bestellt hat. Weil sie sich nicht mehr daran erinnerte, dass sie es schon getan hatte. Damit hat es angefangen – und mit dem angebrannten Sauerkraut. Es dauerte nicht lange, bis sie sich an kein einziges ihrer Lieblingsrezepte mehr erinnerte und anfing, sich ständig zu verlaufen. Auch in der näheren Umgebung, sogar in ihrem Zuhause.

Dass sie permanent nach Wörtern suchte und, wenn sie ihr nicht einfielen, einfach welche erfand, gehörte bald zum Alltag. Ich hatte zu dem Zeitpunkt schon meine eigene Wohnung aufgegeben und war zu ihr in das kleine Häuschen am Stadtrand von Heidelberg gezogen, das meine Großeltern in den Vierzigerjahren gebaut hatten.

Die letzten Jahre waren intensiv und anstrengend. Und am Schluss habe ich es auch nicht mehr allein geschafft. Aber gemeinsam mit Agnieszka, einer tüchtigen Pflegerin, ging es.

Schade, dass der Kontakt zu Agnieszka nach der Beerdigung ganz eingeschlafen ist. Sie hat längst ihre nächste Pflegestelle angetreten.

Agnieszka weiß, wie das Leben für sie weitergeht, trotz all der Verluste, die naturgemäß zu ihrem Berufsleben gehören.

Ich weiß es eigentlich auch. Ich werde das Haus renovieren. Ein Fotostudio und ein Büro einrichten. Ich werde meine Karriere vorantreiben. Mich um spannende Aufträge kümmern und nicht mehr nur von Schule zu Schule radeln, um Klassenfotos zu knipsen, oder mit der Kamera durch die Umgebung von Heidelberg wandern, um Naturaufnahmen für Heimatkalender zu machen.

Olivia hat mir zugeredet. »Das schaffst du, Isabel. Bald kommst du ganz groß raus!«

Ich selbst bin da weniger optimistisch. Olivia will mich

bloß aufmuntern. Außerdem ist sie meine Agentin, und da gehört es quasi zur Jobbeschreibung, dass sie ihre Künstlerinnen und Künstler bei Laune hält, ganz gleich, ob sie zufälligerweise auch eng mit ihr befreundet sind oder nicht.

Irgendwie fühle ich mich wie eine Hochstaplerin, wenn ich mich in Gedanken als Künstlerin bezeichne. Ich, Isabel Blum, neunundvierzig, alleinstehend, erfolglos.

Okay, vor einem Vierteljahrhundert habe ich Fotografie studiert, und ich war richtig gut. Aber dann kam das Leben dazwischen, und statt von einem spannenden Projekt zum nächsten um die Welt zu reisen, habe ich mich nach Oscars Tod in mein Schneckenhaus zurückgezogen.

Nachdem ich das Paket mit den Pullovern in die Garage verfrachtet habe, wo schon eine Reihe ähnlicher Kisten zum Abtransport bereitstehen, merke ich, wie erschöpft ich bin. Ich brauche eine Pause. Und einen Kaffee.

In der Küche sieht alles noch so aus wie in meiner Kindheit. Mein Vater hatte vor seinem Tod Modernisierungspläne geschmiedet, doch dazu ist er nicht mehr gekommen. Und so ist hier alles geblieben, wie es war. Die Küchenschränke mit Resopal-Front aus den Sechzigern stehen heute noch da, wo sie in meiner Erinnerung immer waren. Die Raufasertapete ist noch dieselbe. Nur der Herd wurde irgendwann um die Jahrtausendwende erneuert, und die Espressomaschine habe ich erst vor ein paar Jahren angeschafft.

Mit der Tasse in der Hand trete ich hinaus in das Gärtchen, auf das Mama immer so stolz war und das jetzt ziemlich verwildert ist. Wobei mir das eigentlich viel besser gefällt als Mamas akkurat angelegte Beete.

Ich setze mich auf die hölzerne Bank, die dringend einen Anstrich nötig hätte, weil die dunkelblaue Farbe immer mehr abblättert, und genieße die Nachmittagssonne. Der Juni war bisher recht kühl, heute ist der erste warme Tag. Bestimmt wird es bald so unerträglich heiß sein, dass ich mich nach dem durchwachsenen Frühsommer zurücksehnen werde. Ich vertrage die Hitze nicht sonderlich gut. Deshalb habe ich mich auch im Norden immer so wohlgefühlt, damals.

Ich gehe hinein und stelle meine Tasse in die Spüle. Dann mache ich weiter in dem Raum, der zuletzt Mamas Zimmer war. Ursprünglich war es einmal unser Esszimmer, aber dann brauchten wir ein Schlafzimmer für Agnieszka, also aßen wir von da ab in der Küche, und Mama wohnte hier, im schönsten Raum des Hauses. Sie sollte sich wohlfühlen. Und das tat sie.

Ich reiße einen großen blauen Müllsack von der Rolle und stopfe Mamas Unterwäsche hinein. Altmodische Slips, ausgeleierte BHs, häufig getragene Socken – das kann alles weg. Ein paar Nachthemden kommen auch zu dieser Kategorie, die besseren dagegen, die sie sich extra für eventuelle Krankenhausaufenthalte angeschafft hat, sind noch so gut wie neu. Ich gebe sie in eine weitere Kiste fürs Sozialkaufhaus. Dazu noch ein paar Blusen. Nicht neueste Mode, aber fast ungetragen. Mama gehörte noch zu der Generation, die Kleidung in »für jeden Tag« und »für gut« unterschied. Diese Seidenbluse beispielsweise fällt eindeutig unter die zweite Kategorie, und wenn ich mich recht erinnere, hat sie sie nur ein einziges Mal getragen, nämlich anlässlich ihres siebzigsten Geburtstags. Also vor neun Jahren. Damals stand das

Wort Alzheimer noch nicht im Raum, und dass sie immer öfter ihre Brille oder ihren Schlüssel an den unmöglichsten Stellen liegen ließ, nahm weder sie noch ich ernst. Rückblickend war es vielleicht ein erstes Symptom.

Ich will die Kommodenschublade schon schließen, da entdecke ich darin die Mappe mit den Porträts, die wir im vorletzten Winter aufgenommen haben. Damals habe ich sie fotografiert und sie mich. Das war vielleicht der schönste Tag, den wir je miteinander verbracht haben. Und auch wenn ihre Fotos unscharf sind und nie mein ganzes Gesicht zeigen, sondern immer nur Ausschnitte davon, erkenne ich darin die Liebe, mit der sie mich betrachtet hat. »Du lachst so schön, Isabel!«, hat sie gesagt. Das war das letzte Mal, dass sie meinen Namen nannte, bevor sie ihn endgültig vergaß.

Ich betrachte meine eigenen Aufnahmen. Die Frau auf dem Siebzigerjahrefoto, das ich vorhin in Händen hatte, ist fast nicht wiederzuerkennen. Die Krankheit hat sie völlig verändert. Doch es ist mir gelungen, ein paar Momente einzufangen, in denen ihre Augen so schalkhaft blitzten wie früher und in denen ihr Blick so klar war, als wüsste sie haargenau, was Sache war. Und dann ist da noch mein Lieblingsfoto. Sie schmiegt sich strahlend an eine Puppe und sieht so glücklich aus wie ein kleines Mädchen an Weihnachten – irgendwie alterslos und unbeschwert. Es war eine gute Idee von Agnieszka, ihr ein paar Kinderspielsachen zu besorgen.

Bevor ich dieses letzte Bild in die Mappe zurücklege, fotografiere ich es mit dem Handy ab, damit ich diese schöne Erinnerung immer bei mir trage. Auch wenn das gar nicht nötig ist, weil sie ohnehin in meinem Herzen bleibt.

Mein Handy vibriert und reißt mich aus meinen Gedanken.

»Olivia, wie schön, dass du dich meldest. Geht's dir gut?«

»Bestens«, erwidert meine Freundin, »und dir gleich auch. Denn – tadaaaaa: Ich habe einen Auftrag für dich! Isabel Blum, Sie wurden für eine lukrative Fotosession in einem internationalen Luxushotel gebucht. Ist das genial oder ist das genial?«

Das muss ein Scherz sein.

»Ernsthaft? Ich bin doch bloß eine Schul- und Kalenderfotografin.«

»Hallo? Im Job bin ich superseriös. Natürlich ernsthaft. Na, was sagst du? Sie waren von deiner Fotomappe mehr als begeistert. Es hat sich ausgezahlt, dass ich auf meiner Website deine besten Arbeiten präsentiert habe, nicht deine aktuellsten.«

Sie klingt ein kleines bisschen zu aufgedreht. Olivia war zwar schon immer lebhafter als ich, aber irgendetwas in ihrer Stimme sagt mir, dass da ein Haken an der Sache ist.

»Und wo steht das Luxushotel? Mitten in einem Kriegsgebiet? Oder in Saudi-Arabien, wo ich als Frau nur in Vollverschleierung arbeiten darf, wenn überhaupt? Oder in der Sahara, wo mich schon nach fünf Minuten der Hitzschlag trifft?«

»Dreimal nein«, sagt Olivia, aber ich höre ihr an, dass da noch etwas kommt. »Du darfst jetzt nicht durchdrehen, Isabel, aber das Hotel steht in Södermalm.«

Ich schlucke. »Södermalm – wie der Stadtteil von Stockholm?«

»Exakt, Stockholm. Ein echtes Nobelhotel, du wirst es lieben. Und der Auftrag ist gut bezahlt.«

Ich schweige.

»Isabel? Bist du noch dran?«

»Du musst das absagen.«

»Ich glaube, die Verbindung ist nicht in Ordnung. Ich hab glatt verstanden, du hättest gesagt, ich soll absagen.«

»Die Verbindung ist einwandfrei. Aber Stockholm kommt nicht infrage. Das weißt du doch. Ich habe geschworen, nie wieder schwedischen Boden zu betreten.«

»Ja, aber das ist ewig her. Das Land kann doch nichts dafür und die Hotelbesitzer noch weniger. Von mir ganz zu schweigen. Ich hab quasi schon zugesagt. Wie steh ich denn jetzt da?«

Ich beiße mir auf die Unterlippe. »So hab ich mir das nicht vorgestellt«, sage ich schließlich. »Solche Entscheidungen muss ich selbst treffen.«

Olivia seufzt. »Das ging nicht. Du hättest dich dagegen entschieden. Und das konnte ich nicht zulassen. Der Job ist eine Riesenchance für dich. Könnte dein Durchbruch werden. Und hey, die laden dich für drei lange Wochen in eine der schönsten Städte der Welt ein. Reisekosten, Essen, Unterkunft, alles frei. Plus dein Honorar. So was darf man einfach nicht ablehnen.«

Olivia ist meine allerbeste und im Grunde auch einzige echte Freundin. Aber gerade jetzt könnte ich ihr den Hals umdrehen.

Kapitel 2

Gegenlicht

Ich nehme das Fahrrad wie meistens in der warmen Jahreszeit – und manchmal auch in der kalten. Es ist immer noch derselbe alte Drahtesel, mit dem ich früher zur Schule geradelt bin, nachmittags zu meinen Freundinnen oder zum Ballett. Spätestens ab der Oberstufe war Olivia oft mit von der Partie. Sie war sechzehn, als ihre Eltern nach Heidelberg zogen und sie in meine Klasse kam. Nach einem eher holprigen Anfang freundeten wir uns ganz schnell an.

Ich muss grinsen, als ich mich daran erinnere, wie Olivia in ihrer knallengen Levis, den knöchelhohen Adidas Allround und dem neongrünen T-Shirt neben unserer Deutschlehrerin vor der Klasse stand und als neue Mitschülerin vorgestellt wurde. Sie wirkte kein bisschen eingeschüchtert, sondern total selbstsicher, in meinen Augen fast arrogant. Ich versetzte mich in ihre Situation und stellte mir vor, wie unangenehm es mir an ihrer Stelle wäre, von allen angestarrt und – ja, Jugendliche sind nun mal so – beurteilt zu werden. Olivia schien das nichts auszumachen.

»Am besten setzt du dich neben Isabel«, sagte die Lehrerin und deutete auf den freien Platz neben mir.

Ich lächelte Olivia entgegen und schob die Bücher und Hefte, die ich über das gesamte Pult verteilt hatte, auf meine Seite, um ihr Platz zu machen.

»Ganz vorne? Bist wohl eine Streberin«, war das Erste, was sie mir zuraunte. Ich war wie erstarrt. Wie war die denn drauf? Warum verhielt sich die Neue bloß so aggressiv? Ich hatte ihr doch gar nichts getan!

»Vorne wird man eher in Ruhe gelassen als in den hinteren Reihen«, gab ich leise zurück. Denn das entsprach meiner Erfahrung: Die meisten Lehrkräfte behielten vor allem diejenigen, die sich in die letzten Bankreihen verkrümelten, besonders im Auge. Vorne dagegen blieb man einigermaßen unter dem Radar.

»Und warum sitzt du dann allein? Hast wohl keine Freunde«, erwiderte Olivia, und das war das Letzte, was sie an diesem Tag zu mir sagte. Auch ich hielt den Mund und würdigte sie keines Blickes mehr. Ich war sauer und gekränkt. Vor allem ihre letzte Bemerkung tat weh. Denn ich hatte nicht immer allein in der Bank gesessen. Aber dann war Carla schwer krank geworden. Zum Glück konnte ihre Leukämie geheilt werden, aber nach all den Monaten im Krankenhaus hatte sie so viel Stoff verpasst, dass sie auf ein Internat wechselte, wo sie die notwendige Förderung bekam. Sie fehlte mir.

Und nun saß diese Olivia auf Carlas Platz – und attackierte mich völlig grundlos.

Auch am nächsten Tag schwiegen wir uns gegenseitig an. Doch als ich nach Schulschluss zum Fahrradständer kam, fand ich Olivia dort in Tränen aufgelöst vor. Es gelang mir nicht, das zu ignorieren, also ging ich zu ihr rüber und erkundigte mich, was los war. Nichts Schlimmes, eigentlich. Der Schlüssel zu ihrem Fahrradschloss war abgebrochen.

»Warte kurz«, sagte ich bloß und machte mich auf die Suche nach dem Hausmeister, der das Problem schnell lösen konnte.

Olivia war wahnsinnig erleichtert. »Danke. Das war nett von dir. Netter, als ich es verdient hätte.«

Damit nahm sie mir den Wind aus den Segeln. Denn Letzteres wäre eigentlich mein Text gewesen.

»Schon okay«, erwiderte ich. Und dann ging ich noch einen Schritt auf sie zu – im wahren wie im übertragenen Sinne. »Was ist eigentlich los mit dir? Hab ich dir was getan, oder warum warst du gestern so fies zu mir?«

Schon wieder traten Tränen in Olivias Augen. »Es ist nicht leicht, in einer neuen Stadt, in einer neuen Schule klarzukommen. Meine alten Freundinnen fehlen mir. Ich will eigentlich gar nicht hier sein. Das ist alles bloß wegen des neuen Jobs meiner Mutter ...«

Ich konnte kaum glauben, was ich da hörte. »Du warst doch so cool, als du vorgestellt wurdest!«

»Alles nur Show. Am liebsten wäre ich im Boden versunken. Manchmal bin ich eine richtige Zicke, und dann kann ich mich selbst nicht leiden. Hatte nichts mit dir zu tun. Tut mir echt leid.«

Das war der Beginn unserer Freundschaft. Bis heute ist Olivia meine Vertraute, meine Seelenverwandte – auch wenn wir nach wie vor sehr unterschiedlich ticken. Sie ist eine Macherin, meistens auffällig gestylt, immer dynamisch. Ihre laute, glucksende Lache würde ich aus Tausenden anderer erkennen. Man kann so viel Spaß mit ihr haben! Und vor allem weiß ich, dass ich mich zu einhundert Prozent auf sie verlassen kann. Damals, nach Oscars Tod, war sie diejenige, die mich auffing, rund um die Uhr für mich da war, mich zurück ins Leben führte. Auch als Mama krank wurde, war sie meine emotionale Stütze. Und nach Mamas Tod hat Olivia es sich zur Aufgabe gemacht, meinem neuen Leben Schwung zu verleihen und vor allem meine Karriere anzuschieben.

Olivia winkt mir schon entgegen, als ich auf den Biergarten zu radele, dort absteige und den Drahtesel abstelle. Mit ihrem knallroten Kleid und perfekt dazu passendem Lippenstift ist sie ohnehin nicht zu übersehen. Beides harmoniert hervorragend mit ihrem hellen Teint und ihrem dunkelbraunen, schulterlang gewellten Haaren. Ich schließe das Rad nicht ab, denn erstens habe ich es von dem Platz, den Olivia ausgewählt hat, gut im Blick, und zweitens ist das olle Ding sowieso keinen Pfifferling mehr wert. Wenn es mir geklaut wird, habe ich endlich einen Grund, mir ein moderneres zu kaufen.

Zur Begrüßung springt Olivia auf und umarmt mich so stürmisch, dass sie dabei fast das Weizenbierglas umstößt, das vor ihr steht. Ich muss lachen. Sie ist einfach nicht zu bremsen. Wobei – genau das habe ich vor. Ich muss sie dazu bringen, diesen Fotoauftrag in Schweden abzublasen, und das, obwohl sie eigentlich schon zugesagt hat.

Doch bevor ich dieses Thema in Angriff nehme, bestelle ich mir erst einmal ein Helles und dazu eine Portion Käsespätzle, denn ich habe heute noch kaum etwas zu mir genommen.

»Gute Idee, noch mal was typisch Deutsches zu essen, bevor du dich demnächst von *Köttbullar*, Blutwurstgrütze und *Janssons Frestelse* ernährst«, macht Olivia meinen Plan mit einem Satz zunichte. Okay, sie will gleich zum Thema kommen? Kann sie gerne haben.

»*Köttbullar* gibt's in jedem Ikea«, erwidere ich, »Blutwurstgrütze hab ich noch nie gemocht, und *Janssons Frestelse* schmeckt eher im Winter.«

»Na ja, wer im Juni Käsespätzle vertilgt, kann auch Kartoffelauflauf mit geräucherten Sprotten vertragen«, kontert Olivia, die schon immer schlagfertiger war als ich.

Der junge Mann, der mein Bier bringt – sicher ein Student und noch nicht lange hier beschäftigt, seiner Ungeschicklichkeit und seinem entschuldigenden Grinsen nach zu urteilen –, verschafft mir ein bisschen Zeit für eine Antwort. Ich danke ihm, nehme direkt einen erfrischenden Schluck und stelle mein Glas ab.

»Ich verstehe deine Argumente, Olivia, aber du musst mich auch verstehen. Schließlich weiß niemand so gut wie du, was allein die Vorstellung, nach Schweden reisen zu müssen, in mir auslöst.«

Ich war damals nur für ein paar Tage in Deutschland – jedenfalls war das so geplant. Olivia war bei mir, als ich den

Anruf erhielt. Und zusammenbrach. Sekunden zuvor sah ich noch einer strahlenden, glücklichen Zukunft in Schweden entgegen, mit Oscar an meiner Seite. Doch plötzlich war alles dunkel und hoffnungslos. Ich glaube nicht, dass ich ohne Olivias Unterstützung überlebt hätte.

Sie greift nach meiner Hand und drückt sie. »Ja, natürlich. Wie könnte ich das vergessen. Aber Isabel, seitdem sind fünfundzwanzig Jahre vergangen. Ich will dich wirklich nicht überreden, aber ich möchte, dass du dich ernsthaft fragst, ob du dir mit deiner Weigerung vielleicht selbst im Weg stehst.«

Ich verschränke die Arme vor meiner Brust. »Wie kommen die überhaupt auf mich? Gibt es in Schweden keine Fotografen? Es ist ja nicht so, als wäre ich berühmt.«

»Noch nicht«, erwidert Olivia. »Aber extrem gut. Deine Arbeiten, die ich auf meiner Website präsentiere, haben sie begeistert. Und dass in deinem Porträt steht, dass du fließend Englisch und Schwedisch sprichst, hat auch nicht gerade geschadet.«

»Warum hast du das überhaupt erwähnt?«

»Weil es dir internationale Aufträge einbringt, wie du siehst. Du solltest mir dankbar sein.«

Ich will sofort widersprechen, doch Olivia stoppt mich mit einer Geste. »Ich muss mal eben telefonieren, okay? Bin gleich zurück.«

Na, das hat sie sich ja fein ausgedacht. Das mit dem Telefonat ist sicher nur eine Ausrede, damit ich Zeit zum Nachdenken habe.

Wobei – okay, ich sehe Olivia auf dem Parkplatz hin- und herlaufen, während sie heftig gestikulierend spricht. Entweder ist sie eine begnadete Schauspielerin, oder sie hat mir doch nichts vorgemacht.

Ihre Worte gehen mir nicht aus dem Kopf. Stehe ich mir wirklich selbst im Weg?

Nun ja, Schweden war immer mein Traumland. Ich habe mich dort so wohl wie nirgendwo sonst gefühlt. Oscar hat manchmal gefrotzelt, ich müsse in einem früheren Leben Wikingerin gewesen sein. Auch weil es mir so leichtfiel, die Sprache zu lernen, während ich als Schülerin immer Probleme mit Englisch und vor allem Französisch gehabt hatte.

»Ich bin eben geboren, um mit dir hier zu leben«, lautete dann meine Antwort, woraufhin Oscar mich küsste. Dieser kleine Dialog war ein Ritual zwischen uns beiden, ein Running Gag, in dem doch so viel Wahrheit steckte. Und der sich dann leider als Illusion entpuppte.

Nach Oscars Tod war auch meine Zukunft in seinem Land gestorben. Ich fuhr noch ein letztes Mal nach Göteborg zur Beerdigung. Zurück in Heidelberg, schwor ich mir, nie wieder einen Fuß auf schwedischen Boden zu setzen. Und diese Entscheidung habe ich seitdem nie angezweifelt. Sie sollte auf ewig Bestand haben. Und nun stellt Olivia das alles infrage.

Zum millionsten Mal zerbreche ich mir darüber den Kopf, wie sich Oscar damals nur auf diese dumme Wette einlassen konnte, mitten in der Nacht zur Nachbarinsel zu schwimmen. War daran nur der Alkohol schuld? Oder hat ihn jemand überredet? Hätte ich ihn davon abhalten können, wenn ich dabei gewesen wäre statt auf Heimatbesuch in Deutschland? Ich werde es nie erfahren. Auf jeden Fall muss er seine Kräfte überschätzt und die Distanz falsch beurteilt haben, und als er dann auch noch von einer Strömung erwischt wurde, war es zu spät ...

Bei der Vorstellung, wie er um sein Leben gekämpft hat, zieht sich auch heute noch alles in mir schmerzhaft zusammen.

Unser Essen wird serviert. Mir wird klar, dass der Student, der es bringt, kaum jünger sein kann als wir damals. Er hat sein Leben noch vor sich. Am liebsten würde ich ihm sagen, dass er jeden einzelnen Tag genießen und keine unnötigen Wagnisse eingehen soll, aber natürlich lasse ich es bleiben – er würde mich wohl im besten Fall für ein bisschen wunderlich halten.

Olivia hat ihr Telefonat beendet und kommt auf mich zu. Ich schirme meine Augen ab, um nicht von der Sonne geblendet zu werden. Das Gegenlicht hebt ihre Silhouette und die wehenden Locken hervor und umgibt sie zugleich mit einem irgendwie übernatürlichen Glanz. Schade, dass ich meine Kamera nicht dabeihabe, denn das schnelle Handyfoto gibt den Effekt nur unzureichend wieder. Doch es genügt mir als Gedächtnisstütze. Meine Erinnerung funktioniert am besten, wenn ich sie mit visuellen Details füttere. Aus irgendeinem Grund ist es mir wichtig, diesen Moment nie zu vergessen.

Auf einmal wird mir klar, dass Olivia nicht ganz unrecht hat. Schweden ist ein wunderbares Land, und es zu meiden, schadet nur mir selbst. Vor allem aber macht es Oscar nicht wieder lebendig. Natürlich würde mich eine Reise dorthin an den schlimmen Schicksalsschlag erinnern, doch den könnte ich selbst am Ende der Welt nicht vergessen. Er begleitet mich auf Schritt und Tritt.

»Guten Appetit«, sagt Olivia, als sie sich wieder an unseren Tisch setzt. »Oh, deine Käsespätzle sehen wirklich gut aus.«

»Dein Salat aber auch«, erwidere ich. »Lass ihn dir schmecken.«

Wir genießen unser Essen schweigend. Doch die Ruhe ist nur von kurzer Dauer.

»Hast du drüber nachgedacht?«, fragt Olivia nach einer Weile.

Ich habe zwar gehofft, das Gespräch bis nach dem Essen aufschieben zu können, aber ebenso gut kann ich es gleich hinter mich bringen.

»Das Land kann ja nichts dafür«, fange ich an, und mehr muss ich gar nicht sagen, denn alles Weitere wäre ohnehin in Olivias Jubelschrei untergegangen. Sie springt auf und fällt mir um den Hals. »Ich bin so froh, dass du bereit bist, über deinen Schatten zu springen.«

Ich weiß nicht, was ich denken soll. Mit meiner Entscheidung habe ich mich selbst überrascht. In mir toben widerstreitende Emotionen. Einerseits bin ich entsetzt, dass ich zugesagt habe, andererseits auch erleichtert, als fiele eine jahrzehntealte Last von mir ab – und irgendwie fühle ich mich sogar etwas aufgeregt.

»Aber es kommt so plötzlich. Ich weiß nicht, ob ich schon dazu bereit bin«, murmele ich. »Vielleicht in ein paar Monaten oder so.«

»Du willst einen Rückzieher machen? Hör auf, Isabel, du

bist so weit. Worauf willst du warten – darauf, dass ein weiteres Vierteljahrhundert vergeht?«

Gegen meinen Willen muss ich lachen. Olivia schafft es immer, meine Laune aufzubessern. In ihrer Gegenwart fällt es mir leichter, die Dinge anders zu sehen. Wie vorhin im Gegenlicht. Mit schärferen Konturen und mehr Glitzer.

»Na gut«, gebe ich nach. »Es ist ja nur ein Job.« Und vielleicht tut mir ein bisschen Abstand zu Heidelberg auch gut. Zu Hause bin ich rund um die Uhr mit der Trauer um meine Mutter konfrontiert. Es vergeht kein Tag, an dem ich nicht mehrmals in Tränen ausbreche.

»Nur ein Job? Irrtum, meine Liebe«, widerspricht Olivia mit erhobenem Zeigefinger und strenger Lehrerinnenstimme – ich weiß genau, welche unserer einstigen Pädagoginnen sie gerade imitiert. »Es ist die Karrierechance deines Lebens.«

Manchmal neigt Olivia zu Übertreibungen. Aber damit schafft sie es, andere mitzureißen und zu begeistern. Auch bei mir gelingt ihr das.

Ich grinse. »Meinetwegen eben die Chance meines Lebens.«

»Ganz im Ernst, Isabel: Es tut dir nicht gut, dich noch länger zu verkriechen. Du bist zu einer richtigen Einsiedlerin geworden in den letzten Jahren. Ein Wunder, dass ich dich heute zu einem Biergartenbesuch überreden konnte.«

»Wenn nicht du, wer dann?«

»Dafür sind Freundinnen und Agentinnen nun mal da«, sagt sie zufrieden. »Lass uns auf deinen Neuanfang anstoßen.« Sie erhebt ihr Glas. Ich proste ihr zu.

»Ich bin sicher, dass du deine Entscheidung nicht bereuen wirst. Übrigens: In drei Tagen geht es los. Ich bringe dir morgen die Tickets und alle weiteren Infos vorbei.«

Oh, ich bereue sie ja schon jetzt ...

Kapitel 3

Camera obscura

Olivia hat mich für übergeschnappt erklärt, als ich sie bat, statt der Flugtickets welche für die Bahn zu buchen. Der Umwelt zuliebe. Und insgeheim vor allem auch, um den Moment, in dem ich erstmals wieder schwedischen Boden betrete, noch ein wenig länger hinauszuzögern. Jetzt aber gäbe ich einiges dafür, schon in Stockholm zu sein. Ich bin müde, weil ich um fünf Uhr aufgestanden bin. Dass ich mich vorhin in Hamburg so beeilen musste, hat zusätzlich Kraft gekostet. Mein ICE aus Mannheim hatte Verspätung, und so war die Viertelstunde, die ich eigentlich zum Umsteigen gehabt hätte, auf magere vier Minuten zusammengeschrumpft. Zum Glück habe ich nachher in Kopenhagen mehr Zeit.

Bei meinen früheren Reisen nach Schweden habe ich auch meistens den Zug genommen. Damals war Fliegen noch viel teurer und kam schon aus Kostengründen nicht infrage. Allerdings gab es auch noch nicht so viele schnelle Verbindungen, von der Öresundbrücke ganz zu schweigen. Eine Bahnfahrt nach Stockholm konnte da leicht über zwanzig Stunden dauern. Heute sind es bloß noch gut sechzehn. Trotzdem habe ich die Strapazen unterschätzt. Allein das Gepäck zu schleppen, ist anstrengend – einen Trekkingrucksack auf dem Rücken, meinen Laptoprucksack vorne, die Fototasche mit der Kamera und den Objektiven geschultert und den Koffer mit den Softbox-Lampen und Stativen in der Hand. Damit komme ich mir vor wie ein Lastesel. Ein nicht mehr ganz junger Lastesel, wohlgemerkt. Klar, mit zwanzig hätte ich das alles locker weggesteckt …

Schluss mit den negativen Gedanken!, rüge ich mich selbst. Ich habe mich zu dieser Reise durchgerungen, und jetzt sollte ich auch das Beste daraus machen. Und abgesehen von der Erschöpfung geht es mir ja wirklich gut. Immerhin habe ich einen gemütlichen Sitzplatz, hatte gerade einen leckeren Salat und genieße jetzt einen Cappuccino zum Dessert.

Schade bloß, dass ich meinen Krimi längst ausgelesen habe. Dank des spannenden Plots vergingen die drei Stunden seit der Abfahrt in Hamburg wie im Flug, und jetzt sind wir kurz vor Odense. Ich hätte mir noch ein Buch einpacken sollen. Vielleicht reicht der Aufenthalt in Kopenhagen ja, um mir eins zu kaufen. Ein möglichst dickes.

Noch so ein Vorteil des Reisens mit der Bahn: mehr geschenkte Lesezeit. Und überhaupt – mit dem Flieger wäre der Trip auch nicht weniger stressig gewesen. Allein schon die Wege, die ich auf dem Frankfurter Flughafen hätte zurücklegen müssen, wären vermutlich weiter gewesen als die auf allen Bahnhöfen zusammen. Meine Entscheidung war also goldrichtig. Zumal ich Zugfahrten schon immer geliebt habe. Auch ohne Lesefutter wird mir dabei nie langweilig, denn man kann so herrlich seine Gedanken schweifen lassen. Aus dem Fenster zu schauen und die idyllische, saftig grüne Landschaft Jütlands mit ihren Wiesen, Weiden und Wäldern vorbeirasen zu sehen, hat fast etwas Meditatives. Gerade weil dieser Blick das genaue Gegenteil dessen ist, wie ich als Fotografin die Welt sehe: Während ich mit der Kamera Momente einfange, festhalte und damit unvergänglich mache, verflüchtigen sich die Bilder, die ich aus dem Zugfenster wahrnehme, fast schneller, als sie mein Gehirn verarbeiten kann.

Meine Gedanken wandern zu den letzten Jahren mit meiner sterbenden Mutter zurück, die immer tiefer in ihrer Demenz versank, aber mit der ich dennoch eine größere Nähe erlebt habe als je zuvor. Auch in ihrer Gegenwart war ich mir der Vergänglichkeit des Augenblicks mehr als bewusst, obwohl ich dabei auch manchmal das Gefühl hatte, in einer Zeitschleife festzustecken. Wie oft stellte sie immer und immer wieder dieselbe Frage, weil sie sich nicht mehr daran erinnerte, dass wir das Gespräch bereits mehrfach geführt hatten, und ich beantwortete sie jedes Mal aufs Neue. Dabei die Geduld nicht zu verlieren, erforderte zuweilen enorme Selbstbeherrschung, auch wenn mir natürlich bewusst war, dass sie nichts dafürkonnte.

Manchmal allerdings habe ich meine Mutter regelrecht beneidet. Vergessen können ist ein Segen, wenn schlimme Erinnerungen einen bedrücken. So wie die an Oscars Tod.

Von wegen, die Zeit heilt alle Wunden. Ich wünschte, es wäre so. Wenn ich an ihn denke, fühlt sich der Schmerz noch immer so frisch an, als wären seit der Beerdigung höchstens ein paar Monate vergangen, nicht viele Jahre. Mein halbes Leben lang trauere ich nun schon um ihn. Und obwohl ich natürlich weiß, Oscar würde nicht wollen, dass ich allein bleibe, habe ich seitdem nie wieder eine ernsthafte Beziehung geführt. Ich habe es versucht, aber es ist immer nur bei kurzen, unverbindlichen Affären geblieben. Und ehrlich gesagt bin ich der Liebe meistens ganz aus dem Weg gegangen, damit mir die Enttäuschung erspart blieb. Denn auf die musste es ja unweigerlich hinauslaufen. Ich war nicht mehr fähig, mich ganz und gar in eine Beziehung fallen zu lassen. Als wäre mit Oscar auch meine Fähigkeit, tiefe Gefühle zu empfinden, ertrunken.

Fast wie aufs Stichwort taucht just in diesem Moment das Meer vor dem Fenster auf. Schneller als erwartet haben wir die Storebæltsbroen erreicht, die Brücke über den Großen Belt, der West- von Ostdänemark trennt. Ich habe es immer geliebt, aufs Wasser zu schauen, den Tanz der Wellen zu beobachten, mich von den Lichtreflexen der sich darin spiegelnden Sonne verzaubern zu lassen. Das löste in mir ein wundervolles Gefühl innerer Ruhe aus. Ich bedauere, auch dieses Empfinden verloren zu haben. Denn heute nehme ich die Schönheit des Anblicks zwar wahr, doch die Trauer legt sich darüber wie ein Schleier, der die Magie trübt. Wenn ich das Meer sehe, stelle ich mir unwillkürlich Oscars furchtbaren Todeskampf vor, und sosehr ich auch versuche, den Gedanken fortzujagen, er stellt sich auch jetzt wieder ein.

Ich wende meinen Blick ab und bin froh, als der Zug in den Tunnel einfährt – wenngleich mir die Vorstellung, unter dem Wasser zu sein, auch nicht behagt. Wenigstens bleibt mir der Anblick erspart.

Am Hauptbahnhof von Kopenhagen ist viel los. Geschäftsleute, Touristen, Studenten, Pendler, Familien, hier tummelt sich ein bunter Mix. Ich fühle mich sofort wohl. Das historische Bahnhofsgebäude mit seinen Backsteinwänden, Säulen, Kronleuchtern, verzierten Fenstern und hohen Holzbogendecken hat mich schon bei meinen früheren Reisen fasziniert. Ich steuere zuerst eine Bäckerei an, um mir ein typisch dänisches *Smørrebrød* mit Lachs und Ei zu kaufen, und erstehe dann nebenan in der Buchhandlung einen Roman von Maja Lunde. *Die Geschichte der Bienen* habe ich sehr geliebt, und *Die Geschichte des Wassers* wollte ich ohnehin längst lesen. Vielleicht hilft mir das Buch sogar dabei, meine Liebe zum Meer wiederzuentdecken? Ich entscheide mich für die deutsche Übersetzung, weil mein Dänisch nicht gut genug ist und weder die norwegische Originalausgabe noch die schwedische Übersetzung vorrätig sind.

Ich bezahle, dann stecke ich die Brötchentüte in meine Jackentasche, klemme das Buch unter den Arm und mache mich auf den Weg zum Bahnsteig. Der Schnellzug, der mehrmals am Tag zwischen Kopenhagen und Stockholm hin und her pendelt, steht schon bereit.

Ich drücke auf den Türöffner, und im gleichen Moment landet das Taschenbuch auf dem Boden. Mist! Bepackt, wie ich bin, wird es wohl eine echte Herausforderung, mich zu bücken … Zum Glück bleibt mir das erspart, denn ein Mitreisender ist so nett und hebt es für mich auf.

»*May I help you with your luggage?*«, fragt er, während er mir das Buch überreicht. Sein freundliches Lächeln wirkt irgendwie jungenhaft, doch die Silberfäden in seinen dunkelbraunen Locken und seinem Anchor-Bart verraten, dass er vermutlich in meinem Alter ist. Und sein leichter Akzent lässt eine skandinavische Herkunft erahnen. Vielleicht ein Schwede, der mit der Öresundbahn nach Hause fährt?

Das lässt sich ja leicht herausfinden: »*Tack så mycket, det vore jättesnällt*«, danke ich ihm. Das wäre wirklich supernett.

Tatsächlich wechselt er sofort in seine Muttersprache: »Oh, du sprichst Schwedisch? Ich dachte …« Er deutet auf das Buch.

»Ich komme aus Deutschland, aber ja, ich spreche es ein bisschen.« Das ist zwar etwas untertrieben, immerhin habe ich sogar ein paar Jahre in seinem Heimatland gelebt und wäre fast für immer dorthin ausgewandert, aber das binde ich natürlich nicht jedem Fremden auf die Nase, und sei er noch so freundlich und hilfsbereit.

»Ich nehme gern deinen Koffer und die große Tasche«, sagt er jetzt, und ich reiche ihm beides. Er geht vor und reicht mir dann die Hand, damit ich leichter einsteigen kann. Was zwar nicht unbedingt notwendig ist, sich aber gar nicht mal übel anfühlt. Dann hilft er mir, mein Gepäck zu verstauen. Zum Glück gibt es in diesem Abteil genug Stauraum. Ich schaue mich um. Das Design ist schnörkellos skandinavisch und schick. Habe ich mich auch nicht vertan und bin versehentlich in die erste Klasse geraten? Nein, tatsächlich – da ist mein reservierter Einzelsitz.

»Ich bin übrigens Lennart«, sagt er. »Ist es okay, wenn ich mich zu dir setze?«

Ohne meine Antwort abzuwarten, nimmt der Schwede mir gegenüber Platz und stellt seine Wasserflasche auf den ausklappbaren Holztisch zwischen uns.

»Klar, aber ist da nicht reserviert?«, erwidere ich ein wenig überrumpelt, aber auch erfreut über die unerwartete Gesellschaft. Und weil meine Antwort vielleicht ein wenig abweisend klingt, ergänze ich schnell: »Freut mich, dich kennenzulernen. Ich heiße Isabel.« Dass hier im Norden so selbstverständlich geduzt wird, gefällt mir. Es macht Unterhaltungen unkomplizierter – und zugleich anonymer. Der Vorname reicht.

Um Lennarts graue Augen bilden sich strahlenförmige Fältchen, wenn er lächelt, was ihm hervorragend steht. »Falls in Kastrup jemand kommt, der diesen Platz gebucht hat, tausche ich einfach meine Reservierung mit seiner«, sagt er leichthin. »Außerdem ist die Wahrscheinlichkeit groß, dass sowieso niemand auftaucht.«

»Wieso das?«

»Weil dort fast nur Leute einsteigen, die gerade mit dem Flugzeug gelandet sind, und wenn es am Kofferband oder am Zoll länger dauert, erwischen sie ihren Zug nicht. Kommt oft vor.«

Wenig später hält der Zug im Tunnelbahnhof des Kopenhagener Flughafens, und es zeigt sich, dass Lennart recht behält. Es steigen zwar ein paar Touristen ein, deren Koffer noch die Gepäckanhänger ihrer Fluggesellschaften tragen, doch niemand beansprucht den Platz mir gegenüber. Was mich freut, denn Lennart ist ein angenehmer Gesprächspartner. Inzwischen weiß ich, dass er aus Stockholm kommt, somit dasselbe Reiseziel hat wie ich, und geschäftlich in Kopenhagen zu tun hatte. Außerdem erzählt er, dass er gerne in Nordschweden wandert und im Sommer seine Freizeit auf einer einsamen Schäreninsel verbringt. Ich habe ihm verraten, dass ich Fotografin bin, aber das hat er an meiner Ausrüstung ohnehin schon erkannt.

Kurz nach Kastrup geht es unterirdisch weiter. »Mit einem Tunnel hätte ich hier nicht gerechnet«, sage ich. »Ich bin diese Strecke noch nie gefahren.«

»Das heißt, du kennst die Öresundbrücke nicht? Die ist spektakulär.«

»Wie weit ist es noch bis dorthin?«

»Wir sind schon so gut wie da.«

Und tatsächlich – in diesem Augenblick verlassen wir den Tunnel und scheinen über das Wasser zu fliegen.

»Die Brücke ist ein architektonisches Meisterwerk«, sagt Lennart. »Ich bin jedes Mal wieder fasziniert. Sie überwindet die Meerenge und verbindet zwei Länder, statt sie zu trennen.«

Die Ostsee liegt ruhig da und spiegelt das Azurblau des unbedeckten Sommerhimmels. Der Anblick ist tatsächlich spektakulär. In einiger Entfernung sind Offshore-Windparks zu erkennen, die es vor fünfundzwanzig Jahren sicher noch nicht gegeben hat. Nichts ist mehr so wie damals. Für einen Moment habe ich das Gefühl, die ganze Welt hat sich seitdem weiterentwickelt, nur ich bin stehen geblieben.

»Beeindruckend, oder?« Lennart hat sich vorgebeugt und

genießt die Aussicht ebenso wie ich. Die Streben des Stahlgerüstes unterbrechen den Blick alle paar Sekundenbruchteile.

»Das ist ja wie bei einem …« Mist, das schwedische Wort für Daumenkino fällt mir gerade nicht ein. Das gehört zwar wirklich nicht zum alltäglichen Wortschatz, aber ich bin sicher, dass ich es im Studium gelernt habe. In irgendeinem Seminar zur Geschichte des Films kam es garantiert vor.

»Wie bei einer Camera obscura«, sagt Lennart.

Ich muss lachen. Wir hatten gerade fast dieselbe Assoziation. Es kommt selten vor, dass jemand ähnlich schräg denkt wie ich. Genauso selten ist es, dass ich aufs Meer schaue und dabei fröhlich bin. »Eigentlich ist es genau umgekehrt: Bei der Camera obscura oder dem Daumenkino« – jetzt fällt mir auch das schwedische Wort dafür, *blädderbok*, wieder ein – »suggeriert die schnelle Bildabfolge eine Bewegung. Und hier suggeriert die schnelle Bildunterbrechung ein ruckelndes Bild wie in einem alten Schwarz-Weiß-Film.«

»Du hast recht. Übrigens liebe ich Schwarz-Weiß-Filme. Je älter, desto besser. *The Artist* fand ich zwar auch klasse, und ich habe es gefeiert, dass er 2012 den Oscar gewonnen hat, aber noch lieber mag ich alte Meisterwerke wie *Psycho*, *Wild Strawberrys*, *Die zwölf Geschworenen* …«

»*Der dritte Mann*«, falle ich ihm ins Wort, »*Moderne Zeiten*, *Metropolis*!«

»Nicht zu vergessen *Casablanca*«, beendet er meine Aufzählung.

Verblüfft schaue ich ihn an. »Das ist mein zweitliebster Film, direkt nach *Leoparden küsst man nicht*.«

»Meiner auch.«

Nicht sein Ernst! Er macht sich doch nicht etwa lustig über mich? Doch sein ungezwungenes Lächeln hat so gar nichts Ironisches an sich.

»Verhaften Sie die üblichen Verdächtigen!«, deklamiert er plötzlich mit ernster Miene. Ich bin kurz verwirrt, bis mir klar wird, dass er gerade einen der berühmtesten Sprüche aus *Casablanca* zitiert hat.

»Spiel's noch mal, Sam«, gehe ich prompt darauf ein.

»Ein kluger Mann widerspricht seiner Frau nie. Er wartet, bis sie es selbst tut.«

»Wir werden immer Paris haben«, komme ich so langsam in Fahrt.

»Ich glaube, das ist der Beginn einer wunderbaren Freundschaft.« Lennarts Augen blitzen, als er mich dabei anschaut.

In diesem Moment haben wir das Festland erreicht und fahren wieder in einen Tunnel – auch der Bahnhof von Malmö liegt unterirdisch. Seit unserer Abfahrt in Kopenhagen sind gerade mal zwanzig Minuten vergangen.

Da wird mir bewusst, dass ich in Schweden bin. Zum ersten Mal seit einem Vierteljahrhundert. Und es fühlt sich überraschend okay an.

Kapitel 4

Nachtpanorama

Der blonde Hüne mit dem schulterlangen Zopf und dem Vollbart könnte locker die Hauptrolle in einer Wikinger-Serie spielen. Vielleicht ist er ja tatsächlich angehender Schauspieler und überbrückt als Taxifahrer bloß die Durststrecke bis zum großen Durchbruch? Womöglich nutzt er die Wartezeit auf den nächsten Fahrgast, indem er den Text für ein Casting auswendig lernt. Wobei – vor der Centralstation, dem Stockholmer Hauptbahnhof, steht er bestimmt nie lange, denn selbst um diese Zeit herrscht hier ein ständiges Kommen und Gehen. Er wird seine Rolle wohl nach Feierabend üben müssen.

Und ich sollte lieber aufhören, mir spannende Biografien für Wildfremde auszudenken, und stattdessen mein eigenes Leben in den Griff bekommen …

Während der Wikinger mein Gepäck einlädt, schaue ich

dem Taxi hinterher, in das Lennart gerade gestiegen ist. Hätte ich sein Angebot doch annehmen sollen? Schließlich wohnt er genau in dem Viertel, in dem mein Hotel liegt, und es wäre mehr als naheliegend gewesen, auch den Rest der Fahrt gemeinsam zu verbringen. Warum nur habe ich das abgelehnt?

Der blonde Hüne schließt den Kofferraumdeckel und hält mir die Beifahrertür auf. Ich steige ein. Er selbst klettert auf den Fahrersitz, was angesichts seiner langen Beine fast zirkusreif anmutet, und schnallt sich an. »Wohin soll's gehen?«

»Nach Södermalm, bitte. Zum Hotel *Midnattssol*.«

Was für ein passender Name! Die Sonne scheint zwar gerade nicht, aber richtig dunkel ist es auch nicht, und das um kurz vor Mitternacht. Es ist die magische Zeit der Weißen Nächte, in der die späte Abenddämmerung im Grunde nahtlos in die frühe Morgendämmerung übergeht.

»Geht klar«, sagt der Wikinger und startet. Das Taxi gleitet fast lautlos durch das fahle Zwielicht der Juninacht. Zweifellos ein Elektrofahrzeug. Genau wie Lennart vorhin berichtet hat: In Skandinavien ist die E-Mobilität längst in der Gesellschaft angekommen.

Ich denke zurück an die gut fünf Stunden, die seit der Abfahrt in Kopenhagen hinter mir liegen. Lennart und ich haben uns blendend unterhalten. Über alte Filme, Lieblingsschauspieler, Lieblingssongs, skandinavische Krimis, furchtbare biometrische Passfotos, auf denen niemand gut aussieht, und die Tatsache, dass Zimtschnecken glücklich machen.

Ich schaue aus dem Fenster. Wir überqueren gerade eine Brücke über den Riddarfjärden, einen Ausläufer des Mälaren. Die Lichter der Stadt spiegeln sich auf den Wellen, wo sie funkeln und tanzen, und ich wünschte, ich könnte spontan aussteigen, um zu fotografieren. Was für ein Nachtpanorama! Säße ich jetzt mit Lennart im Taxi, hätte ich diesen Gedanken womöglich laut geäußert. Es ist nicht unwahrscheinlich, dass Lennart den Fahrer gebeten hätte, anzuhalten und bei laufendem Taxameter zu warten, bis die Aufnahme im Kasten wäre. Egal, wie lange es dauern würde. Und ich hätte Spaß dabei.

Oder geht schon wieder meine Fantasie mit mir durch? Schließlich kenne ich diesen Mann gar nicht. Wir haben bloß ein paar Stunden miteinander geplaudert, um die lange Fahrtzeit kurzweiliger zu gestalten, das ist alles. Dass ich ihm irgendwann von der Krankheit meiner Mutter und der Trauer um sie erzählt, ihm sogar ihr Foto gezeigt habe, liegt weniger daran, dass in dieser kurzen Zeit eine Art von Verbundenheit zwischen uns entstanden wäre, auch wenn ich ihn wirklich sympathisch fand, sondern vielmehr an der Anonymität derartiger Zufallsbekanntschaften. Menschen, denen wir nur einmal im Leben begegnen, können wir im Grunde alles anvertrauen. Sie kennen uns nicht, sind unvoreingenommen und werden garantiert keine Geheimnisse weitererzählen. Wem auch?

Dennoch habe ich nicht über Oscar gesprochen, obwohl ich kurz davor war. Meine innere Stimme hat mich zurückgehalten, und sie ließ mich auch zögern, als er eben die gemeinsame Taxifahrt vorschlug.

»Lieber nicht«, habe ich geantwortet und, damit das nicht allzu barsch klang, einen lahmen Witz hinterhergeschoben:

»Mein Auftraggeber erstattet alle Kosten, und ich brauche eine eigene Quittung.«

Im gleichen Moment habe ich mich über mich selbst geärgert. Was hätte es denn geschadet, diese nette Begegnung noch ein wenig zu verlängern? Womöglich sogar Handynummern auszutauschen und sich irgendwann mal auf einen Kaffee oder ein Mittagessen zu verabreden? Ich bin mutterseelenallein hier in einer fremden Stadt, da wäre ein Kontakt doch nicht verkehrt gewesen. Andererseits habe ich hier ja nur einen Job zu erledigen, mehr nicht.

»Wie du möchtest«, hat er bloß geantwortet und sich dann mit einer knappen Umarmung von mir verabschiedet. »Hat mich sehr gefreut. Ich wünsche dir alles Gute!«

Am liebsten wäre ich ihm hinterhergelaufen und hätte alles zurückgenommen, doch da stieg er schon in sein Taxi und fuhr davon.

Manchmal stehe ich mir eben selbst im Weg. Ich muss unweigerlich an Olivias Worte denken. Immerhin bin ich dank ihrer Unnachgiebigkeit über meinen Schatten gesprungen und habe meinen Nie-wieder-Schweden-Vorsatz überwunden. Inzwischen bin ich richtig froh darüber. Es fühlt sich an, wie nach Hause zu kommen. Auf einmal verstehe ich selbst nicht mehr, warum ich mich all die Jahre so dagegen gesperrt habe. Hier bin ich Oscar doch viel näher als sonst irgendwo auf der Welt!

Wir fahren jetzt den Söder Mälarstrand entlang, die Straße am südlichen Ufer des Riddarfjärden. Hier ankern nicht nur kleine Segeljollen, sondern auch blumengeschmückte Hausboote, Motoryachten und sogar Restaurantschiffe. Der

Schein ihrer Lichterketten und Laternen spiegelt sich auf dem Wasser wider. Wo die Boote weniger dicht liegen, erhasche ich einen Blick auf die gegenüberliegende Uferpromenade, den Norra Mälarstrand, mit seinem wohl berühmtesten Bauwerk, dem Stockholmer Rathaus. Die Turmspitze mit den drei Kronen kann ich von hier aus zwar nicht erkennen, doch ich habe ihren Anblick vor Augen und erinnere mich lebhaft an meinen letzten Besuch im Stadshuset, als sei es gestern gewesen. Damals erzählte mir Oscar alles über das Bauwerk, was er wusste. Über den Baustil, den Architekten, die Statuen und Glocken … Er war ganz in seinem Element.

Ich wende meinen Blick ab und merke, dass ich die ganze Zeit über die Luft angehalten habe. Die Erinnerung hat mir mal wieder den Atem geraubt. Die Trauer kommt, wie immer, in Wellen. Inzwischen sind sie seltener geworden, aber nicht weniger heftig.

Wir haben inzwischen die Uferstraße verlassen und durchqueren Södermalm, das hügelige ehemalige Arbeiterviertel, das inzwischen als Hipster Island bekannt geworden ist. Historische Fassaden und moderne Gebäude wechseln sich ab, und vor den zahlreichen Bars und Restaurants ist richtig viel los. Hier tummeln sich Studenten, Künstler und Trendsetter. Die überwiegend jungen Menschen, die um diese Zeit ausgehen, sind lässig, aber stilsicher gekleidet. Diese nordische Eleganz habe ich schon früher bewundert. Sie wirkt so mühelos. In meiner verwaschenen Jeans und der bunt gemusterten Tunika würde ich unter den coolen Stockholmern auffallen wie ein Kaktus im Nadelwald. Oder – angesichts meiner rotblonden Haare – wie Pippi Langstrumpf bei einem Staatsempfang.

Södermalm hat sich wirklich stark verändert seit meinem letzten Besuch. Ich entdecke jede Menge Ateliers, Secondhandläden, Galerien, Boutiquen und Kinos. Die Gentrifizierung macht sich an allen Ecken bemerkbar. Vermutlich mit sämtlichen Nachteilen, die so eine Entwicklung für die ursprüngliche Bevölkerung mit sich bringt, aber auch mit jeder Menge kultureller Vielfalt.

»Wir sind da«, verkündet der blonde Hüne. Wir halten vor einem beeindruckenden Eckgebäude mit Jugendstilfassade. Fasziniert bewundere ich die Rundbogenfenster mit Ornamentglas, die kunstvoll geschwungenen Linien der schmiedeeisernen Balkongeländer, den ockerfarbenen Putz mit den verspielten Reliefmustern, die Erker und Türme, nicht zu vergessen den Schriftzug *Hotell Midnattssol* über dem Eingang.

»Verzeihung – das macht dann hundertneunzig Kronen«, sagt der Wikinger am Steuer.

»Zweihundertzwanzig«, runde ich auf und bezahle mit meiner Kreditkarte. Olivia hat mir davon abgeraten, allzu viel Bargeld umzutauschen, weil das in Schweden nicht nur immer unbeliebter, sondern in vielen Lokalen, Läden oder Museen überhaupt nicht mehr akzeptiert wird. Auch das hat sich in den letzten fünfundzwanzig Jahren drastisch geändert.

Noch während der Wikinger mein Gepäck aus dem Kofferraum lädt, taucht ein Hotelpage auf.

»Ms. Blum? Welcome to Stockholm! May I help you with the luggage?«

Ich muss lächeln, denn der junge Mann mit der klassischen Uniform wiederholt fast wortwörtlich den Satz, mit

dem mich Lennart heute Nachmittag in Kopenhagen ange-
sprochen hat.

Ich erwidere auf Schwedisch, dass ich mich freue, hier zu
sein, und dass ich ihm sehr dankbar bin, wenn er mir tragen
hilft.

»*Naturligtvis, gärna det*«, bekräftigt er, dass er mir natürlich sehr gerne behilflich ist, und schon schnappt er sich die
schwersten Gepäckstücke.

Eine Viertelstunde später stehe ich unter der Dusche und genieße das heiße Wasser, das mir über den Körper rinnt und
die Mühen der langen Reise von mir abwäscht. Davon, dass
das Gebäude vor über hundert Jahren entstanden ist, merkt
man hier wenig – die Badinstallationen sind vom Feinsten
und topmodern. Ich aktiviere die Massagedüsen der Well-
nessdusche und spüre, wie sich meine verspannten Muskeln
langsam lockern.

Als ich mich schließlich in den flauschigen Bademantel
gehüllt umschaue, wird mir klar, dass ich nicht in einem
normalen Hotelzimmer bin, sondern in einer echten Suite.
Durch eine breite Schiebetür vom Schlafbereich abgetrennt
gibt es eine gemütliche Wohnküche mit Sofa, Hausbar
und XXL-Flatscreen sowie einen Arbeitsplatz. Der antike
Schreibtisch ist passgenau in den Winkel des Erkers platziert,
sodass er nicht nur den Raum optimal nutzt, sondern auch
perfekt beleuchtet ist. Überhaupt ist alles hell und behaglich,
vom Eichenparkett über die Tapeten mit den floralen Motiven bis hin zu den Messingkronleuchtern an der Stuckdecke.

Ich nehme mir ein Glas aus der Vitrine und fülle es mit

Leitungswasser. Nachdem ich es geleert habe, inspiziere ich den Kühlschrank und beschließe, mir vor dem Schlafengehen noch ein halbes Glas Weißwein zu gönnen. Auspacken werde ich morgen früh – zwischen dem Frühstück und meinem ersten Meeting mit dem Auftraggeber, der Familie Ingvarsson, das für den späten Vormittag anberaumt ist.

Ich bin so erschöpft, dass ich zum ersten Mal seit Langem darauf verzichte, noch ein paar Seiten zu lesen. Bevor ich ins Bett krieche, schaffe ich es nur noch, die Weckfunktion meines Handys zu aktivieren und es zum Aufladen an die Steckdose zu hängen. Dann lösche ich das Licht und sinke in die unfassbar weichen Kissen.

Doch an Schlaf ist nicht zu denken. Ich bin übermüdet und aufgekratzt zugleich. Immer und immer wieder überrollt mich die Erkenntnis: *Ich bin in Schweden. Nach all der Zeit!*

Und dann ist auf einmal alles wieder gegenwärtig: Wie ich damals von dem Anruf geweckt wurde. Den scheppernden Klingelton werde ich wohl nie vergessen. Wie ich im Halbschlaf nach dem Klapphandy griff, das auf dem Nachttisch lag, und zuerst glaubte, jemand spielte mir einen Telefonstreich. Dann hörte ich ein Schluchzen und die Stimme von Malin, Oscars Mutter, doch ich verstand kein Wort. Schließlich übernahm Leif, ihr Ehemann, den Hörer und teilte mir in knappen Worten mit, was passiert war: *Oscar ist ertrunken. Er ist tot.*

Ich hörte, was er da sagte, ich verstand es auch, aber ich begriff es nicht. Es konnte nicht sein. Leif musste sich irren! Mein Oscar konnte doch nicht tot sein. Er war doch erst fünfundzwanzig! Wir hatten unser ganzes Leben vor uns – das wir uns so herrlich ausgemalt hatten: ein schönes Holzhaus im Grünen mit einem großen Garten voller Gemüse, Blumen und Platz zum Spielen für die Kinder ... Ein wundervolles, glückliches, harmonisches Leben hatte es werden sollen, und dieser Traum konnte doch nicht mit einem Mal ausgeträumt sein?

Die Verzweiflung, die mich an diesem Tag überfiel, hat mich nie wieder ganz losgelassen. Und manchmal erwischt mich ein Flashback so hart, als wäre das alles gerade erst passiert. So wie jetzt.

In mir macht sich bei der Erinnerung eine eisige Kälte breit, und ich rolle mich unwillkürlich zusammen wie ein Embryo. Warum bin ich nur hergekommen? Ich hätte doch lieber bei meinem Entschluss bleiben sollen, nie wieder schwedischen Boden zu betreten. Kein Wunder, dass hier die alten Wunden wieder aufreißen. Wie soll ich das drei Wochen lang aushalten?

Ich versuche, mich auf meinen bevorstehenden Auftrag zu konzentrieren. Nach dem, was ich bisher von diesem Hotel gesehen habe, ist es ein echtes Schmuckstück. Schöne Fotomotive zu finden, wird gewiss ein Kinderspiel. Ein Projekt, auf das ich mich eigentlich freuen sollte. Aber ich kann es nicht. Ich muss immer wieder an Oscar denken, an die Todesnachricht, die Beerdigung, es ist alles wieder so schmerzhaft präsent, dass ich laut aufstöhne.

Mir wird klar: Es hat keinen Sinn, mich dagegen zu wehren. Die Erinnerung ist übermächtig. Also lasse ich sie zu und tauche noch tiefer in die Vergangenheit ab. Mitten hinein in die Zeit, in der noch alles gut war. Etwas, was ich mir schon lange nicht mehr gestattet habe, um mich vor dem Kummer zu schützen, der unweigerlich damit verbunden ist. Aber der ist ja ohnehin schon da, und die schönen Momente in Gedanken noch einmal zu erleben, ist das einzige Gegenmittel, das mir gerade einfällt.

Ich kuschele mich in die Decke ein und rufe mir unsere erste Begegnung ins Gedächtnis. Damals in dem kleinen Café unweit der Uni. Oscar sagte später, es sei Liebe auf den ersten Blick gewesen, und mir ging es nicht anders. Sein Lächeln hatte mich sofort verzaubert.

Ich denke an all die schönen Momente, die auf diesen ersten gefolgt sind. Wie er mich mit Küssen und Komplimenten überhäuft hat. Wie wir mit Blumen im Haar ausgelassen um den *Midsommar*-Baum tanzten. Wie wir Heiratspläne schmiedeten und uns die gemeinsame Zukunft ausmalten …

Es war die glücklichste Zeit meines Lebens. Hätte ich sie noch intensiver genießen können, wenn ich geahnt hätte, dass sie nur so kurz währen würde? Nein, vermutlich nicht. Vielmehr hätte es den dunklen Schleier der Trauer über alles Schöne gelegt und es somit verdorben. Letztendlich ist es wohl gut, dass man nie weiß, was die Zukunft bringt.

Mit Oscars Bild vor Augen und seiner zärtlichen Stimme im Ohr sinke ich schließlich in einen tiefen und traumlosen Schlaf.

Kapitel 5

Froschperspektive

Als mich mein Handy unsanft aus dem Schlummer reißt, beschließe ich spontan, auf das Frühstück zu verzichten und lieber noch eine Runde zu schlafen. Ich schaffe es gerade so, die Weckzeit neu zu programmieren, damit ich nachher den Termin mit meinen Auftraggebern nicht verpasse, dann schließe ich wieder die Augen. Während ich eindöse, kommt mir der Gedanke, dass ich mir einen angenehmeren Weckton einrichten sollte. Zum Beispiel *See You Again* von Wiz Khalifa und Charlie Puth, einen meiner Lieblingssongs. Doch ob der mich wirklich munter machen würde? Vielmehr würde ich ihn in meine Träume von Oscar einbauen.

Girls Just Wanna Have Fun von Cindy Lauper – der Klingelton meiner Freundin – schafft es auf jeden Fall. Ich schrecke hoch. Diesmal brauche ich nur ungefähr drei Sekunden, um mich zu orientieren, dann nehme ich das Gespräch an.

»Guten Morgen, Olivia!« Ich bemühe mich, frisch und ausgeruht zu klingen, doch sie kennt mich einfach zu gut.

»Liegst du etwa noch in den Federn?«

»Erwischt. Es war superspät gestern, als ich endlich im Bett lag. Aber keine Sorge, das Kennenlern-Meeting findet erst um elf statt.«

»Da bin ich ja erleichtert.« Olivia zögert. Mir ist schon klar, dass sie nicht anruft, um zu kontrollieren, ob ich rechtzeitig wach bin. Sie weiß genau, wie zuverlässig ich meine Termine einhalte, und die geschäftlichen ganz besonders. Vermutlich macht sie sich Sorgen um meinen Gemütszustand. Schließlich hat sie mich mehr oder weniger genötigt, nach Schweden zu fahren, und das auf die Gefahr hin, dass alte Wunden aufgerissen werden. »Wie fühlt es sich an, wieder dort zu sein?«, fragt sie dann auch prompt, und dabei klingt sie wie das personifizierte schlechte Gewissen.

»Den Grenzübertritt habe ich im Grunde verpasst, weil ich mich im Zug so gut unterhalten habe«, beruhige ich sie, denn ich will ja nicht, dass sie sich meinetwegen Sorgen macht. »Beim Einschlafen hatte ich dann zwar einen Flashback, aber jetzt geht's mir wieder gut. Ich glaube, es war die richtige Entscheidung, über meinen Schatten zu springen. Immerhin liebe ich Schweden. Dieses wunderschöne Land zu meiden, ändert ja nichts.« Und das ist keineswegs geschwindelt. Ich fühle mich wirklich hervorragend. Nicht nur ausgeruht, sondern auch mit mir und dem Schicksal im Reinen. Soweit das möglich ist, wenn ich an Oscar denke. Aber das ist auch zu Hause in Heidelberg nicht anders.

Ich höre, wie Olivia aufatmet, und freue mich, dass ich

sie beruhigen konnte. Doch Olivia wäre nicht Olivia, wenn sie nicht zielsicher nachhaken würde. »Du hast dich so gut unterhalten, dass du nicht darauf geachtet hast, wann genau der Zug Schweden erreicht? Ernsthaft? Sieht er so gut aus?«

Ganz gegen meinen Willen muss ich lachen. »Was du immer denkst«, sage ich. »Aber ja, er sieht gut aus. Und bevor du mich weiter verhörst: Er heißt Lennart, ist Schwede und einfach nur eine Zufallsbekanntschaft. Wir haben weder Nummern getauscht noch uns verabredet.«

»Schade.« Olivia klingt tatsächlich enttäuscht. »Aber Stockholm ist ja nicht so groß, dass es unmöglich wäre, einem Zufallsbekannten erneut zu begegnen.« Dann wechselt sie – wie es so ihre Art ist – abrupt das Thema. »Und das Hotel? Ist es wirklich so schön, dass es dich als Fotografin verdient hat? Einen Nullachtfünfzehn-Laden kann schließlich jeder knipsen, dazu braucht es keine Künstlerin wie dich.« Olivia neigt nun mal zu Übertreibungen. Ich starte gerade mein Comeback als Fotografin, und in den letzten Jahren habe ich mit Klassenfotos alles andere als Kunst fabriziert. Aber es tut gut, zu hören, wie sehr sie an mich und mein Können glaubt. Wenn ich es schon nur halbherzig tue …

»Es ist traumhaft«, sage ich. »Gestern Abend habe ich im Vorbeigehen schon so viele großartige Details entdeckt. Die Türen, die Fenster, die Decken, die Tapeten, die Einrichtung … alles so geschmackvoll. Nordischer Jugendstil mit moderner skandinavischer Architektur kombiniert, wirklich vom Feinsten.«

»Klingt super. Du bist also froh, dass ich dich überredet habe?«

Okay, wenn sie das unbedingt hören will. »Bis jetzt schon. Aber drei Wochen sind eine lange Zeit. Frag mich dann noch mal.«

»Oh, das werde ich tun! Und vielleicht verlierst du ja dein Herz erneut an Schweden. Oder einen Schweden.«

Ich schüttele den Kopf, auch wenn sie das nicht sehen kann. »Du gibst wohl nie auf, oder?«

»Mir zu wünschen, dass meine beste Freundin glücklich wird? Niemals!«

Ich lasse mir einen Milchkaffee und eine Zimtschnecke aufs Zimmer bringen und frühstücke im Bademantel. Dabei komme ich mir unfassbar dekadent vor. Zumal es bereits nach zehn ist. So spät bin ich sonst nie dran, höchstens im Urlaub, und selbst da gehöre ich eher zu den Frühaufstehern, denn ich liebe das Morgenlicht und die Einsamkeit nach Sonnenaufgang.

Im Bad bin ich schnell fertig. Ich lege ein leichtes Tages-Make-up auf und zwirbele meine Haare zu einem unordentlichen Dutt hoch. Zu der vanillegelben Dreiviertel-Chino trage ich eine Sommerbluse und Ballerinas, beides in Dunkelblau. Zimmerkarte und Handy passen in die Hosentasche, mehr brauche ich nicht. Ein letzter Kontrollblick in den Spiegel – kein Lippenstift auf den Zähnen, kein Mascara unterm Auge –, dann mache ich mich auf den Weg zur Rezeption.

»Mein Name ist Isabel Blum«, sage ich zu dem jungen Mann am Empfang, »ich bin hier mit Herrn und Frau Ingvarsson verabredet. Allerdings erst in fünf Minuten, ich bin ein wenig früh dran.«

»Das übernehme ich, Frederik«, mischt sich eine gut gelaunte Blondine ein. Die Schriftstücke, in die sie gerade noch vertieft war, schiebt sie jetzt beiseite und steht auf. Mit ihrem halblangen Bob, dem pinkfarbenen Hosenanzug und den weißen Sneakern wirkt sie auf lässige Weise elegant. Typisch Schwedin eben. Lächelnd kommt sie auf mich zu. »Du bist die Fotografin? Ich hab schon davon gehört, dass du super Schwedisch sprichst. Ist es okay, dass wir uns duzen?«

»Ja, bin ich – und klar, ist das okay«, erwidere ich. Auf den ersten Blick habe ich die quirlige Blondine mindestens zehn Jahre jünger eingeschätzt, als sie vermutlich ist. Beim Lächeln blitzen um ihre Augen kleine Fältchen. Wahrscheinlich ist sie doch schon Mitte vierzig, also fast in meinem Alter. Ihre lebendige Ausstrahlung macht sie mir sofort sympathisch.

»Ich bin Emilia Ingvarsson«, unterbricht sie meine Gedanken. »Meine Eltern lassen sich entschuldigen, sie sind heute leider anderweitig verpflichtet. Du wirst sie im Laufe der Woche noch kennenlernen. Aber was die Planung der Fotoaufnahmen betrifft, bin eh ich deine Ansprechpartnerin. Hast du schon gefrühstückt?«

»Ja, ich habe mir was aufs Zimmer bestellt.«

»Perfekt. Aber einen Kaffee trinkst du doch mit, oder? Ich bin zwar eine Frühaufsteherin, aber vor elf kriege ich nichts runter. Möchtest du auch einen Espresso?«

Ich nicke und beobachte, wie sie telefonisch die Getränke ordert. »Wir gehen erst mal in mein Büro, später führe ich dich überall herum.«

Ich folge ihr in einen gemütlichen Raum mit Balkon, der – anders als das, was ich bisher vom Hotel gesehen habe –

ganz modern eingerichtet ist. Alles in Glas, Holz, Leder und Metall. »Wenn man den ganzen Tag Jugendstil um sich hat, braucht man zwischendurch mal eine schnörkelfreie Zone«, kommentiert sie, als sie meinen Blick bemerkt.

Ein junger Kellner taucht auf und serviert uns den Espresso. Emilia rührt drei Löffel Zucker in ihre Tasse und nippt dann daran. Ich trinke meinen schwarz.

Kaum hat er die Tür hinter sich geschlossen, wird sie wieder aufgerissen, und eine dunkelhaarige Schönheit kommt herein. Ihre unfassbar langen Beine stecken in engen Jeans, und obwohl sie darüber ein Jackett trägt, kommt ihre perfekte Figur darin hervorragend zur Geltung. Als sie mich sieht, runzelt sie die Stirn. »Du bist wohl beschäftigt, Emilia. Ich komme später wieder.« Mit diesen Worten dreht sie sich auf dem Absatz um und verschwindet wieder.

Was, bitte, war denn das für ein Auftritt?

Emilia, die meinen verdutzten Blick bemerkt, lächelt ein bisschen gequält. »Das war Zara Lund, sie leitet unser Housekeeping. Fachlich ist sie super, aber manchmal verhält sie sich ein bisschen … gewöhnungsbedürftig.«

»Sicher hat sie viel zu tun und war bloß in Eile.« Ich weiß selbst nicht, warum ich diese Zara gerade in Schutz nehme. Ein kurzes Hallo hätte jedenfalls nicht geschadet.

»Vermutlich. Das ist sie immer«, erwidert Emilia. »Aber für den Fototermin bei dir wird sie sich auf jeden Fall Zeit nehmen.«

Ein attraktives Modell ist sie auf jeden Fall, fragt sich nur, wie kooperativ sie sein wird.

»Übrigens – das hier ist unsere alte Imagebroschüre.

Die ist ganz schön in die Jahre gekommen. Unser Interieur darf historisch wirken, aber nicht unsere Medien. Mit deinen Fotos soll ein komplett neuer Look entstehen, auch die Website bekommt ein Facelift.« Emilia überreicht mir einen Hochglanzprospekt. Ich schlage ihn auf – und erstarre. »Sag nichts, ich weiß. Das Familienporträt wirkt total steif. Wir stehen da wie die britischen Royals! Davon, dass die Fotos zehn Jahre alt sind und keiner von uns mehr so aussieht wie damals, ganz zu schweigen.«

Ich will etwas antworten, doch mir versagt die Stimme. Und dann lasse ich auch noch den Prospekt fallen. Schnell gehe ich in die Hocke, um ihn aufzuheben. Ich kann meinen Blick einfach nicht von dem Foto lösen. Das darf doch nicht …

Olivias Worte fallen mir ein. *Stockholm ist ja nicht so groß, dass es unmöglich wäre, einem Zufallsbekannten erneut zu begegnen.* Unmöglich nicht, aber wie gering war die Wahrscheinlichkeit?

»*Hej syrran.*« Eine Männerstimme, die mir nur allzu bekannt vorkommt. Apropos Wahrscheinlichkeit: Wie groß standen die Chancen, dass er just in diesem Moment hier aufkreuzen würde? Denn genau das passiert gerade.

»*Hej* Brüderchen. Ich dachte, du bist in einem Meeting?«

»Muss auch gleich wieder los. Ich wollte nur fragen, ob du Zeit hast, mich heute Abend zur Eröffnung von Lasses Bar zu begleiten. *Oh, hej*!« Er scheint mich jetzt erst zu bemerken.

»*Hej*«, krächze ich, noch immer in der Hocke. Gibt es einen unsäglicheren Moment für weiche Knie? Sämtliche Kräfte haben mich verlassen, und mir bleibt nichts anderes übrig, als ihn aus der Froschperspektive anzustarren. Seine

Mundwinkel zucken, weil er angesichts meiner Lage garantiert ein Schmunzeln unterdrückt, doch die Lachfältchen um die Augen verraten ihn.

Er reicht mir eine Hand. »Darf ich dir aufhelfen?«

In diesem Moment klingelt Emilias Handy. »Sorry, da muss ich rangehen«, sagt sie nach einem kurzen Blick aufs Display. »Macht ihr euch einfach selbst miteinander bekannt, okay? Und wegen heute Abend: Da wird nichts draus, Lelle. Du weißt doch: Rasmus und ich gehen ins Kino.«

Während Emilia das Gespräch annimmt, greife ich nach Lennarts Hand und er zieht mich hoch. Genau wie gestern, als er mir beim Einsteigen in die Öresundbahn half. Und wieder fühlt sich seine Haut warm und trocken an, sein Griff fest und sanft zugleich.

»Danke.« Ich weiß nicht, was ich sagen soll. Irgendwie komme ich mir dumm vor. Hinters Licht geführt. Ärger steigt in mir auf. Was treibt er für ein Spiel?

»Ich muss mich tausendfach entschuldigen«, kommt Lennart jeglichen Vorwürfen zuvor. »Spätestens nachdem du mir deinen Vornamen genannt hast, war mir klar, wer du bist. Dein Gepäck hat dich verraten. Und genau da hätte ich mich zu erkennen geben müssen. Aber ... na ja, irgendwie habe ich den richtigen Moment verpasst, und dann wäre es irgendwie schräg gewesen.«

»Und da war es dir lieber, dass es heute schräg ist? Und vermutlich an jedem weiteren Tag in den nächsten drei Wochen«, erwidere ich trocken. Mein Ärger löst sich schon in Luft auf, aber so leicht will ich es ihm nicht machen.

»Wir haben uns so nett und ungezwungen unterhalten,

und irgendwie habe ich befürchtet, das würde anders, wenn du wüsstest, dass ich quasi dein Auftraggeber bin.«

»Quasi?«

»Na ja, die Idee, unsere Werbemittel neu zu gestalten, kam von Emilia. Und meine Mutter hatte die Idee, mit den Fotoarbeiten jemand Besonderen zu beauftragen.«

»Und da seid ihr auf mich gekommen?« Die Verwunderung in meiner Stimme ist nicht zu überhören.

»Du bist doch besonders, oder etwa nicht?«

Na ja, ist das nicht jeder? Aber statt mit dieser Allerweltsweisheit herauszuplatzen, besinne ich mich lieber auf das, was mir Olivia ans Herz gelegt hat. Nämlich selbstbewusster zu sein, wenn es um den Job geht. Die Fotoarbeiten, die sie ausgewählt hat, um mein Spektrum auf ihrer Website zu präsentieren, sind auch wirklich nicht übel. Allerdings haben sie zum Großteil schon ein paar Jahre auf dem Buckel, um nicht zu sagen: Jahrzehnte.

»Absolut«, bekräftige ich also.

»Kann ich meine Geheimnistuerei wiedergutmachen?« Lennart fährt sich durch seine Locken, und ich möchte fast wetten, er weiß genau, wie unwiderstehlich diese Geste wirkt. Doch gleich darauf zieht er eine Grimasse, die garantiert alles andere als Effekthascherei ist, denn er wirkt damit einfach nur albern. »Es tut mir sooo leid, ehrlich.«

Ich muss lachen. »Und mir tut es leid, dass ich dein Mitfahrangebot ausgeschlagen habe. Keine Ahnung, was da über mich gekommen ist.«

Er streicht sich über seinen Anchor-Bart. »Na ja, du brauchtest eben eine Quittung für deinen Auftraggeber.«

Grundgütiger, das habe ich ja tatsächlich gesagt! Wie peinlich. Was muss er jetzt wohl von mir denken? Dass ich seine Familie ausnehmen will?

»Das war bloß …«

»… eine lahme Ausrede?«

Ich seufze und mache eine Okay-du-hast-mich-erwischt-Geste. »Sozusagen. Drei Sekunden später wusste ich selbst nicht mehr, warum ich überhaupt eine gebraucht habe. Aber da war es zu spät.«

»Schon verziehen.« Er grinst spitzbübisch. »Jedenfalls, wenn du mich heute Abend auf diese Bar-Eröffnung begleitest. Meine Schwester lässt mich ja so sträflich im Stich, und allein unter all den Möchtegernpromis und Wichtigtuern …«

»Ich soll Lückenbüßerin spielen? Damit es dir in der Stockholmer High Society nicht langweilig wird?« Ich ziehe eine Augenbraue hoch, was – wie ich von Olivia weiß – ganz schön einschüchternd wirken kann. »Und überhaupt – wer muss hier wem verzeihen?«

Sofort rudert er zurück. »Entschuldige bitte. Und natürlich bist du keine Lückenbüßerin, sondern … meine Plus Eins. Und wenn ich die Wahl hätte zwischen dir und meiner kleinen Schwester, dann …« Emilia, die ihr Telefonat inzwischen beendet hat, prustet los. »Mein Bruder redet sich mal wieder um Kopf und Kragen!«

Lennart versetzt ihr einen spielerischen Boxhieb, und sie reibt sich den Arm, als hätte das furchtbar wehgetan, aber man merkt den beiden an, dass sie ein tolles Team sind. Geschwister zu haben, mit denen man rumflachsen kann, die einen in- und auswendig kennen und zwar ständig aufziehen, aber auch immer zu einem halten, muss herrlich sein. Ich bedauere nicht zum ersten Mal im Leben, ein Einzelkind zu sein. Genauso wie Olivia. Aber eine beste Freundin wie sie zu haben, ist mehr als ein guter Ersatz dafür. Sie ist so etwas wie meine Wahl-Schwester. Ich kann es kaum erwarten, ihr von der neuesten Entwicklung zu berichten. Auch wenn sie dann nicht aufhören wird, mich über Lennart auszuhorchen.

»Schon okay«, sage ich. »Ich nehme die Einladung gerne an.«

»Sehr cool!« Lennart scheint sich ehrlich zu freuen.

»Du wirst es nicht bereuen«, sagt Emilia. »Vielleicht lernst du interessante Leute kennen und daraus ergeben sich sogar Folgeaufträge? Es kann nicht schaden, sich in der Szene sehen zu lassen.«

»Ich muss jetzt leider los«, erklärt Lennart nach einem raschen Blick auf seine Armbanduhr. »Treffen wir uns gegen halb neun an der Rezeption?«

»Klar. Wir können uns ja ein Taxi teilen«, erwidere ich und bringe ihn damit zum Lachen.

Emilia runzelt die Stirn. »Was ist daran lustig?«

»Ist ein Insider«, grinst er und zwinkert mir zu.

Und dann ist er weg. Ich fühle mich, als hätte ich ein bisschen zu wild um den *Midsommar*-Baum getanzt. Und muss daran denken, was Oscar immer gesagt hat: *Det finns inget som heter slumpen* – es gibt keine Zufälle. Nein, Oscar hat nicht an so etwas geglaubt. Mir wird schwer ums Herz – und gleichzeitig warm.

»Bist du bereit für eine Tour durchs Hotel?«

»Bereit und sehr gespannt«, erwidere ich. Höchste Zeit, mich auf den Job zu konzentrieren.

Kapitel 6

Kontrastfarben

Überall, wo Emilia mich herumführt, entdecke ich wunderschöne Details, sei es ein filigran geschmiedetes Treppengeländer, ein typisch schwedisches Landschaftsgemälde oder eine außergewöhnliche Perspektive durch die weit geöffnete Tür in einen prachtvollen Festsaal, dessen ornamentgeschmückte Buntglasfenster das Licht filtern und den Raum in warme Töne tauchen. Ich kann mir lebhaft vorstellen, wie hier vor hundert Jahren elegante Bälle stattfanden, aber ebenso gut, dass ein glückliches Millennial-Paar in diesem Saal nächstes Wochenende Hochzeit feiert. Das Deko-Team hat bereits angefangen, eine Bühne für die Liveband aufzubauen, und ein Banner mit der Aufschrift *Grattis till bröllopsparet Lars och Linnea* – einer Hochzeitsgratulation für die Brautleute – hängt an der Wand.

Ich muss daran denken, wie Oscar und ich einst Heiratspläne schmiedeten und wie sehr ich mich damals darüber amüsiert habe, dass Hochzeit auf Schwedisch ausgerechnet *bröllop* heißt.

»Ernsthaft? *Bröllop*? Und das bedeutet wirklich nicht Brüllaffe oder so etwas?«, habe ich ihn mit Lachtränen in den Augen gefragt, doch Oscar hat todernst erwidert: »Nein, denn das heißt ja schon *brölapa*«, was mich erneut losprusten ließ und ihn dann mit …

Lennarts Schwester zeigt mir jeden Winkel des Hauses, von der riesigen chromglänzenden Küche und den Technikräumen über die Konferenzsäle und das Fitnesscenter bis hin zum Kinderclub und zu den diversen gastronomischen Angeboten. Im *Midnattssol* gibt es neben dem Frühstücksraum, dem Hauptrestaurant und der Bar auch eine angesagte Rooftop-Bar, ein erstklassiges Seafood-Restaurant und ein Patisserie-Café. Ich bin sehr beeindruckt und mache unzählige Schnappschüsse. Meine Gedanken und Emilias Informationen dazu diktiere ich mir als Sprachmemos.

»Es wird eine Weile dauern, bis ich das alles für mich sortiert und ins Reine geschrieben habe«, sage ich, als wir uns zwischendurch einen *Räkssallad* gönnen, einen Garnelensalat mit Avocado, Tomaten, Gurken, Spargelspitzen und Kräuterdressing. Köstlich!

»Du kannst dir ja Zeit nehmen«, erwidert Emilia, »und wenn die drei Wochen nicht ausreichen, verlängerst du den Aufenthalt einfach. Oder bist du danach direkt wieder gebucht?«

Natürlich nicht. Dieser Auftrag ist der erste seit Langem, und vermutlich wird es eine Weile dauern, bis Olivia wieder etwas ähnlich Lukratives an Land zieht. Aber das will ich Emilia nicht unbedingt auf die Nase binden, so sympathisch sie mir auch ist.

»Das müsste ich mit meiner Agentin abklären, sie hat den Überblick über meinen Zeitplan«, sage ich ausweichend. »Und ich bin sicher, in drei Wochen schaffe ich das auf jeden Fall.«

»Hast du denn auch schon eine Idee, wie du das Team in Szene setzen möchtest? Ich meine – so ein langweiliges Gruppenbild auf der Eingangstreppe ist ein bisschen einfallslos, das haben alle.«

Darüber habe ich mir tatsächlich schon einige Gedanken gemacht, aber sie sind noch nicht ausgereift, also behalte ich sie lieber für mich. »Die würde ich euch gern nächste Woche präsentieren, okay?«

»Na klar. Dann sind auch unsere Eltern dabei. Passt perfekt.« Emilia tupft sich den Mund mit der Serviette ab. »Machen wir weiter? Du hast die Wäscherei und unsere Vorratskammern noch nicht gesehen, und dann gibt's da noch den Verwaltungstrakt mit dem Sicherheitsbüro ...«

Es ist schon später Nachmittag, als sich Emilia für heute verabschiedet.

»Ich muss zu einem Termin«, sagt sie bedauernd. »Wir können morgen weitermachen. Ich erzähle dir gern etwas über die Geschichte unseres Hauses, so als Hintergrundinfo. Damit du weißt, was uns wichtig ist und wie wir uns selbst sehen.«

»Super Idee.« Ich freue mich tatsächlich darauf, mehr Zeit mit ihr zu verbringen. Darüber hätte ich fast vergessen, dass ich später noch mit Lennart verabredet bin, doch ihre nächste Frage rückt diese Tatsache wieder in mein Bewusstsein.

»Weißt du schon, was du nachher anziehst?«

»Was ist an diesem Outfit verkehrt?«

Als Emilia loskichert, wird mir klar, dass sie meine Antwort für einen Scherz halten muss. Hilflos lächelnd zucke ich mit den Schultern. »Sorry, ich habe nicht mit einem Anlass gerechnet, für den man sich schick machen muss. Die Sachen, die ich dabeihabe, sind alle eher praktisch und alltagstauglich.«

»Du konntest ja nicht ahnen, dass mein Bruder dich zu einem High-Society-Event mitschleppen würde.« Emilia mustert mich. »Ich würde dir was von mir leihen, aber in meinen Klamotten würdest du wohl versinken.«

Emilia ist zwar schlank, aber mindestens zwanzig Zentimeter größer als ich und hat deutlich mehr weibliche Rundungen. »Zum Glück hast du ja noch Zeit für eine kleine Shoppingtour.«

Ich bin nicht begeistert. Die bekannteste Stockholmer Einkaufsstraße, die Drottninggatan, liegt ein gutes Stück entfernt. Und ob ich dort in den Filialen der üblichen Ketten etwas finde, was für den Anlass passend wäre, ist fraglich.

»Ich weiß nicht. Shopping ist nicht gerade meine große Leidenschaft, vor allem, wenn ich mich nicht auskenne. Oder hast du einen Tipp?«, frage ich.

»Nicht weit von hier findest du mindestens drei tolle Secondhandläden«, sagt Emilia. »Das, was vor ein paar Monaten in den Luxusboutiquen für Unsummen neu gekauft wurde, findest du dort für kleines Geld. Zum Beispiel direkt um die Ecke bei Leyla, einer Freundin von mir. Richte ihr liebe Grüße aus! Sie findet bestimmt etwas Traumhaftes für dich.«

Eine Viertelstunde später stehe ich vor dem Schaufenster von *Leylas Secondhandbutiken* – einem kleinen Laden, dessen Eingang ich um ein Haar übersehen hätte, weil der Florist zur Linken und das Café zur Rechten mit ihren üppigen Auslagen und den hübsch dekorierten Tischen meine Aufmerksamkeit auf sich gezogen haben.

Leyla ist etwa in Emilias Alter und hat hüftlanges, schwarzes Haar. Sie trägt einen schlichten weinroten Overall, der ihr hervorragend steht, und mir sinkt der Mut. Ich habe nun mal kein so gutes Händchen in Sachen Mode. Vermutlich, weil mir das nie so wichtig war. Andererseits wäre ich gerne so stilsicher wie die modebewussten Stockholmerinnen.

»*Hej*, du kommst von Emilia, stimmt's?«, spricht mich Leyla an. »Sie hat mir gerade eine Nachricht geschickt. Du brauchst etwas, was die ganzen Lackaffen der feinen Gesellschaft vom Hocker reißt und ihren Bruder Lennart gleich mit.« Sie grinst verschmitzt.

Ich muss lachen. »Wenn du es so ausdrücken willst – ja, ich brauche etwas Schickes. Aber ich will gewiss niemanden beeindrucken, es genügt mir schon, wenn ich nicht negativ auffalle.«

»Warte nur, wenn ich dich eingekleidet habe, werden sich alle nach dir umdrehen. Bist du bereit?«

Ich nicke ergeben. Am liebsten würde ich mich in meiner Hotelsuite verkriechen und meine Sprachmemos verschriften, die Schnappschüsse sortieren und einen Arbeitsplan für die nächste Woche erstellen. Und das Konzept für die Team-aufnahmen will auch noch gemacht werden.

Leyla verschwindet kurz im Hinterzimmer, dann kommt sie mit drei Kleidern über dem Arm zurück: einem Etui-kleid in Taubenblau, einem Cocktailkleid in Lila und einem dreiviertellangen geblümten Vintagekleid in Smaragd- und Petroltönen.

»Sind die Farben nicht ein bisschen gewagt?«

Leyla lächelt. »Im Gegenteil. Zu deinen rotblonden Haa-ren passen sie perfekt. Die Wirkung wird spektakulär sein, wetten?«

Ich probiere alle drei an, und ich muss Leyla recht geben: Sie stehen mir hervorragend. Ausnahmslos.

»Wie soll ich mich denn da entscheiden?« In das Blumen-kleid habe ich mich zwar spontan verliebt, doch je länger ich mich in dem taubenblauen vor dem Spiegel drehe und wende, desto besser gefällt es mir. Nur das Cocktailkleid ist mir ein bisschen zu aufgetakelt. Das passt nicht zu mir. Ich gebe es zurück. Damit habe ich die Auswahl auf zwei reduziert.

»Vielleicht gibt es während deines Aufenthaltes hier ja noch weitere glamouröse Events, zu denen du eingeladen wirst, und dann kannst du ja schlecht immer mit demsel-ben Outfit aufkreuzen. Übrigens, was hältst du von diesem Jumpsuit?« Das Modell in Royalblau sieht wirklich klasse aus. Ich schlüpfe schnell hinein, und wie zu befürchten war, sitzt er wie angegossen. Jetzt habe ich die Qual der Wahl. Oder soll ich auf Leyla hören und einfach alle kaufen? Ich linse nach Preisschildern, kann aber keine entdecken.

Leyla scheint zu ahnen, wonach ich suche, und nennt mir

einen Preis, der mir zunächst die Sprache verschlägt. Das kann ich mir unmöglich leisten.

Dann wird mir klar, dass sie den Betrag natürlich in schwedischen Kronen angegeben hat und sich das Ganze in Euro umgerechnet auf weniger als ein Zehntel davon reduziert.

»Für alle drei«, ergänzt Leyla, die mein Zögern bemerkt hat, und ich strahle. Jetzt ist es ein echtes Schnäppchen.

»Einverstanden!« Bestimmt ist das ein Supersonderpreis für Bekannte von Emilia. Ich darf nicht vergessen, ihr für den guten Tipp zu danken.

»Welche Schuhe wirst du dazu tragen?«

Ups, da ist ein Problem gelöst und schon taucht das nächste auf.

»Ich dachte an diese Ballerinas. Oder findest du, ich brauche Pumps?«

Leyla winkt ab. »Bloß nicht. Die sind total out. Außerdem – findet die Einweihung, zu der dich Lennart heute Abend mitnimmt, nicht in Gamla Stan statt?«

Ich nicke. Ich freue mich schon auf die Altstadt, sie ist ein wahres Juwel.

»Da kann ich von Absätzen ohnehin nur abraten. Auf dem Kopfsteinpflaster würdest du damit nicht froh. Hast du vielleicht Stiefeletten mit ordentlich Profil dabei?«

Ich runzele die Stirn. »Ja, habe ich. In Beige. Aber passt das denn?«

»Nicht unbedingt zu allen Outfits, aber zu dem Geblümten auf jeden Fall. Die Kombination ist richtig cool.«

Wow. Wer hätte das gedacht? Ich habe coole Accessoires. Und jetzt auch umwerfend schöne Abendgarderobe.

Ich stehe vor dem frei stehenden Ganzkörperspiegel in meinem Schlafzimmer und erkenne mich kaum wieder. Von selbst wäre ich nie auf die Idee gekommen, meine klobigen Stiefeletten mit einem verspielten Vintagekleid zu kombinieren, aber Leylas Tipp war Gold wert. Das sieht nicht nur gut aus, sondern ist auch bequem.

Meine Haare habe ich zu einem lockeren Knoten aufgezwirbelt, aus dem ich ein paar Strähnen herausgelöst habe, die mein Gesicht sanft umspielen. Ich bin ganz dezent geschminkt – altrosa Lipgloss, etwas Puder und Rouge, Lidschatten in demselben Grünton wie die Blumen auf meinem Kleid und etwas Wimperntusche – fertig.

Um kurz vor halb neun mache ich mich auf den Weg zur Rezeption, wo Lennart bereits auf mich wartet. Auch er hat sich in Schale geschmissen – zu seinen nachtblauen, schmal geschnittenen Hosen trägt er cognacbraune Budapester und ein weißes Hemd. Für eine Jacke ist es heute definitiv zu heiß.

»Wow, du siehst umwerfend aus«, begrüßt er mich.

»Das scheint dich zu überraschen.« Ich ziehe eine Augenbraue hoch und spiele die Entrüstete.

»Aber nein, natürlich nicht, ich meine bloß …«

»Ich hab dich doch bloß auf den Arm genommen«, unterbreche ich sein Gestammel.

Lennart stemmt mit gespielter Entrüstung die Hände in die Seiten, dann lässt er sie grinsend wieder sinken. »Das hab ich wohl verdient. Sind wir jetzt quitt, oder muss ich den ganzen Abend mit deinem Spott rechnen?«

»Mach dich lieber auf alles gefasst.« Ich weiß gar nicht,

woher ich die Kühnheit nehme, meinem Auftraggeber gegenüber so übermütig aufzutreten. Das ist sonst nicht meine Art. Sicher liegt es daran, dass ich ihn nicht in dieser Rolle kennengelernt habe, und genau darauf hat er es ja auch angelegt. Dennoch sollte ich mich zusammenreißen. »Du kannst dich übrigens auch sehen lassen«, ergänze ich versöhnlich.

»Ach, wer wird denn auf mich achten, wenn du neben mir stehst«, erwidert er und zwinkert mir zu. Wenn ich nur wüsste, wie viel Prozent davon Ironie sind …

Zu meiner Überraschung nehmen wir kein Taxi, sondern die *Tunnelbana*, Stockholms U-Bahn. Lennart besorgt mir ein Monatsticket und überreicht es mir mit einem angedeuteten Diener. »Bitte sehr – geht aufs Haus, wir können das absetzen.«

Ich muss lachen. »Wie lang willst du mir das mit der Taxiquittung noch unter die Nase reiben?«

»Solange sich der Gag nicht allzu sehr abnutzt. Und da ich ein schlichtes Gemüt und einen simpel gestrickten Männerhumor habe, kann das noch eine ganze Weile dauern.«

Die Stockholmer U-Bahn ist nicht nur superpünktlich, sondern auch sehr sauber, außerdem so übersichtlich beschildert, dass ich mich hier selbst dann problemlos zurechtfinden würde, wenn ich keinen einheimischen Guide dabeihätte.

Ich bewundere die Skulpturen und Mosaike, die an unserem U-Bahnhof ausgestellt sind.

»Nicht umsonst gilt die *T-Bana* auch als größtes Kunstmuseum der Welt«, kommentiert Lennart meinen überraschten Blick, »und das schon seit den Fünfzigerjahren.«

Dann muss ich das wohl, als ich Ende der Neunziger hier

war, übersehen haben. Damals hatte ich vermutlich andere Interessen und ohnehin nur Augen für Oscar.

»Alles okay?« Lennart ist mein plötzlicher Stimmungswechsel nicht entgangen.

»Diese Skulptur wirkt bedrückend, findest du nicht?« Das entspricht zwar meinem tatsächlichen Empfinden, ist aber nur die halbe Wahrheit. Doch das, was mich wirklich bewegt, behalte ich lieber für mich.

Wie schön wäre es, mit Oscar an meiner Seite hier zu sein! Dass das nicht möglich ist, schnürt mir fast die Kehle zu. Doch andererseits ist Oscar überall mit dabei, denn er ist ein Teil von mir und wird es immer sein. Und ich weiß genau, was er jetzt sagen würde: *Genieße den Abend, Isabel. Genieße jeden Moment deines Lebens, als wäre es der letzte.*

Die Fahrt dauert nur wenige Minuten. Wir steigen aus und schlendern durch die schmalen Gassen der Stockholmer Altstadt, in der zwar – wie sollte es im Juni anders sein – noch viel los ist, aber längst nicht mehr so viel wie tagsüber, wenn Scharen von Besuchern die einschlägigen Sehenswürdigkeiten abklappern, vom Nobelmuseum über das königliche Schloss bis hin zu Mårten Trotzigs Gränd, der schmalsten Straße Stockholms.

Obwohl ich all diese Attraktionen kenne, überkommt mich doch wieder die Faszination, die sie auf Besucher ausüben.

»Es ist einfach herrlich hier«, sage ich. »Diese wunderbaren mittelalterlichen Häuser, die Atmosphäre, die schönen Läden und Cafés ... Bestimmt klinge ich wie eine Pauschaltouristin.«

»Ganz und gar nicht.« Lennart hakt sich bei mir unter, und ich habe nichts dagegen, damit wir nicht auseinandergerissen werden, denn hier auf dem Stortorget, dem zentralen Platz von Gamla Stan, herrscht doch noch ziemliches Gedränge. »Aber es gibt noch zauberhaftere Plätze in der Stadt. Echte Geheimtipps. Wenn du willst, zeige ich sie dir.«

Ich weiß nicht, was ich antworten soll, also lächele ich bloß, während wir in eine Nebenstraße einbiegen und von dort in eine noch schmalere Gasse.

»Und wir sind da«, verkündet Lennart und deutet auf das stylische Schild über einem eher unspektakulären Eingang. *Lasses Lycka* steht darauf. Lasses Glück.

Ich schlucke. In der Vergangenheit hat mir Schweden zwar großes Glück beschert, aber ich musste es mit noch größerem Unglück bezahlen. Wenn das der Preis dafür ist, verzichte ich in Zukunft lieber auf alles, was das Schicksal herausfordern könnte. Aber ein Abend in netter Gesellschaft bei ein paar Cocktails dürfte wohl kaum ein schlechtes Omen sein.

»Rein ins Vergnügen«, sage ich.

Kapitel 7

Fotobox

Auch wenn ich mir eben noch außergewöhnlich schick und womöglich sogar overdressed vorkam, ändert sich das augenblicklich, als wir die Bar betreten. Das Publikum in *Lasses Lycka* ist gestylt wie auf dem roten Teppich eines Filmfestivals. Kunstvolle Frisuren, perfektes Make-up, Designeranzüge, Glitzerfummel. Ich sehe silberne Pailletten, strassbesetztes Leder, schimmernde Seide. Vermutlich war jedes einzelne Outfit hier um ein Vielfaches teurer als mein Secondhandkleid, womöglich sogar als dieses ursprünglich zum Neupreis gekostet hat.

»Was sind das für Leute?«, flüstere ich Lennart zu, der alle zu kennen scheint, denn er grüßt nach links und rechts, während wir uns durch die Menge schieben.

»Die sollten sich vielmehr fragen, wer du bist«, erwidert er grinsend. Wie durch ein Wunder ergattern wir einen freien

Stehtisch in einer Ecke, von wo aus wir einen perfekten Überblick über die Menge haben.

»Siehst du diesen Typen da in Lila? Das ist Ludvig, ein YouTuber. Hält sich für den Nabel der Welt. Und daneben die Frau mit den pinkfarbenen Haaren ist Helena, eine Beauty-Influencerin.«

Ich nicke und versuche mir die Namen zu merken.

»Der Kerl mit der lauten Lache ist Jonathan, ein aufstrebender Stand-up-Comedian, der sich selbst am allerlustigsten findet. Sein Partner, der etwas unauffällige Glatzkopf, heißt David, er ist Kameramann beim schwedischen Fernsehen.«

Mir schwirrt schon der Kopf, aber Lennart macht weiter: »Die Blonde in dem hautengen schwarzen Lederoutfit ist Emma, sie hat an einer Castingshow für Models teilgenommen und ist Siebte geworden. Trotzdem ist sie von all ihren Konkurrentinnen die erfolgreichste. Vermutlich wegen ihrer On-off-Beziehung mit Fredrik, einem Fußballprofi. Da er gerade an ihren Lippen hängt, gehe ich davon aus, dass sie zurzeit mal wieder in einer On-Phase sind.«

Ich hätte mir etwas zu schreiben mitnehmen sollen. Oder wenigstens mein Handy auf Aufnahme stellen. Wie soll ich das bloß alles behalten? Aber vielleicht ist das ja gar nicht nötig. Ich spüre auch so, dass ich hier ein Alien bin.

»Siehst du die Dunkelhaarige in dem silbernen Glitzerkleidchen dort drüben auf dem Ledersofa? Das ist eine bekannte D-Jane. Und das neben ihr ist Saga, ein ehemaliges Popsternchen, das dem einstigen Erfolg hinterhertrauert und glaubt, mit diversen kosmetischen Operationen wäre ein Comeback wahrscheinlicher.«

Wie traurig. Ich ahne, dass diese Saga einmal wunderschön war, doch ihre Gesichtszüge wirken jetzt nur noch unnatürlich und etwas grimassenhaft.

»Die drei Typen am Tresen sind Göran, Anders und Mikael, allesamt Journalisten, die sich für unentdeckte Literaten halten. Vermutlich hat jeder von ihnen einen blutrünstigen Krimi in der Schublade und hofft, damit so groß rauszukommen wie Stieg Larsson, nur ohne dessen tragisches Ende.«

Tatsächlich, was das Styling betrifft, wirken die drei Männern hier wie Fremdkörper – in ihren ausgebeulten Jeans und speckigen Jacketts sind sie optisch nicht halb so ansprechend wie die Designer-Barhocker, auf denen sie sitzen.

»Und die große Frau mit den kurzen schwarzen Haaren dort drüben?«, will ich wissen. Sie ist die Einzige, die einen Hosenanzug trägt, was sie ebenfalls hervorstechen lässt. Er steht ihr hervorragend – sie wirkt darin souverän, elegant und intellektuell zugleich.

»Das ist Milla Rosén, die Innenarchitektin. Sie hat hier mal wieder wahre Wunder vollbracht. Du hättest den Laden vorher sehen sollen – total düster und altbacken. Und schau dich jetzt mal um ...«

Die Bar ist zwar nicht sonderlich groß, aber durch vertikale Pflanzenwände und die ungewöhnliche Platzierung der Bar sind verschiedene Bereiche entstanden, von einer kleinen Tanzfläche mit DJ-Pult bis hin zur Lounge-Ecke mit Ledersofas und sogar einer Hängematte. Mithilfe zahlloser Pendelleuchten und Wandlampen hat Milla Rosén eine ausgesprochen gemütliche Atmosphäre geschaffen, und beim

Mobiliar ist ihr die Mischung aus topmodernen Elementen und Vintage-Stücken hervorragend gelungen.

»Wirklich großartig«, sage ich.

»Nicht umsonst haben wir sie engagiert, um die Rooftop-Bar im *Midnattssol* zu gestalten«, erwidert Lennart.

Ein junger Kellner nähert sich mit einem Tablett voller Sektgläser. »*Hej*, Lennart, mögt ihr Champagner, oder darf ich euch etwas anderes bringen?«

»*Hej*, schön, dich mal wieder zu sehen. Für mich lieber was Alkoholfreies.« Er lächelt mich an. »Das ist übrigens Mattis. Er hat bei uns gelernt und ist dann zur Konkurrenz gewechselt. Aber ich behalte ihn im Auge.«

Mattis lacht. »Eines Tages komme ich zu euch zurück.«

»Darf ich vorstellen – das ist Isabel, eine Fotokünstlerin aus Deutschland, die zurzeit für uns arbeitet. Champagner für dich, Isabel?«

Obwohl ich eigentlich lieber auch etwas ohne Alkohol gehabt hätte, nicke ich im Affekt, denn ich bin noch dabei, die Worte *Fotokünstlerin aus Deutschland* zu verdauen. Und dass Lennart so vertraut mit einem ehemaligen Auszubildenden umgeht, was mir fast noch besser gefällt.

Nachdem Mattis verschwunden ist, fährt Lennart fort, mich über die Anwesenden aufzuklären, aber mittlerweile habe ich es aufgegeben, mir alles merken zu wollen – es wird mir sowieso nicht gelingen, und mir schwirrt bereits der Kopf, woran der Champagner auch nicht ganz unschuldig ist. Ich hatte großen Durst und habe deshalb das Glas zur Hälfte geleert. Jetzt wünschte ich, ich hätte mir ein Glas Wasser bestellt. Die Namen der Künstler, Geschäftsleute,

Musicalstars und Sportgrößen rauschen nur so an mir vorbei.

»Hier zwei Virgin Mojitos – genießt eure Mocktails«, sagt Mattis, der plötzlich wieder auftaucht, und ich könnte ihn dafür küssen, dass er meinen Wunsch offenbar erahnt hat. Er zwinkert uns zu und taucht wieder in der Menge unter.

»Auf einen unvergesslichen Abend«, sagt Lennart und prostet mir zu.

»Das ist er jetzt schon«, erwidere ich und erhebe mein Glas ebenfalls.

»Dann eben auf die schönste Frau von allen.« Sein Lächeln geht mir unter die Haut, auch wenn mir natürlich klar ist, dass er nur höflich sein will. Unter all diesen Beauty-Queens und Promi-Schönheiten komme ich mir in meinem Blümchenkleid fast vor wie *Askungen* – die schwedische Version von Aschenputtel.

Unwillkürlich frage ich mich, ob er wohl vergeben ist oder Single. Einen Ring trägt er jedenfalls nicht, aber das muss ja nichts heißen. Natürlich spreche ich ihn nicht darauf an, schon gar nicht in einem Moment wie diesem. Das würde ihn nur auf den Gedanken bringen, ich sei womöglich interessiert. Denn das bin ich definitiv nicht, so sympathisch und attraktiv er auch sein mag.

»Komm, wir absolvieren mal unsere Runde, bevor wir uns unauffällig aus dem Staub machen.« Lennart steht auf. Ich folge ihm.

Wir schlendern von einem Grüppchen zum nächsten, machen Small Talk und lächeln. Lennart stellt mich überall als deutsche Fotokünstlerin vor, die sich die Ehre gibt, für ihn zu arbeiten, und nach einer halben Stunde halten mich vermutlich alle für eine echte Berühmtheit. So auch Lasse, der Inhaber der Bar. »Die Fotos für meine Website hat mein Nachbar gemacht, der ist zwar immerhin Pressefotograf, aber kein Künstler«, sagt er fast entschuldigend. »Bitte sei nicht allzu kritisch, wenn du mal auf der Seite vorbeischaust.«

»Ich bin sicher, das tolle Ambiente kommt auf den Fotos super rüber«, sage ich, und mein Kompliment bringt ihn zum Strahlen, woraufhin ich mich wie eine Hochstaplerin fühle.

»Bestimmt findest du das mit der Fotobox albern«, meint Lasse und deutet in eine etwas dunkle Ecke neben der Bar, die ich bisher noch gar nicht beachtet habe. »Ich meine – als Künstlerin ist das natürlich unter deinem Niveau. Aber ich dachte, das lockert vielleicht die Stimmung auf.«

»Eine Fotobox? Cool«, ruft Lennart erfreut aus. »Komm mit, Isabel, das müssen wir uns ansehen.«

Das meint er doch nicht ernst, oder? Vielleicht wollte er ja bloß auf elegante Weise das Gespräch mit Lasse abbrechen, obwohl – eigentlich fand ich ihn ziemlich nett. Ich folge Lennart, und ehe ich mich's versehe, sitze ich dicht neben ihm in einer winzigen Kabine vor einem Monitor mit Touchscreen und einer Kamera.

»Welchen Hintergrund nehmen wir? Palmenstrand? Himalaja? Dschungel? Die Niagarafälle?« Er probiert alles aus, überlässt mir aber die Entscheidung.

Ich muss an die albernen Porträts denken, die Oscar und ich vor vielen Jahren in einem Göteborger Passbildautomaten gemacht haben, und für einen Moment bleibt mir das Lachen im Halse stecken. Irgendwo muss ich diese Grimassenfotos sogar noch haben, vermutlich in einem alten Album. Mein Herz zieht sich zusammen, als ich mich daran erinnere, was er damals sagte: »Eines Tages, wenn wir alt und grau sind, werden wir uns bei diesem Anblick kringeln vor Lachen.« Wer hätte damals ahnen können, dass er nicht einmal dreißig würde? Ich schlucke. Dann atme ich durch und spüre, dass es okay ist, mich zu amüsieren. Oscar würde das wollen.

»Die Winterlandschaft«, sage ich. »Hier drin ist es so heiß, da tut eine Abkühlung sicher gut, auch wenn sie nur eine optische Täuschung ist.«

»O ja, du hast recht – es ist wirklich sehr heiß«, sagt er, und auch ohne dass sein Tonfall anzüglich klingt oder er mir einen zweideutigen Blick schenkt, wird mir die doppelsinnige Bedeutung dessen, was ich gerade gesagt habe, peinlich bewusst. Zumal es hier so eng ist, dass sich unsere Oberschenkel unweigerlich berühren. Mein Kleid ist zwar ziemlich lang, aber der dünne Stoff stellt keine echte Barriere dar, und ich spüre nicht nur Lennarts Körperwärme, sondern auch jede seiner Bewegungen.

»Okay, jetzt noch die Requisiten.« Er inspiziert die Kiste mit den zur Verfügung stehenden Kopfbedeckungen, Masken, Kronen und all die anderen Spaß-Utensilien. »Ich nehme den Piratenhut – und du die Tiara, okay?«

»Einverstanden.« Seine gute Laune ist ansteckend, und ich krame jetzt auch herum. »Wie wäre es mit der Federboa für dich und der Riesen-Elton-John-Brille für mich?«

»Aber nur, wenn du auch die Gitarre und das Mikro nimmst.«

»Und du das Schwert und die Augenklappe!«

Nachdem wir uns entsprechend ausstaffiert haben, drücken wir auf den Selbstauslöser. Die Fotos, die wir wenig später in Händen halten, sind wirklich zum Schieflachen.

»Und jetzt umgekehrt«, schlägt Lennart vor.

»Aber wir können die Fotobox doch unmöglich so lange blockieren? Bestimmt wollen da auch andere noch rein.«

»Egal, die können warten. Her mit der Tiara! Wow, der Piratenhut steht dir voll gut.«

»Ich weiß, meine Oma sagte schon immer, ich hätte ein Hutgesicht.«

»Na, dann bin ich mal gespannt, ob du auch ein Bartgesicht hast.«

Als wir eine Viertelstunde später die Fotobox verlassen, bin ich wirklich froh, mich nicht aufwendiger geschminkt zu haben, denn meine Lachtränen hätten das Kunstwerk garantiert zunichtegemacht.

Dank der Pippi-Langstrumpf-Perücke und der Shrek-Maske ist meine Frisur leider auch hinüber. Ich will sie mir wieder richten, doch Lennart hält mich davon ab. »Warum trägst du deine Haare nicht einfach offen?« Da ich, um einen einigermaßen gelungenen Haarknoten hinzubekommen, ohnehin einen Spiegel bräuchte und ich keine Lust habe, mich zur Toilette durchzukämpfen, folge ich seinem Vorschlag.

»Und jetzt?«, will ich wissen, während ich meine nun überflüssige Haarspange verstaue. »Noch mehr Small Talk mit Promis?«

Lennart schüttelt den Kopf. »Mir reicht's. Wir haben uns hier sehen lassen, das muss genügen. Hast du Lust auf einen Spaziergang?«

Erleichtert nicke ich.

Wir nehmen ein Taxi in Richtung Södermalm, doch anstatt in Richtung Hotel abzubiegen, bringt es uns zum untersten Zipfel des Stadtteils, und wir steigen irgendwo im Nirgendwo aus.

»Wohin verschleppst du mich jetzt?«

»Auf die berüchtigte Gefängnisinsel Långholmen«, erwidert Lennart und grinst schief.

»Ernsthaft?«

»Ja, aber keine Angst – der Knast existiert schon lange nicht mehr, darin wurde inzwischen ein Hotel eröffnet, in dem man tatsächlich hinter Gittern übernachten kann.«

»Klingt nicht sonderlich reizvoll.«

»Okay, wie klingt dann das für dich: idyllische Spazierwege, romantische Badebuchten und Urlaubsfeeling mit Blick auf die Stadt?«

»Schon besser«, muss ich zugeben. »Wobei ich nicht vorhabe, heute noch baden zu gehen.«

»Wie wäre es dann mit einem Bier und etwas Livemusik?«

»Hier?«

»Nur den versprochenen Spaziergang entfernt.«

Die Insel ist um diese Uhrzeit ziemlich verlassen, uns begegnen nur zwei eng umschlungene Liebespaare, und irgendwo im Unterholz kichern ein paar Jugendliche, die mit Sicherheit nicht mehr ganz nüchtern sind.

»Woher kannst du eigentlich so gut Schwedisch?«, will er unvermittelt wissen.

Ich könnte ihm jetzt erzählen, dass ich in Göteborg studiert habe, aber dann müsste ich wieder an Oscar denken, und über ihn will ich auf keinen Fall mit Lennart sprechen.

»Ich liebe Sprachen einfach«, erwidere ich stattdessen, und er lässt es darauf beruhen.

»Führen dich deine Fotoaufträge immer so weit weg von zu Hause? Was waren so deine letzten Projekte?«

Puh, jetzt geht's ans Eingemachte. Ich kann ihm ja schlecht gestehen, dass ich in den letzten Jahren hauptsächlich als Schulfotografin gearbeitet und nur hin und wieder Naturaufnahmen für regionale Fotokalender gemacht habe, das würde furchtbar unprofessionell wirken. Olivia hat mir dringend dazu geraten, in dieser Hinsicht eher vage zu bleiben, und daran halte ich mich: »Meine Schwerpunkte waren bisher *People* und *Nature*, aber ich will mein Spektrum langsam erweitern. Architektur finde ich mindestens genauso spannend«, sage ich.

Schweigend gehen wir weiter, das Blätterdach über uns raschelt im leisen Wind, und ich denke an die Fotoserien, die ich zuletzt von meiner Mutter gemacht habe. Ich bin froh, diese intensive Zeit mit ihr erlebt zu haben, auch wenn sie meine Karriere für fast ein Jahrzehnt ausgebremst hat.

Wir erreichen eine verwunschene Bucht, an der sich tagsüber wohl Badefans und Sonnenanbeter tummeln. Jetzt liegt sie still und verlassen im Dämmerlicht der weißen Juninacht.

»Es ist wunderschön«, sage ich leise.

»Ja. Ich liebe diese Ecke. Sie gehört zu den Top Ten meiner Lieblingsplätze auf der ganzen Welt. Långholmen ist wie eine stille Oase mitten im Trubel der Stadt.«

»Du hast eine Top Ten?«

»Ja, und du wirst lachen: alle zehn Orte befinden sich in Schweden. Macht mich das nun zu einem unerträglichen Langweiler oder einem unerträglichen Patrioten?«

Ich finde seine Heimatverbundenheit sympathisch. »Zu einem durchaus erträglichen Geheimniskrämer«, foppe ich ihn. »Aber das ist ja nichts Neues.«

»Und du bist nachtragend.«

»Bloß neugierig. Verrätst du mir, welches die anderen neun Lieblingsorte sind?«

Er schaut mich an, als sähe er mich gerade zum ersten Mal. Mir wird bewusst, dass der Abstand zwischen uns fast nicht vorhanden ist. Sein Lächeln macht mich schwach. Ich wende mich ab und betrachte die silbrig glitzernden Wellen, die sanft ans Ufer plätschern. Es wirkt malerisch, fast märchenhaft.

Ich spüre, dass Lennarts Blick noch immer auf mir ruht, und weiche ihm nicht länger aus. Die Sommernachtluft um uns herum scheint zu knistern. Als ich es einfach nicht mehr ertrage, boxe ich ihm spielerisch auf den Arm. »Nun verrate es schon!«

Er lächelt geheimnisvoll. »Heute nicht. Aber bald.« Und ich bin nicht ganz sicher, was genau er damit gemeint hat.

Der magische Moment ist vorbei. Wir spazieren weiter, und bald hören wir südamerikanische Rhythmen und klangvolle Stimmen.

»Hab ich zu viel versprochen?«, fragt Lennart, als wir uns dem rustikalen Lokal nähern, dessen Holzbänke im Freien fast alle belegt sind. Manche Leute lassen sich ein spätes Abendessen schmecken, andere trinken nur etwas, einige tanzen zur Musik. Die Band spielt voller Leidenschaft und zeigt ihr ganzes Können, wofür sie mit begeistertem Applaus belohnt wird.

»Da drüben ist noch ein Plätzchen frei«, sagt Lennart. Wir quetschen uns zu ein paar jungen Leuten auf die Bank, und sie prosten uns fröhlich zu.

Ich denke an Lennarts Trinkspruch von vorhin. *Auf einen unvergesslichen Abend.* Spätestens jetzt hat er sich erfüllt.

Kapitel 8

Cheese!

»Hab ich dich etwa schon wieder geweckt?« Olivia versucht, tadelnd zu klingen, doch ich höre ihr an, dass sie sich in Wahrheit diebisch freut, mich erneut beim Ausschlafen ertappt zu haben.

»Da muss ich dich leider enttäuschen«, erwidere ich grinsend, »tatsächlich sitze ich schon seit zwei Stunden am Laptop und sortiere meine Notizen.«

»Seit zwei Stunden? Es ist doch erst halb neun!«

»Ich bin ja schließlich nicht zum Spaß hier«, sage ich.

»Hey, das wäre eigentlich mein Text gewesen – allerdings hätte der bloß gepasst, wenn du tatsächlich noch in den Federn liegen würdest.«

Ich muss lachen. »Deshalb rufst du an?«

»Na ja, vor allem, um zu hören, ob es dir gut geht.«

»Das tut es!« Ich stehe auf und trete ans Fenster. Draußen

scheint die Sonne, und es verspricht ein herrlicher Tag zu werden.

»Und was macht der Fremde aus dem Zug? Bist du ihm wieder begegnet?« Ihre Stimme klingt schmachtend, so wie sonst nur, wenn sie mir von ihrer aktuellen Lektüre vorschwärmt. Olivia ist ein großer Fan von Liebesromanen, und auch im wirklichen Leben wittert sie überall große Gefühle.

»Das bin ich tatsächlich, und es hat sich herausgestellt, dass der Zufall dabei keine so große Rolle gespielt hat wie vermutet: Lennart heißt nämlich mit Nachnamen Ingvarsson.«

Stille in der Leitung.

»Du meinst …«

»Genau. Mein Auftraggeber. Genauer gesagt der Juniorchef, wenn man einen Mann in seinem Alter noch so nennen kann.«

»Das ist ja … unglaublich!« Natürlich ist diese Neuigkeit Wasser auf Olivias Gefühlsmühle.

»Unglaublich, dass er sich nicht sofort geoutet hat, das finde ich auch«, stelle ich richtig.

»Aber jede romantische Verwechslungskomödie beruht darauf, dass die Protagonisten ihre wahre Identität zunächst verschleiern«, widerspricht meine Freundin.

»Das hier ist aber keine deiner romantischen Komödien, sondern das wahre Leben, und ich bin zum Arbeiten hier, nicht um mit Lennart …«

»Nicht um mit Lennart – *waaas*?«, hakt Olivia sofort nach. Natürlich wittert sie sofort, dass ich ihr etwas verschweige.

»Okay, aber das hat nichts zu bedeuten: Ich habe ihn gestern zu einer Veranstaltung begleitet, allerdings nur, weil Emilia, seine Schwester, keine Zeit hatte.«

»Und weil er gerade Single ist. Perfekt!«

Typisch Olivia, dass sie sofort seinen Beziehungsstatus anspricht. Aber sogar ich habe mich schon gefragt, ob er wohl vergeben ist. Und wenn ich raten müsste, würde ich eher nicht darauf tippen. Sonst hätte er doch seine Freundin gefragt, ob sie ihn begleitet, oder? Außerdem hat es gestern Abend an dieser Badebucht ganz schön geknistert. Wobei – vielleicht bilde ich mir das auch bloß ein. Für ihn gehört Flirten garantiert zum Alltag, während ich seit vielen Jahren total aus der Übung bin.

»Ich habe recht, oder?«

»Keine Ahnung, Olivia. Aber eins kann ich dir mit Sicherheit sagen: Du bist auf dem völlig falschen Dampfer. Lennart ist nett, und wir verstehen uns gut – aber das gilt für Emilia ganz genauso. Die beiden sind meine Auftraggeber, das ist alles.«

»Ach, Isabel … Du glaubst das wirklich, oder? Ich versteh dich einfach nicht. Warum ergreifst du eine Chance nicht, wenn sie sich dir bietet?«

»Du bist unmöglich!«

»Und du solltest lernen, das Leben zu genießen. Es ist höchste Zeit dafür.«

Nach diesem Telefonat kann ich mich einfach nicht mehr auf meine Notizen und Listen konzentrieren. Olivias Worte gehen mir nicht aus dem Kopf. Und dann knurrt auch noch mein Magen. Das ist ein Zeichen: Zeit für eine Pause!

Als ich auf dem Weg zum Frühstücksraum an der Rezeption vorbeikomme, läuft mir Emilia über den Weg.

»*Hej*, hast du auch solchen Hunger? Ich lass mir was auf die Dachterrasse bringen. Kommst du mit?«

»Super Idee, da bin ich dabei.«

»Prima. Wir können dann gleich oben sitzen bleiben, und ich erzähle dir anschließend was über unsere Firmen- und Familiengeschichte. Brauchst du was zum Mitschreiben?«

Ich tippe auf meine Tasche. »Alles hier drin: Stift, Handy und Notizbuch. Ich bin gerüstet.«

»Perfekt!«

Wir betreten den Lift und fahren bis ganz nach oben.

»Unglaublich!«, entfährt es mir, als wir aussteigen. »So schön habe ich mir das nicht vorgestellt.«

Die Dachterrasse befindet sich zwar auf einem nachträglichen Anbau an das historische Jugendstil-Gebäude, greift aber trotz des modernen Touchs den Stil und Charakter des *Midnattssol* harmonisch auf. Sowohl Geländer als auch Mobiliar sind mit kunstvoll geschwungenen Schmiedeeiseneleementen ein echter Hingucker, ebenso wie die Pflanzwände voller Glockenblumen und die Mosaikfliesen auf dem Boden.

»Zum Glück sind die Sitzgelegenheiten bequemer als die Original-Vorbilder von damals«, sagt Emilia und lässt sich auf einen der weich gepolsterten Sessel sinken.

»Wirklich total gemütlich«, stelle ich überrascht fest.

»Heutzutage erwarten die Gäste einfach maximalen Komfort.« Emilia grinst. »Es darf gerne alles historisch aussehen, aber wehe, es fühlt sich so an.«

Das Frühstück wird serviert. Croissants, Knäckebrot,

Marmelade, Bratenaufschnitt, Käse, Müsli, Obst – alles, was das Herz begehrt. Dazu Milchkaffee und frisch gepressten Orangensaft.

»Wow, das schaffen wir ja niemals!«

»Warte ab – wir haben hier ein paar Stündchen zu tun, und wahrscheinlich komme ich heute eh nicht zum Mittagessen. Bei meinem Job muss ich essen wie ein Raubtier: Sobald es etwas gibt, stopfe ich mich voll. Wer weiß, wann es wieder was gibt.«

Ich pruste los. »Na, dann: Auf die Croissants mit Gebrüll! Guten Appetit!«

Wir lassen es uns schmecken, und während wir frühstücken, muss ich Emilia natürlich genauestens Bericht erstatten. Sie will unbedingt wissen, wie der Abend in *Lasses Lycka* war, welche Promis (man hört die unausgesprochenen Anführungszeichen mit, als sie das sagt, offenbar hält sie wenig von Influencern, YouTubern und Filmsternchen) anwesend waren und wie mein Outfit ankam. Lachend erzähle ich, dass mich Lennart überall als *Fotokünstlerin aus Deutschland* vorgestellt hat, doch Emilia findet das kein bisschen komisch. »Das bist du doch, oder?«

»Ja, schon. Aber ich komme mir vor wie eine Hochstaplerin, wenn ich mich selbst so bezeichne.«

»Das solltest du dir schleunigst abgewöhnen. Bescheidenheit ist im Geschäftsleben tödlich. Die führt nur dazu, dass du dich unter Wert verkaufst.«

»Das sagt Olivia, meine Agentin, auch immer. Und sie sorgt dafür, dass das nicht passiert.«

Von dem Spaziergang auf Långholmen erzähle ich nichts.

Es ergibt sich einfach nicht, außerdem spielt es ja überhaupt keine Rolle.

Nachdem ich den zweiten Milchkaffee geleert habe und nicht einmal mehr eine Aprikose schaffe, packe ich Notizblock und Kugelschreiber aus.

»Bereit?«

»Absolut!«

In der nächsten Stunde weiht mich Emilia in die Chronik des *Midnattssol* ein. Ich erfahre, dass ihre Eltern, Johan und Maj-Britt Ingvarsson, aus bescheidenen Verhältnissen stammen. Seine Eltern waren Tagelöhner, ihre Mutter war alleinerziehende Wäscherin.

»Die beiden sind hier ganz in der Nähe aufgewachsen, wobei du bedenken musst, dass Söder in der Nachkriegszeit noch ein echtes Arbeiterviertel war. Es galt nicht gerade als cool, von hier zu kommen.«

Johan war gerade mal dreizehn, als er im Hotel anfing, das damals allerdings noch *Tre Kronor* hieß, ein klassischer Name mit Bezug auf das schwedische Nationalsymbol, die drei Kronen, die sich auch im Staatswappen finden. Maj-Britt fing wenig später als Zimmermädchen dort an.

»Du fragst dich sicher, wie aus den beiden Unterklassekindern erfolgreiche Hoteliers werden konnten«, liest Emilia mir meine Frage vom Gesicht ab. »Mein Vater arbeitete sich langsam hoch, und mit knapp sechzehn wurde er zum persönlichen Assistenten des damaligen Inhabers Knut Ole Lundgren – hast du sein Porträt im Foyer gesehen?«

Ich nicke langsam. »Bart, Monokel, Zylinder? Ja, das Bild ist mir aufgefallen. Sieht ein bisschen … bedrohlich aus.«

Emilia lacht. »Ja, aber er muss ein herzensguter Mann gewesen sein, der Fleiß und ehrliche Arbeit zu schätzen wusste. Und durch beides zeichneten sich meine Eltern schon immer aus. Vor allem aber war Knut Ole Lundgren ein kinderloser Mann, der ein Hotel zu vererben hatte.«

»Und er vermachte es Johan und Maj-Britt Ingvarsson?« Das klingt fast wie ein Märchen.

»Zunächst nur Johan. Meine Eltern waren damals noch nicht verheiratet, sie hätten sich nicht mal eine Einzimmerwohnung leisten können, doch nachdem sie geerbt hatten, verlobten sie sich sofort.«

»Was für eine krasse Geschichte!«

»Ja, das ist sie. Und damals muss es sich noch viel krasser angefühlt haben. Niemand hatte etwas von Lundgrens Testament geahnt. Oder damit gerechnet, dass er bald sterben würde – er war noch gar nicht so alt damals, erst Mitte sechzig. Aber er muss seinen baldigen Tod vorausgeahnt haben, deshalb hat er alles rechtzeitig geregelt. Denn er wollte unbedingt, dass das Hotel bestehen blieb und alle Angestellten ihren Arbeitsplatz behielten.«

Ich schreibe mit wie eine Wilde. Dann blicke ich auf. »Vermutlich prägt diese Geschichte die Philosophie des *Midnattssol* noch heute, hab ich recht?«

»Absolut. Meine Eltern haben nie vergessen, wo sie herkamen. Und das haben sie auch Lennart und mir eingebläut. Dass es uns so gut geht, ist kein Geburtsrecht, sondern ein großes Glück. Und eine Verpflichtung zugleich – unseren Gästen, aber vor allem auch unserem Team gegenüber. Wir sind hier eine große Familie. Und das ist keine hohle Phrase.«

Ich bin beeindruckt. »Das klingt wunderbar. Danke, dass du mir das alles erzählt hast.«

Emilias Handy klingelt. »Sorry, da muss ich rangehen.«

Während sie spricht, läuft sie auf der Dachterrasse hin und her. Das erinnert mich an Olivia, die beim Telefonieren auch am liebsten auf und ab tigert.

Während ich sie beobachte, denke ich darüber nach, wie ich die Mitarbeiterinnen und Mitarbeiter ablichten will. Nach dem, was mir Emilia erzählt hat, finde ich meine ursprüngliche Idee, sie alle zusammen im großen Festsaal zu fotografieren, nicht mehr passend. Ich hatte mir eine Szene vorgestellt wie bei einer Weihnachtsfeier oder einem anderen Teamevent. Aber jetzt erscheint mir etwas anderes viel authentischer.

»Was hältst du davon, wenn wir euer Team in echten Alltagssituationen fotografieren?«, schlage ich Emilia vor, als sie das Handy weglegt und sich wieder zu mir setzt. »Den Küchenchef beim Abschmecken einer Soße. Die Chefin des Housekeeping, wie sie einer Auszubildenden das Bettenmachen beibringt. Den Oberkellner beim Mixen seines Lieblingsdrinks. Den Hausmeister bei einer Reparatur. Die Leiterin des Spa bei einer Beauty-Behandlung ...«

»Genial!«, unterbricht mich Emilia begeistert. »Das passt perfekt.« Sie runzelt kurz die Stirn. »Und was ist mit uns, der Familie? Würdest du mich an der Rezeption fotografieren, Lennart am Schreibtisch und meine Eltern, wie sie die Gäste begrüßen?«

Gute Frage. »Das wäre naheliegend«, erwidere ich nachdenklich. »Aber vielleicht gibt es dafür noch ein besseres

Konzept. Ich hab da auch schon eine Idee, doch die ist noch nicht ganz ausgereift. Lass mich eine Nacht drüber schlafen, okay?«

»Ich bin gespannt!«

Den Rest des Tages verbringe ich damit, zuerst meine bisherigen Aufzeichnungen fertig zu sortieren und mir die vorläufigen Schnappschüsse der Motive daraufhin anzuschauen, wie ich sie am eindrucksvollsten in Szene setzen könnte. Als ich anfangen will, einen Ablaufplan zu erstellen, wird mir bewusst, dass mir eine wesentliche Information fehlt, und ich mache mich auf den Weg zur Rezeption. Den jungen Mann am Empfang habe ich bisher noch nicht kennengelernt, doch er scheint über mich und meine Aufgabe gut Bescheid zu wissen, jedenfalls findet er meine Bitte offenbar nicht ungewöhnlich.

»Emilia ist gerade nicht da, aber ich frage Lennart.«

Es ist absurd, wie nervös ich auf einmal bin, als ich auf ihn warte.

»*Hej*, Isabel! Du brauchst einen Lageplan, hab ich gehört?« Er lächelt mich freundlich an, wirkt aber absolut professionell.

»Ja, wegen der Lichtverhältnisse. Wenn ich weiß, wo wann die Sonne steht und wo welche Fenster sind, kann ich besser planen, welches Motiv ich um welche Tageszeit in Angriff nehme«, erwidere ich ebenso sachlich. Vielleicht haben wir gestern zu später Stunde ein bisschen geflirtet, aber das kann auch pure Einbildung von mir gewesen sein.

»Verstehe. Dann suche ich dir die Pläne raus. Reicht es bis Montag früh?«

Ich zögere. Eigentlich wollte ich noch ein bisschen weiterarbeiten, schließlich habe ich sonst nichts vor. Andererseits hat Lennart gewiss Wichtigeres zu tun. »Klar, dann feile ich jetzt an meinem *People*-Konzept«, sage ich schließlich.

»Jetzt? Willst du nicht langsam Feierabend machen?«

Ich schaue auf die Uhr und stelle überrascht fest, dass es schon halb sechs ist.

Er grinst. »Passiert mir auch oft. Vor lauter Arbeit vergesse ich vollkommen die Zeit. Was hast du denn heute Abend vor?«

Ich zucke mit den Schultern. »Darüber habe ich mir noch keine Gedanken gemacht.«

»Na ja, etwas essen wäre ja relativ naheliegend, oder? Würdest du mir Gesellschaft leisten? Zum Beispiel in unserem Seafood-Restaurant?«

Damit habe ich jetzt überhaupt nicht gerechnet. Andererseits – warum eigentlich nicht? Lennart hat völlig recht – ich sollte etwas essen. Das Frühstück mit Emilia ist schon Stunden her.

»Ich hoffe, du fühlst dich nicht dazu verpflichtet, meinen Babysitter zu spielen.«

»Machst du Witze?« Er schenkt mir eins seiner Lächeln, die durch und durch gehen. »Es ist mir eine Ehre. Natürlich gehe ich lieber in Begleitung einer schönen und klugen Frau zum Essen als allein.« Dieser Charmeur! »Außerdem steht heute Seeteufel auf der Tageskarte, den lass ich mir auf keinen Fall entgehen. Und das solltest du auch nicht.«

Ich muss lachen. »Das ist allerdings ein Argument.«

Wenig später sitzen wir an einem der in schlichtem weißem Leinen eingedeckten Tische und warten auf unser Essen. Alles hier ist in Meeresblau, Sandbeige und Weiß gehalten, wozu die dunklen Holzmöbel in klarem skandinavischem Design und der echte Schieferboden einen harmonischen Kontrast bilden. Das Farbkonzept erinnert an die skandinavische Küstenlandschaft, doch abgesehen von Pendelleuchten, die an Bootslampen erinnern, und Ölgemälden mit Meeresmotiven wurde auf maritime Elemente, die man sonst in Fischrestaurants häufig findet, verzichtet. Alles ist sehr klar, stylisch und dennoch gemütlich.

»Fischernetze, Steuerräder und Rettungsringe sucht man bei uns vergeblich«, kommentiert Lennart meinen Blick.

»Ich finde das Ambiente einfach perfekt«, sage ich. »Sehr geschmackvoll.«

»Oh, vielen Dank! Das Konzept dafür stammt von mir«, erklärt Lennart nicht ohne Stolz. »Und ich habe dafür gesorgt, dass im Hintergrund keine Seemannslieder laufen. Dagegen bin ich nämlich allergisch.«

»Ich stehe auch nicht auf so etwas.« Gerade läuft *I'm a Marionette*. »Ich dachte, in Schweden wäre ABBA eher verpönt?«

»Nicht bei uns – meine Eltern gehören vermutlich zu den weltgrößten Fans. Gerade verbinden sie den Besuch einer Londoner Tourismusmesse mit dem Besuch der Voyage-Show – du weißt schon, die mit den Abbataren.«

»Beneidenswert! Ich bin auch ein großer Fan, von Kindesbeinen an. Und das hier ist mein Lieblingssong.«

»Wegen der Textzeile *You look better on the photograph, if you laugh*?«

Verblüfft schaue ich ihn an. »Woher weißt du das?«

»Kunststück – schließlich bist du Fotografin.« Er grinst mich an. »Menschen zum Lächeln zu bringen, um schöne Fotos zu bekommen, gehört da doch dazu. *Cheese*!«

»Du hast mich durchschaut.« Das Gefrotzel macht mir Spaß. Lennart ist einfach ein unterhaltsamer Begleiter.

Unser Essen wird serviert. Es sieht köstlich aus und duftet auch so. Der Geschmack hält, was Optik und Aroma versprechen.

»Ein Genuss!«, schwärme ich nach dem ersten Bissen.

»Sag ich doch.« Lennart strahlt, als hätte er den Seeteufel höchstpersönlich gefangen, zubereitet und serviert. Doch dann lässt er sein Besteck sinken und schaut mich an: »Sag mal, kann es sein, dass du das ABBA-Museum noch gar nicht kennst?«

»Natürlich nicht. Als ich zuletzt in Stockholm war, war es noch nicht einmal in Planung.«

Er zückt sein Handy. »Dann sollten wir das unbedingt nachholen. Lass mal sehen ...« Bevor mir klar ist, was er da tut, steckt er das Gerät wieder weg und macht das Daumen-hoch-Zeichen: »Wir haben Tickets für morgen um sechzehn Uhr. Und direkt anschließend für *ABBA – The Party*, die Dinner-Show. Du wirst begeistert sein!«

»Aber ...«

»Kein Aber. Du wirst da ja wohl nicht arbeiten wollen, oder? Schließlich ist Samstag. Und als ABBA-Fan nach Stockholm zu kommen, ohne das Museum zu besuchen, ist fast schlimmer, als nach Ägypten zu fahren und die Pyramiden nicht zu sehen.«

Oh, Lennart kann wirklich sehr überzeugend sein!

Kapitel 9

Gucklochbilder

Dass man Stockholm auch das Venedig des Nordens nennt, ist mehr als nur ein Werbespruch der Tourismusindustrie. Wasser ist hier allgegenwärtig, und weil ich es ständig sehe, hat es für mich seinen Schrecken inzwischen ein wenig verloren. Ich muss bei dem schönen Anblick nicht automatisch an das Allerschlimmste denken. Hier auf der *Djurgårdensfärjan* zu stehen und hinüber zur Insel zu schauen, der wir uns langsam nähern, weckt in mir gerade sogar angenehme Erinnerungen. Nämlich die an jenen Neckardampferausflug in meiner Kindheit, bei dem das Foto entstanden ist, auf das ich beim Aufräumen von Mamas Sachen gestoßen bin. Doch für die Stockholmer ist eine Überfahrt längst nichts so Außergewöhnliches. Die Fähre ist für sie nicht spektakulärer als die *Tunnelbana*, die Straßenbahn oder der Bus, und tatsächlich gilt hier sogar das Nahverkehrsticket, das Lennart vorgestern für mich gelöst hat.

»Oder sollen wir lieber *Gröna Lund* besuchen?« Lennart grinst mich von der Seite an und deutet zu dem Vergnügungspark am gegenüberliegenden Ufer.

»Kettenkarussell, Achterbahn und Free-Fall-Tower haben mich noch nie gereizt«, erwidere ich. »Auch wenn ich zugeben muss, dass die Location spektakulär ist – da hat man bestimmt fast das Gefühl, übers Wasser zu fliegen.« Mein Blick wandert weiter zu dem Kreuzfahrtschiff, das nicht weit davon entfernt vor Anker liegt. »Und so ein Riesenkahn mit Tausenden von Passagieren könnte mich genauso wenig locken.«

»Dann doch lieber ein solides, althergebrachtes Hotel«, meint er zufrieden.

Als wir anlegen, strebt ein Teil der Fahrgäste direkt auf den Eingang von *Gröna Lund* zu, andere orientieren sich nach links, wo es zum Vasa-Museum geht.

»Ist ein altes Kriegsschiff, das schon auf der Jungfernfahrt gesunken ist, wirklich so sehenswert?«, murmele ich, während ich ihnen hinterherschaue.

»Auf jeden Fall!«, erklärt Lennart. »Im Grunde ist es ein großer Glücksfall, dass die Vasa gekentert ist und jahrhundertelang auf dem Meeresboden lag. Während von allen anderen Galeonen aus dem Dreißigjährigen Krieg nichts mehr übrig ist, blieb die Vasa gut erhalten, und das vor allem, weil das Wasser im Hafenbecken so salzarm ist. Nachdem das Wrack geborgen, getrocknet und imprägniert wurde, ist es ein echter Schatz für Historiker – und ein wirklich spektakuläres Museumsstück.«

»Warum ist sie überhaupt gekentert?«

»Konstruktionsfehler gepaart mit Größenwahn. Die Vasa war ein Prestigeobjekt und sollte symbolhaft für die Seemacht Schwedens stehen. Das zweite Kanonendeck war dazu gedacht, die Feuerkraft zu erhöhen. Allerdings litt dadurch die Stabilität, und eine harmlose Windböe brachte die Vasa zum Kippen. Und das nach gerade mal tausenddreihundert Metern.«

»Unglaublich.«

»Sollen wir unsere Tickets zurückgeben und lieber das Wrack besichtigen?« Lennart zwinkert mir zu. Flirtet er etwa mit mir? Oder ist er einfach nur extrem gastfreundlich? Auch wenn mein Herz bei diesem Lächeln einen kleinen Hüpfer macht, nehme ich mir vor, ihn nicht zu ermutigen. Er ist mein Auftraggeber, mehr nicht. Deshalb sollte ich ihm auch außerhalb der Arbeit keinen Anlass geben, in mir etwas anderes zu sehen.

»Bloß nicht!«, erwidere ich lachend und boxe ihn kumpelhaft. Okay, das war vielleicht etwas übertrieben. Ich entspanne mich. »Heute ist ABBA-Tag. Die Vasa läuft uns nicht weg.«

Das Gebäude wirkt modern und unauffällig, doch der frei stehende Schriftzug *ABBA THE MUSEUM* zeigt uns schon von Weitem, dass wir hier goldrichtig sind. Lennart strebt bereits dem Eingang zu, doch ich halte ihn am Ärmel fest, als ich auf der Piazza davor eine riesige Pappwand mit Fotos der vier Bandmitglieder entdecke. Die Gesichter lassen sich wegklappen, sodass man von der Rückseite aus den Kopf durchstrecken und sich als Agnetha, Björn, Benny oder Anni-Frid fotografieren lassen kann. Ich beobachte einen japanischen Touristen, der gerade seine komplette Familie als ABBA ablichtet.

»Das will ich auch!«, erkläre ich und drücke Lennart mein Handy in die Hand. »Du machst das Bild.«

»Sehr wohl, Ma'm«, erwidert er. »Bloß schade, dass man darauf dein tolles Outfit nicht sieht.«

Ich erröte. Heute trage ich den Jumpsuit in Royalblau aus der Secondhandboutique und war bis eben etwas unsicher, ob das für so einen Ausflug nicht überkandidelt ist. Zumal Lennart einfach nur Jeans und ein weißes T-Shirt trägt.

Als die Japaner endlich fertig sind, stecke ich meinen Kopf durch das Frida-Guckloch und komme mir für einen Augenblick vor, als wäre ich sechszehn. Damals erschien gerade *ABBA Gold*, und ich schwamm voll auf der ersten Revival-Welle mit. Die aktive Zeit der Band in den Siebzigern habe ich leider nicht mitbekommen, damals war ich noch zu klein, aber die Videos kenne ich in- und auswendig. Ich habe sie so oft gesehen, bis sie fast nur noch aus Rauschen bestanden. Heute hier zu stehen, ist ein wahr gewordener Traum, und ich strahle vermutlich wie ein Honigkuchenpferd, während Lennart so tut, als wäre er ein Paparazzo, der mir aufgelauert hätte. Wie wohltuend, dass er sich für keine Albernheit zu schade ist.

Weil wir die Tickets online gekauft haben, müssen wir nicht lange anstehen und finden uns bald in einem Ausstellungsraum mit Originalkostümen, die ich alle aus den Videos kenne. Das Waterloo-Outfit vom Eurovision Song Contest 1974, die berühmten Katzenkleider, die hautengen lilafarbenen Outfits der Welttournee 1977 … Es fühlt sich bizarr an, sie jetzt alle in echt zu sehen.

Lennart ist sehr geduldig, aber dass ich mir jede einzelne Vitrine so ausführlich ansehe, lässt ihn dann doch zappelig werden. »*The Party* beginnt um neunzehn Uhr – wir haben zwar noch knapp drei Stunden Zeit, aber wenn du in dem Tempo weitermachst, schaffen wir es nicht mal bis zum roten Telefon.«

Das will ich mir natürlich nicht entgehen lassen! Schließlich könnte ich Glück haben und es klingelt ausgerechnet, wenn ich danebenstehe? Nur vier Menschen auf der Welt haben die Nummer dieses Apparats, und das sind die Bandmitglieder.

Das rote Telefon klingelt zwar nicht, dafür macht Lennart ein weiteres Foto von mir, auf dem es aussieht, als säße ich auf dem berühmten Parkbank-Poster genau zwischen den beiden Paaren. Und natürlich eines, wie ich in dem Hubschrauber sitze, der das Cover von *Arrival* ziert. Wir bestaunen Bennys Piano, das Aufnahmestudio, in dem einige der berühmtesten ABBA-Hits entstanden sind, und die legendäre Hütte auf ihrer Schäreninsel, in denen Benny und Björn so gerne komponiert haben. An einem Mischpult betätige ich die Regler so lange, bis ich den typischen ABBA-Sound hinbekomme, und dann erreichen wir die Bühne, auf der man gemeinsam mit Band-Hologrammen tanzen und singen kann.

»Soll ich dich dabei filmen?«, fragt Lennart.

»Ich passe«, erwidere ich.

»Ernsthaft? Das ist die Chance deines Lebens, gemeinsam mit ABBA zu performen.«

»Lieber nicht – dabei käme ich mir ziemlich albern vor.«

»Und was ist falsch daran? Albern sein ist doch witzig!«

»Für dich vielleicht, wenn du dich über mich lustig machst.«

Er wirkt empört. »Ich würde dich nie auslachen! Höchstens mit dir. Glaub mir, das ist ein Riesenspaß.«

Ich zucke mit den Schultern. »Dann lass dich nicht aufhalten.«

Alles hätte ich erwartet, aber nicht, dass Lennart tatsächlich auf die Bühne geht. Und ausgerechnet *Dancing Queen* für seinen Auftritt auswählt – einen ziemlich schwierigen Song, bei dem sich ziemlich hohe mit relativ tiefen Tönen abwechseln.

Lennart gibt alles. Er hat die Tanzschritte aus den Original-Videos drauf, kann den Text auswendig und hält die Melodie sogar an den Stellen, die er nur mit Kopfstimme singen kann. Er legt sich wirklich ins Zeug und amüsiert sich dabei königlich. Ich ebenfalls, und selbstverständlich nehme ich seine Performance mit dem Handy auf.

Als er schließlich von der Bühne kommt, atemlos und strahlend, falle ich ihm spontan in die Arme. Dann merke ich, was ich da tue, und trete etwas verlegen einen Schritt zurück. Ich bin doch sonst nicht so impulsiv! Da hat mich wohl die Musik mitgerissen.

Es ist schon nach achtzehn Uhr, als wir die Ausstellungsräume verlassen und den Museumsshop erreichen. Während ich die Kostüme, Schlüsselanhänger, Kühlschrankmagneten und Tassen bewundere, streift Lennart durch die Abteilung mit den Klamotten. Wir treffen uns an der Kasse wieder. Ich habe mir als Souvenir ein *Mamma-Mia*-Geschirrtuch in Blau und Weiß ausgesucht, das wirklich sehr hübsch und auch noch nützlich ist, während er ein *The-Winner-Takes-It-All*-Shirt und eine weinrote Sweatjacke mit einem Motiv der Japan-Tournee ersteht. Letztere überreicht er mir dann mit einem breiten Grinsen.

Ich bin ganz erstaunt. »Für mich?«

»Damit du den heutigen Tag nie vergisst. Na ja, und mich auch nicht.« Er legt den Kopf leicht schief und schaut mich so treuherzig an, dass ich lachen muss.

»Als ob ich diesen Tag jemals vergessen könnte.«

Es ist immer noch sehr warm und sonnig, als wir das Museum verlassen. Lennart besorgt an einem Getränkestand zwei Fläschchen *Ramlösa Citrus*.

»Nicht erschrecken, das ist keine süße Zitronenlimonade«, warnt er mich.

»Danke dir.« Ich kenne das typisch schwedische Mineralwasser mit Zitronengeschmack. Sehr erfrischend. Wer allerdings einen zuckerhaltigen Softdrink erwartet, wird eher das Gesicht verziehen.

Dann wird es schon Zeit, sich für *ABBA – the Party* anzustellen. Das Gebäude, in dem diese Show stattfindet, liegt ganz in der Nähe des Museums und sieht von außen ganz unspektakulär aus. Ich habe überhaupt keine Vorstellung davon, was uns hier geboten wird, und bin mehr als überrascht, dass es innen aussieht wie in einer riesengroßen griechischen Taverne. Blau-weiß karierte Tischdecken, Lampions, Olivenbäume, Sitzplätze auf Balkonen und verschnörkelte

Geländer sorgen für Urlaubsatmosphäre. Obwohl die Halle recht groß ist, gelingt das überraschend gut.

Wir werden zu einem Achtertisch geführt, an dem außer uns noch zwei Paare aus England und eins aus Österreich sitzen.

»Oje, ich fürchte, da wirst du als Dolmetscherin fungieren müssen«, raunt Lennart mir zu, nachdem wir uns begrüßt und vorgestellt haben. »Die Show ist komplett auf Schwedisch.«

»Was gibt es denn da zu übersetzen?«

»Warte ab.«

Es stellt sich heraus, dass es sich bei dieser Party um eine Dinner-Show handelt. Wir bekommen köstliches griechisches Essen in mehreren Gängen, und dazwischen liefern Künstler, die als Köche oder Kellnerinnen verkleidet sind, ein beeindruckendes Programm, bei dem die komplette Halle zur Bühne wird. Natürlich singen sie ausschließlich ABBA-Songs, die wohl jeder im Publikum kennt, doch die Dialoge hinterlassen auf den Gesichtern der Briten und Österreicher an unserem Tisch nur Fragezeichen.

»Im Grunde ist die Story simpel«, erkläre ich erst auf Deutsch, dann auf Englisch. »Die Tochter der Tavernenwirtsfamilie ist in einen jungen Mann verliebt, mit dem ihre Eltern nicht einverstanden sind. Aber anders als bei Romeo und Julia würde ich darauf wetten, dass sie sich am Ende kriegen.«

Und so ist es dann auch. Doch vor dem Happy End kommen noch jede Menge Tanznummern, Songs und sogar Akrobatikeinlagen. Und natürlich ist die Beleuchtung spektakulär. Nach dem großen Finale sind alle glücklich und zufrieden, uns eingeschlossen. Und satt sowieso.

»Schade, dass es vorbei ist«, seufze ich, als wir aufstehen.

»Machst du Witze? Jetzt geht's erst richtig los!«

In rasantem Tempo werden Tische und Stühle weggeräumt, und im Handumdrehen finden wir uns auf einer riesigen Tanzfläche wieder. Natürlich startet die Musik mit ABBA-Songs, aber dann werden auch andere Titel aus den Siebzigern und Achtzigern gespielt.

Eigentlich bin ich keine sehr begeisterte Tänzerin, aber dieser Tag hat mich in die passende Stimmung versetzt, die Rhythmen sind einfach mitreißend, und weil alle anderen fröhlich umherhopsen, mache ich es ihnen nach. Lennart ist unermüdlich, er wirbelt mich herum, dass mir fast schwindelig wird, und zeigt keine Anzeichen der Ermüdung.

Wir gehören zu den Letzten, die gehen. Es ist schon halb eins. Da hätte ich mich jetzt total verschätzt – die Stunden sind nur so gerast.

Draußen herrscht wieder das mystische Dämmerlicht der Weißen Nächte, doch es hat trotz der sommerlich heißen Temperaturen, die tagsüber geherrscht haben, merklich abgekühlt. Ich fröstele, während wir uns auf den Weg zur Straßenbahnhaltestelle machen.

»Ich bin so dämlich«, sagt Lennart und zieht eine Grimasse.

»Wie bitte? Warum das denn?« Ich fürchte schon, er hat sein Handy verschlampt oder sein Portemonnaie verloren.

»Weil das jetzt der perfekte Moment wäre, den Arm um dich zu legen, ohne dass es unangebracht wirken würde, denn ich würde dich damit ja nur wärmen wollen.«

Stirnrunzelnd schaue ich ihn an. »Aaaber?«

»Na ja, ich war ja so blöd, dir eine Sweatjacke zu schenken. Wenn du die jetzt überziehst, macht das meine selbstlose Geste völlig überflüssig.«

Ich muss lachen und schlüpfe in das weinrote Kleidungsstück, das tatsächlich angenehm wärmt.

»Und? Immer noch zu kalt?«, fragt er.

»Als echter Gentleman hoffst du natürlich darauf, dass ich nicht mehr friere«, ziehe ich ihn auf. »Aber leider muss ich dich enttäuschen: Ein bisschen kühl finde ich es immer noch.« Das stimmt zwar nicht ganz, aber ich spiele einfach mit.

Ein Strahlen breitet sich über seinem Gesicht aus, und gerade als er seinen Arm um mich legen will, kommt die Straßenbahn. Pünktlich auf die Minute. Ich bin ein bisschen enttäuscht, andererseits aber auch ziemlich erleichtert. Denn es ist eine Sache, mit seinem Auftraggeber einen netten Tag zu verbringen, und eine völlig andere, ihm emotional näherzukommen. Das wäre wirklich total unangemessen.

»Bis morgen früh«, verabschiedet er sich, als wir am Hotel ankommen. Beiläufig umarmt er mich, bevor er sich zum Weitergehen abwendet. Und mir wird klar, dass er gar nicht im Hotel wohnt – natürlich nicht. Sondern irgendwo hier in Söder. Vermutlich hat er ein schickes Altbau-Appartement, das würde zu ihm passen.

Dann dreht er sich noch mal um. »Wenn du willst, kannst du mit Emilia und mir fahren. Ich hol dich dann gegen halb zwölf ab, okay?«

Ich starre ihn an, als hätte er zwei Köpfe. »Abholen? Wohin fahren wir denn?«

»Sorry, ich hätte dir das früher sagen sollen, aber vor lauter ABBA hab ich es ganz vergessen«, sagt Lennart mit einem zerknirschten Lächeln. »Eigentlich wollten meine Eltern dich morgen Vormittag im Hotel willkommen heißen und kennenlernen, aber dann kamen sie spontan auf die Idee, dich zum Sonntagsessen einzuladen. Das ist doch okay für dich, oder?«

Kapitel 10

Ahnengalerie

Es ist ein herrliches Gefühl, den Schwebezustand zwischen Schlafen und Aufwachen so lange wie möglich auszudehnen, und das ohne schlechtes Gewissen – schließlich ist heute Sonntag. Ich seufze wohlig und drehe mich noch einmal im Bett um. So vollkommen entspannt und erholt ist man nur am Morgen, wenn man langsam von selbst zu sich kommt und einen kein Wecker aus den Träumen reißt.

Meine Gedanken kommen nur langsam in Fahrt. Habe ich ernsthaft davon geträumt, in goldenen Plateaustiefeln durch Stockholm zu tanzen? Mir entfährt ein amüsiertes Glucksen. Der gestrige Ausflug hat mich wohl nachhaltig beeindruckt. Es war aber auch wirklich ein tolles Erlebnis! Und Lennart ist ein charmanter Begleiter.

Lennart ... was hat er beim Abschied noch gleich gesagt? Als es mir einfällt, ist es vorbei mit dem gemütlichen Dämmerschlaf. Ich fahre hoch, greife nach meinem Handy und checke die Uhrzeit. Viertel nach zehn. Puh, dann hab ich ja noch genug Zeit …

Aufatmend lasse ich mich zurück ins Kissen sinken. Okay. Ich bin heute also bei den Ingvarssons eingeladen. Hätte ich ein Mitbringsel besorgen sollen? Jetzt ist es natürlich zu spät dafür. Wenn Lennart mich so kurzfristig informiert, ist das leider nicht zu ändern.

Umso wichtiger, dass ich einen guten Eindruck hinterlasse. Kompetent und sympathisch. Mit Lennart und Emilia verstehe ich mich richtig gut. Doch das bedeutet ja noch lange nicht, dass ihre Eltern mir ebenso wohlgesinnt wären. Andererseits – hätten sie mich sonst eingeladen? Warum tun sie es überhaupt? Um mir auf den Zahn zu fühlen? Und festzustellen, ob ich mein Geld wert bin? Schließlich hat Olivia ein saftiges Honorar für mich ausgehandelt. Und bisher habe ich nicht sonderlich viele Resultate vorzuweisen, weil ich noch in der Planung und Vorbereitung stecke. Immerhin gibt es eine To-do-Liste für die Detailfotografie, die ich allerdings noch mit dem Lageplan und den Lichtverhältnissen abgleichen muss. Mach ich gleich morgen. Und natürlich das Konzept für die Team-Fotos. Aber vielleicht wollen die Ingvarssons auch gar nicht über das Geschäftliche reden? Zur Sicherheit werde ich meinen Laptop einpacken.

Als ich unter der Dusche stehe, wird mir etwas bewusst, das mir trotz des heißen Wassers eine Gänsehaut über den Körper jagt: Habe ich gestern wirklich den ganzen Tag über nicht an Oscar gedacht? Obwohl wir die Fähre genommen, aufs Wasser geschaut und über ein gesunkenes Schiff gesprochen haben. Das darf doch nicht wahr sein! Was ist nur mit mir los? Und ich dachte, wenn ich in Schweden bin, würde mich die Erinnerung noch häufiger einholen als sonst. Was ja auch in den ersten Tagen genauso passiert ist. Umso verwunderlicher, dass es gestern anders war.

Während ich meine Haare wasche, frage ich mich, was Oscar wohl dazu sagen würde. Fände er mich oberflächlich? Egoistisch? Treulos?

Oder würde er mich sogar dazu beglückwünschen, endlich wieder etwas mehr Lebensfreude zu empfinden?

Ja, ich habe mit Lennart einen herrlichen Samstag verbracht. Einfach so. Und ich bin sicher, Oscar hätte nie gewollt, dass ich auf ein solches Erlebnis verzichte und stattdessen einsam und unglücklich bin. Er könnte es vermutlich nicht fassen, dass ich immer noch allein bin, nur weil er für immer gegangen ist. Oscar wird ohnehin auf ewig in meinem Herzen bleiben.

Ob ich es eines Tages schaffe, mich wieder mit Leib und Seele auf jemanden einzulassen? Vielleicht sollte ich es wirklich langsam lernen, nach vorn zu schauen. Oder wenigstens die Gegenwart zu genießen. So wie es Olivia mir immer einzureden versucht. Gestern ist mir das ja schon recht gut gelungen. Auf die Fotos, die ich ihr noch in der Nacht geschickt habe, hat sie sofort reagiert, und ihren Kommentaren ist zu entnehmen, dass sie Lennart und mir am liebsten eine Romanze andichten würde. Dabei verstehen wir uns einfach nur gut.

Ich greife nach dem Duschtuch und rubbele mich trocken.

Dabei wird mir bewusst, dass ich mir selbst etwas vormache. Von wegen, wir verstehen uns nur gut. Wir haben auch ganz schön heftig geflirtet, und jede noch so flüchtige, beiläufige Berührung geht mir durch und durch. Zum Beispiel beim Tanzen. Und dann der Moment an der Straßenbahnhaltestelle …

Keine Ahnung, ob ich das alles überinterpretiere. Wie ein Teenager, der keine Ahnung von der Liebe hat und jeden Blick, jede Geste, jedes Wort auf die Goldwaage legt.

Das liegt vermutlich daran, dass ich eine halbe Ewigkeit mit keinem Mann mehr zusammen war. Genau genommen, seit es meiner Mutter immer schlechter ging – und das ist Jahre her. Davor gab es auch bloß kurze, unbedeutende Affären, bei denen ich nicht wirklich mit dem Herzen bei der Sache war.

Mit anderen Worten: Ich bin vollkommen aus der Übung. Und ich war auch in der letzten Zeit einfach nicht in der Stimmung für so etwas.

Doch hier in Stockholm zu sein, dieses wunderbare Hotel zu erkunden, mit Emilia zusammenzuarbeiten und mit Lennart etwas zu unternehmen, hat etwas von einem echten Neuanfang. Vor allem, weil ich mich so jung und lebendig fühle wie schon lange nicht mehr.

Ich nehme mir Zeit, um meine Haare glatt zu föhnen und mich sorgfältig zu schminken – dezent, wie es in einem Land angemessen ist, in dem das Wörtchen *lagom* sozusagen ein Ideal darstellt. Es steht symbolisch für die schwedische Mentalität und ist tief in der Kultur verwurzelt: Hier will niemand aus dem Rahmen fallen, Extravaganz ist verpönt.

Wenn man *lagom* zu übersetzen versucht, könnte man sagen, etwas ist »gerade richtig«. Nicht zu viel und nicht zu wenig, nicht zu heiß und nicht zu kalt, nicht zu hungrig und nicht zu vollgefuttert, nicht zu laut und nicht zu leise.

Mittelmaß, bei uns eher ein Schimpfwort, ist für die Schweden die Basis von Ausgeglichenheit und Zufriedenheit. Vielleicht habe ich mich deshalb in diesem Land immer so wohlgefühlt? Ich war noch nie ein Typ, der sich gerne hervortut.

Zum Glück habe ich neulich in *Leylas Secondhandbutiken* nicht nur ein Outfit gekauft, sondern gleich drei. Heute ist der perfekte Tag für das taubenblaue Etuikleid. Es ist schick, aber dezent, außerdem sommerlich und wie gemacht für eine Einladung zum Sonntagsessen.

Bevor ich mich auf den Weg mache, werfe ich einen letzten prüfenden Blick in den Spiegel. Und bin zufrieden mit dem, was ich sehe. *Precis lagom.*

Alles hätte ich erwartet – vermutlich noch am ehesten einen schicken Sportflitzer –, aber keinen in die Jahre gekommenen Familienvan. Am Steuer sitzt Emilia, die mir fröhlich zuwinkt. Lennart öffnet die Schiebetür für mich, sodass ich hineinklettern und mich auf die mittlere Bank direkt neben ihn setzen kann.

»Schön, dass du dabei bist, Isabel«, begrüßt mich Emilia. »Darf ich vorstellen – das ist Rasmus, mein Partner, und die beiden Wirbelwinde auf der Rückbank sind Hugo und Ebba, unsere Zwillinge. Sagt *hej* zu Isabel.«

»*Hej*, Isabel«, rufen die beiden im Chor, nur um dann gleich wieder um ein Spielzeug zu kabbeln.

»Freut mich, dich kennenzulernen.« Rasmus dreht sich zu mir um und reicht mir die Hand. »Ich hab schon viel von dir gehört.«

Ich von ihm noch kein Sterbenswörtchen, doch das sage ich natürlich nicht. Irgendwie hatte ich mir Emilia als Single vorgestellt. Dass sie Kinder hat, scheint auf den ersten Blick nicht zu ihr zu passen – auf den zweiten aber durchaus, denn sie bleibt fröhlich und souverän, trotz des Streites der beiden. Offenbar hat sie Nerven aus Stahl, was sich sowohl im Umgang mit schwierigen Gästen als auch mit zwei schätzungsweise Zehnjährigen bewähren dürfte.

»Freut mich ebenfalls«, sage ich zu Rasmus und muss dabei meine Stimme etwas erheben, um das Geschrei hinter mir zu übertönen.

»Ruhe auf den billigen Plätzen«, ruft Emilia. Ich schnalle mich an, dann fahren wir los. Im Radio dudelt klassische Musik, und hinter mir krähen die Zwillinge, während Emilia und Lennart ihre Vermutungen bezüglich des heutigen Menüs austauschen: Sie tippt auf Graved Lachs und Grillfleisch, er auf Garnelensalat und Risotto, und als Dessert hoffen beide auf Erdbeertorte. Nur Rasmus und ich halten uns in dem ganzen Trubel zurück. Ich, weil ich ohnehin nur Zaungast bin, und Rasmus ist vermutlich von Natur aus ein eher ruhiger Geselle. Hin und wieder, wenn er gefragt wird, macht er einen knappen, trockenen Einwurf, der deutlich zeigt, dass er weder träumt noch auf den Kopf gefallen ist. Der perfekte Gegenpol zur quirligen Emilia.

»Und ihr wart gestern voll im ABBA-Fieber?«, wendet sich Emilia an mich.

»Sozusagen. Es war einfach großartig!« Tatsächlich hat mich der Tag auf der Museumsinsel so beeindruckt, dass ich es kaum in Worte fassen kann.

Offenbar wird meine Begeisterung dennoch mehr als deutlich. »Du strahlst ja richtig«, stellt Emilia fest. »Mein Bruder kann ein sehr geselliger Gastgeber sein, wenn er nur will.« Sie zwinkert ihm im Rückspiegel zu, woraufhin er ihr die Zunge rausstreckt.

»Man merkt, dass ihr zusammen fast hundert seid«, kommentiert Rasmus. »Wahnsinnig erwachsen.«

Ich grinse. Wie wohltuend, dass Lennart noch so richtig albern sein kann. Ich kenne nicht viele erfolgreiche Geschäftsleute in seinem Alter, die sich diese jungenhafte Art von Humor bewahrt haben. Schade eigentlich, die Welt wäre ein viel schönerer Ort, wenn mehr gelacht würde.

»Onkel Lelle hat die Zunge rausgestreckt, ich hab's genau gesehen!«, kreischt Hugo triumphierend.

»Ich hab's zuerst gesehen«, brüllt Ebba zurück. Man könnte meinen, die beiden wären schwerst hörgeschädigt und säßen außerdem einen halben Kilometer auseinander. Unfassbar, was zwei kleine, auf den ersten Blick entzückend wirkende Blondköpfchen für einen Lärm produzieren können.

»Ihr müsst träumen, so was würde ich nie tun«, behauptet Lennart grinsend.

»Toll siehst du übrigens aus in deinem neuen Kleid«, wechselt Emilia das Thema. »Ich habe es neulich bei Leyla hängen sehen, aber mir hat es leider nicht gestanden.«

»Du meinst wohl, nicht gepasst«, frotzelt Lennart.

»Ich bin eben eine Wikingerin«, pariert Emilia gut gelaunt.

»Und seit wann tragen Wikingerinnen Baumwollfähn-
chen in Türkis, Schwesterherz?«

»Das ist ein Viskosekleid, und die Farbe heißt Taubenblau,
du verhinderter Modeguru.«

Nach einer wohltuenden, leider viel zu kurzen Ruhephase
melden sich die Zwillinge wieder. »Wann sind wir endlich
dahaaaa?«

»Ihr kennt den Weg doch«, gibt Rasmus völlig entspannt
zurück. »Die Fahrt dauert eine halbe Stunde. Und jetzt vermutlich noch zehn Minuten. Aber je häufiger ihr fragt, desto
langsamer fährt Mama, umso länger dauert es also.«

Erst jetzt fällt mir auf, dass wir Södermalm verlassen
haben. Irgendwie war ich davon überzeugt, die Ingvarssons würden in diesem Viertel wohnen. Vermutlich weil
Emilia so betont hat, wie bodenständig sie sind und dass sie
ihre Herkunft nie vergessen haben. Überhaupt scheinen wir
uns außerhalb der Innenstadt zu befinden – die urbane Atmosphäre mit den engen Straßen und alten Wohngebäuden
weicht einer immer ländlicheren Umgebung mit viel Grün
und einer weniger dichten Bebauung.

»Wohin fahren wir eigentlich?«, platze ich heraus.

»Hat das Lennart nicht erwähnt? Unsere Eltern wohnen
auf Ekerö«, erklärt Emilia.

»Ekerö?« Da klingelt etwas, aber ich komme nicht drauf.

»So heißt eine Gemeinde und eine Inselgruppe im Mälar-
see«, informiert mich Rasmus. »Da gibt es viel Natur und
Landwirtschaft. Ach ja, und die königliche Residenz Drott-
ningholm.«

Ah, der Groschen ist gefallen.

»Und natürlich wohnt Agnetha Fältskog auf Ekerö«, ergänzt Lennart. »Sie hat dort eine Pferdefarm.«

Ich bin schwer beeindruckt, in welch prominenter Nachbarschaft die Ingvarssons leben. Doch noch faszinierender ist die weite Landschaft mit ihren beruhigenden Grüntönen, die an uns vorbeizieht. Wiesen, auf denen wilde Blumen im Wind tanzen, dann wieder Kiefern- und Birkenwälder, ab und zu ein dunkelrotes Schwedenhaus und kleine malerische Buchten, wo sich der blaue Sommerhimmel im Wasser des Mälaren spiegelt – es ist einfach herrlich. Ich kann mich gar nicht sattsehen.

Dann biegt Emilia in einen Privatweg ein, der zu einem Ufergrundstück gehört. Wir sind da.

Während die Zwillinge schon auf den Eingang zustürmen, nehme ich das Zuhause meiner Auftraggeber in Augenschein und lasse seinen Anblick auf mich wirken. Ich hatte durchaus mit einer Villa gerechnet, aber nicht mit einer, die Moderne und Gemütlichkeit dermaßen perfekt vereint. Wie ein traditionelles Schwedenhaus hat auch dieses die typische rote Holzverkleidung. Allerdings ist diese auf der Wasserseite von großen Glasfronten unterbrochen, die aus dem Wohnbereich einen ungehinderten Blick auf den See erlauben. Es gibt mehrere Balkone, Terrassen und sogar ein eigenes Bootshaus mit Anlegesteg sowie einen kleinen Privatstrand. Ein Traum!

»Mamas ganzer Stolz ist übrigens der Gemüsegarten«, sagt Lennart und deutet auf einen Bereich des weitläufigen

Grundstücks, der von Buchsbaumhecken eingefriedet ist. Ich erkenne Stangenbohnen, Kartoffeln, Möhren, einige Obstbäume sowie Hochbeete mit Beerensträuchern und ein Gewächshaus.

»Und darum kümmert sie sich persönlich?«

»Niemand würde es wagen, ihr dort in die Quere zu kommen. Der Garten ist ihr Ein und Alles.«

Wir folgen Emilia, Rasmus und den Kindern zum Eingang. Die Tür steht weit offen, und wir treten ein.

Mein Blick fällt sofort auf riesige Fotowände, wie man sie aus Museen oder Galerien kennt. Stark vergrößerte Schwarz-Weiß-Fotos hinter Acrylglas zeigen historische Alltagssituationen. Menschen, die in Fabriken arbeiten, dazwischen klassische Familienfotos, aber auch Zeitungsfotos von Streikenden, grobkörnige Porträts, das Mannschaftsbild eines Fußballteams – alles vor mindestens siebzig Jahren aufgenommen.

»Das ist unsere Ahnengalerie«, sagt Lennart mit einem feinen Lächeln.

»Ernsthaft?«

»Hier auf dem Streikfoto siehst du Oma Ebba, nach der meine Nichte benannt wurde. Sie war alleinerziehend und schuftete hart in einer Fabrik; dennoch engagierte sie sich bei der Gewerkschaft und war eine sehr willensstarke Frau. Und der Torhüter auf diesem Mannschaftsfoto ist mein Opa Gösta. Das Porträt daneben zeigt seine Frau Alva als Konfirmandin. Sie war meine Lieblingsoma. Und hier drüben ist das Hochzeitsfoto der Großeltern.«

Beeindruckt mustere ich die Fotos.

»Du hast wohl eher vermutet, hier würden Ölschinken in protzigen Rahmen hängen, so wie das von Knut Ole Lundgren im Hotel, oder?«

Ich fühle mich ertappt. »Ja, vielleicht. Wobei – eigentlich passt diese Fotosammlung perfekt zu dem, was mir Emilia über eure Familie erzählt hat.«

»Und was hat sie so über uns erzählt?«

Ich fahre herum. Die blauen Augen des großen, weißhaarigen Mannes funkeln belustigt. Er trägt eine graue Stoffhose und ein dunkelgrünes Leinenhemd ohne Krawatte. »Tut mir leid, ich wollte Sie nicht erschrecken, Frau Blum. Oder soll ich lieber Isabel sagen, so wie alle anderen hier? Ich bin Johan Ingvarsson.«

Kapitel 11

Postkartenmotive

Lennarts Vater hat einen angenehmen Händedruck.

»Sehr gerne, Johan. Danke für die Einladung«, erwidere ich seine Begrüßung und den Vorschlag, uns zu duzen. »Und um deine Frage zu beantworten: Emilia sagte ...«

»Warte damit lieber, bis wir am Tisch sitzen. Meine Frau Maj-Britt hat mich geschickt, um nachzuschauen, wo ihr bleibt. Sie möchte den ersten Gang servieren. Wenn wir nicht bald auftauchen, kann ich was erleben.«

Sein breites Grinsen verrät mir, dass er nur scherzt. Dennoch folgen wir ihm in den großen Wohn-Ess-Bereich, der von gemütlichen Sofas, einem riesigen Massivholzesstisch und einem wunderschönen runden Kachelofen in klassischem Weiß dominiert wird. Und natürlich von der großen Glastür, die den Blick auf die Terrasse am See freigibt. Was für ein Panorama!

Rasmus und die Kinder haben bereits Platz genommen.

»Wir haben beide falsch getippt, es gibt kalte Gurkensuppe«, verkündet Emilia, die gerade die Vorspeise aufträgt.

»Mit Krabben«, ergänzt ihre Mutter. »Ich hoffe, die magst du, Isabel. Willkommen in unserem Zuhause.« Sie sieht aus wie Emilias Doppelgängerin, nur knapp dreißig Jahre älter. Die blau-weiß gemusterte Tunika steht ihr hervorragend, und ihr breites Lächeln ist ansteckend. Maj-Britt Ingvarsson ist mir spontan sympathisch.

»Danke für die Einladung, ich fühle mich sehr geehrt. Und ich liebe Krabben!«

»Die Freude ist ganz auf unserer Seite. Dann mal guten Appetit!«

Während Maj-Britt die Teller füllt und Emilia sie verteilt, wendet sich Johan wieder an mich. »Du wolltest erzählen, warum unsere Fotowand so gut zu dem passt, was Emilia dir über unsere Familie erzählt hat.«

Er lächelt und wirkt vollkommen ungezwungen. Dennoch fühle ich mich ein bisschen wie bei einer Prüfung.

»Na ja, die Fotos sind authentisch und zeigen eine starke Verbundenheit mit euren Vorfahren«, beginne ich langsam, jedes Wort abwägend, um ja niemandem auf den Schlips zu treten. Nachdem Johan zustimmend nickt, fahre ich etwas beherzter fort: »Ihr seid stolz auf eure Eltern, nicht obwohl, sondern gerade weil sie aus einfachen Verhältnissen kamen. Das spürt man, wenn man diese Bilderwand sieht. Anders als bei den üblichen Ahnengalerien, die meist beschönigend sind und vor allem Eindruck schinden sollen. Das ist ein sehr wohltuender Kontrast dazu.«

Meine Antwort scheint die Ingvarssons zu beeindrucken, denn sie werfen sich einen schnellen Blick zu und strahlen mich dann an.

»Ich hatte gleich ein gutes Gefühl, als ich deine Arbeiten im Internet sah. Du hast einen guten Blick für Details und kannst vor allem das, was du siehst, richtig einordnen«, sagt Maj-Britt. »Und, schmeckt die Suppe?«

»O ja, ganz hervorragend.«

»Warte nur auf den zweiten Gang – der ist nämlich von mir.« Johan steht auf, um Getränke einzuschenken. Es gibt Wasser mit Moltebeerensirup. Dieser fruchtig-süße und zugleich feinherbe Geschmack katapultiert mich ein Vierteljahrhundert zurück, und ich denke an die Lapplandwanderung mit Oscar, bei der wir frische Moltebeeren gefunden haben. Damals habe ich diese seltene nordische Frucht, eine Verwandte von Rosen und Himbeeren, zum ersten Mal gekostet.

»Isabel guckt, als hätte sie einen Geist gesehen«, reißt mich die kleine Ebba aus den Gedanken.

»Du Hirni, es gibt doch gar keine Geister«, erwidert ihr Bruder prompt.

»Und was ist mit Rupp Rüpel, dem grausigsten Gespenst aus Småland? Das ist eine echte Spukgeschichte, also muss es auch Geister geben.«

»Du glaubst wohl alles. Rupp Rüpel ist bloß ein Märchen, erfunden von Astrid Lindgren. Oder glaubst du vielleicht auch, *Karlsson vom Dach* und *Pippi Langstrumpf* gäbe es wirklich?«

»Natürlich nicht. Aber das mit Rupp Rüpel hat Astrid Lindgren selbst erlebt.«

Ich bin den Zwillingen fast dankbar, dass sie meinen gedanklichen Ausflug in die Vergangenheit beendet haben, denn bei den Ingvarssons will ich auf keinen Fall als verträumt und unkonzentriert rüberkommen.

»Ehrlich, es gibt von Astrid Lindgren eine Spukgeschichte?«, frage ich. »Davon habe ich noch nie gehört. Ich kenne nur Pippi, Emil – der bei uns in Deutschland Michel heißt –, Bullerbü, Karlsson vom Dach ... und natürlich *Ferien auf Saltkråkan*.«

»Und was ist mit Ronja Räubertochter?«, hakt Ebba sofort nach.

»Die natürlich auch. Ach ja, und Madita habe ich ebenfalls vergessen ...«

Während Lennart gemeinsam mit seinem Vater die Suppenteller abträgt und wenig später den zweiten Gang – einen herrlichen Sommersalat mit grünem Blattgemüse, Radieschen, Gurken, Nüssen und Beeren – serviert, wird die Liste der Astrid-Lindgren-Figuren, die wir kennen, immer länger.

»Meine Favoritin war immer Lotta aus der Krachmacherstraße«, verrät Maj-Britt.

»Und ich war ein Riesenfan von Kalle Blomquist«, ergänzt Rasmus. »Und natürlich von meinem Namensvetter aus *Rasmus, Pontus und der Schwertschlucker* – das versteht sich von selbst.«

Der Salat schmeckt wirklich köstlich, und Johan freut sich über unsere Komplimente. »Die Vinaigrette ist mein Geheimrezept, das nehme ich mal mit ins Grab«, witzelt er.

»Aber bitte nicht so bald«, erwidert Emilia augenzwinkernd, »wir brauchen noch etwas Zeit, bis wir die Zusammensetzung analysiert haben.«

Der dritte Gang ist wieder von Maj-Britt. Die Ingvarssons scheinen sich allsonntäglich in der Küche abzuwechseln. Als Hauptgericht gibt es heute Matjeshering in saurer Sahne mit roten Zwiebeln und Schnittlauch, dazu neue Kartoffeln in Butter geschwenkt und mit frischem Dill bestreut. Ein sehr einfaches, traditionelles, aber unglaublich köstliches Gericht.

»Das schmeckt wirklich großartig«, lobe ich die Köchin. »So richtig nach Sommer in Schweden.«

»Klingt ganz danach, als hättest du schon einige *Midsommar* hier erlebt«, erwidert Maj-Britt freundlich. »Dein Schwedisch ist wirklich ganz ausgezeichnet, fast akzentfrei. So was lernt man doch nicht in einem Volkshochschulkurs.«

Ich zögere. Lennart gegenüber habe ich nur erwähnt, dass ich mich für Sprachen interessiere, aber nicht, dass Schweden fast meine zweite Heimat geworden wäre.

»Ich habe ein paar Semester in Göteborg Fotografie studiert«, sage ich schließlich. »Das ist lange her, hat mich aber nachhaltig beeindruckt.«

Lennart wirft mir einen überraschten Blick zu, auf den ich lieber nicht eingehe. Vielleicht erzähle ich ihm irgendwann einmal mehr, aber nicht während dieses Familienessens. Fehlt gerade noch, dass ich hier vor allen die Fassung verliere und in Tränen ausbreche.

»Apropos Fotografie – kommst du gut voran mit unserem Projekt?«

»O ja, alles läuft bestens. Das Hotel ist wirklich wunderschön, es gibt so viele Details, die ich fotografieren will! Und natürlich die Teamfotos.«

»Emilia hat uns schon von deinem Konzept erzählt. Echte Alltagssituationen, das ist großartig, viel besser als irgendwelche gestellten Gruppenfotos«, sagt Johan.

»Du bist auf Menschen, Natur und Architektur spezialisiert, oder?« Maj-Britt trinkt einen Schluck. »In jeglicher Hinsicht hat Stockholm viel zu bieten. Schade, dass du nur drei Wochen bleibst. Vielleicht findet sich ja ein Anschlussprojekt. Lennart, kannst du Isabel nicht bei unseren Geschäftspartnern und in deinem Bekanntenkreis weiterempfehlen? Natürlich nur, wenn du überhaupt noch Termine frei hast, Isabel.«

»Ähm, ja, so ganz ausgebucht bin ich nicht«, stammele ich ein wenig überrumpelt.

Lennart nickt. »Super Idee. Würde mich übrigens nicht wundern, wenn sich aus den Kontakten, die wir bei Lasses Bareröffnung geknüpft haben, der eine oder andere Auftrag ergibt. Lasse selbst war zum Beispiel sehr interessiert.«

Mir wird fast schwindelig bei dem Gedanken, noch länger im Lande zu bleiben. Wenn der Auftrag im *Midnattssol* abgeschlossen ist, müsste ich mir natürlich eine andere Bleibe suchen. Ein kleines Apartment oder ein Zimmer in einer günstigen Pension.

Während meine Fantasie mit mir durchgeht, dreht sich das weitere Gespräch um die Messe, die Johan und Maj-Britt in London besucht haben. Und natürlich berichten sie von der ABBA-Show mit den computeranimierten Hologrammen.

»Unfassbar, wie lebensecht die aussahen«, schwärmt Maj-

Britt. »Und alle so jung wie damals in den Siebzigern. Dabei sind die vier Bandmitglieder eher in unserem Alter. Es war wirklich bizarr – der Blick auf die Bühne hatte etwas von einer Zeitreise.«

»Nur wir waren so alt wie Methusalem«, ergänzt Johan lachend.

»Na ja, nicht gerade wie Methusalem. Aber ich kann gut verstehen, dass die vier nicht mehr live auftreten wollen. Alles hat seine Zeit im Leben.«

»Die Stones haben da keine Hemmungen«, merkt Rasmus trocken an.

»Die kriegen ja auch keine *Satisfaction*«, erwidert Lennart, und alle lachen.

»Apropos *Satisfaction*«, nimmt Johan nach einer Weile den Faden wieder auf. »Ich hoffe, ihr seid noch nicht allzu satt und zufrieden – es gibt nämlich noch ein Hammer-Dessert.«

»Erdbeertorte?«, rufen Lennart und Emilia wie aus einem Munde, und sofort klatschen sie sich ab wie zwei Sportler nach einem Punktgewinn.

»Schokobällchen!«, fordern die Zwillinge ebenfalls gleichzeitig, doch das mit dem High Five klappt bei ihnen weniger gut, Hugo trifft Ebba am Kinn, und ruckzuck bricht ein Gerangel aus.

»Wer kämpft, macht den Abwasch«, verkündet Johan. »Und ihr habt alle unrecht: Ich hab meinen weltberühmten *Blåbärspaj* gemacht.«

Seine Ankündigung geht im allgemeinen Jubel unter. Ich stehe auf und helfe Maj-Britt unaufgefordert beim Abräumen, was diese mit einem Lächeln kommentiert. Überall sonst, wo ich zum ersten Mal eingeladen bin, käme es mir unangebracht vor, so etwas zu tun, aber hier wurde ich auf so nette und ungezwungene Art und Weise aufgenommen, dass es mir ganz natürlich erscheint.

Der Blaubeerkuchen, den Johan mit selbst gemachter Vanillesoße serviert, ist ein Gedicht! Dazu gibt es für die Kinder Kakao und für uns Erwachsene Kaffee, der in Schweden zu den Grundnahrungsmitteln gehört.

»Da könnte ich mich reinlegen, selbst wenn ich platze«, verkündet Emilia, als sie den letzten Krümel ihres Kuchenstücks verputzt hat.

»Lass das mal lieber, sonst müssen wir uns womöglich noch eine neue Hotelmanagerin suchen«, erwidert ihr Vater.

»Allmächtiger, bewahre«, kontert sie. »Bis du die eingearbeitet hättest ... Dann müsstet ihr euren wohlverdienten Ruhestand ja noch länger hinauszögern.«

Alle lachen. Das Stichwort Ruhestand scheint in der Familie ein Running Gag zu sein.

»Wir reden schon seit Jahren davon, uns ganz aus dem Hotelbetrieb zurückzuziehen«, erklärt Maj-Britt. »Ich will mich meinem Garten widmen und malen, Johan wünscht sich mehr Zeit zum Angeln und Segeln. Und unsere Nachfolger kommen auch bestens ohne uns aus.«

»Und notfalls lassen wir uns durch Avatare ersetzen«, ergänzt ihr Mann grinsend. Die Ähnlichkeit zu Lennart ist unübersehbar. Allein schon diese Verschmitztheit ...

Ich erfahre, dass auch Emilias Partner Rasmus Nordén ein geschätzter Hotelmitarbeiter ist, dem die Ingvarssons voll vertrauen. Er leitet die Bereiche Finanzen und Personal, während sich Lennart vor allem um Einkauf, Lieferantenmanagement und Gastronomie kümmert. Emilia schließlich ist für Kundenservice, Marketing und Vertrieb zuständig. Die drei scheinen perfekt zusammenzuarbeiten.

»Wir sind mehr als glücklich darüber, dass das *Midnattssol* in der Familie bleibt«, sagt Johan und ergänzt mit Blick auf seine Enkelkinder: »Und dass diese Familie weiter wächst.«

»Ich werde mal Hoteldirektor«, kräht Hugo.

»Nein, das werde ich«, widerspricht Ebba selbstbewusst.

»Mädchen können gar kein Direktor werden.«

»Können sie wohl. Ich werde Direktorin, und du musst den Müll raustragen, so wie Papa zu Hause.«

Und wieder ist das Gelächter groß.

Ich bemerke, wie Lennart meinem Blick ausweicht, und registriere durchaus den Elefanten im Raum – nämlich die Tatsache, dass Lennart Single ist und die Eltern sich für ihn eine zuverlässige Partnerin wünschen, die idealerweise ebenfalls im Hotel mitarbeitet. Darüber wird zwar nicht gesprochen, aber ich verstehe die ungesagten Worte dennoch.

Das Leben ist nun mal kein Wunschkonzert, auch wenn das der Ingvarssons bisher überwiegend auf der Sonnenseite verlaufen ist. Sie haben ein großartiges Haus, sind erfolgreich und wohlhabend, verstehen sich wunderbar mit ihren Kindern und Enkeln, sind noch gesund und fit …

Ich denke an meine Mutter, die ungefähr in Maj-Britts Alter war, als sie starb. Sie hatte weniger Glück. Statt den Lebensabend zu genießen, hat sie sich mehr oder weniger selbst aufgelöst. Zum Glück gibt es diese Fotos, die wir voneinander gemacht haben. Sie trösten mich, wenn ich mit meinem und ihrem Schicksal hadere. Selbst in der schlimmsten Krankheit gibt es schöne Momente. Natürlich hat mich Mutters Demenz anfangs total überfordert, aber mit der Zeit habe ich gelernt, damit umzugehen und die positiven Seiten unserer Zweisamkeit zu entdecken. Das Fotografieren hat mir dabei sehr geholfen – wie eigentlich immer im Leben.

»Emilia erwähnte, dass du auch schon ein Fotokonzept für uns als Familie hast«, unterbricht Maj-Britt mein Grübeln, und man könnte fast meinen, sie könnte Gedanken lesen. »Da sind wir natürlich total neugierig.«

Plötzlich sind alle Blicke auf mich gerichtet. Ich habe ja damit gerechnet, meine Idee heute eventuell präsentieren zu müssen, doch nun trifft mich Maj-Britts Frage doch total unvorbereitet.

»Postkartenmotive«, platze ich heraus. »Ich meine – ganz individuelle natürlich. Auf denen ihr jeweils eure Lieblingsorte in Stockholm vorstellt. Damit präsentiert ihr euch als echte Insider, keine Geschäftsleute von außerhalb, die bloß hier investiert haben. Für eure Gäste ist das natürlich ein wichtiges Signal: Ihr kennt euch aus, könnt sogar Geheimtipps verraten. Gleichzeitig zeigt ihr euch von einer ganz persönlichen Seite, ohne allzu viel Privates preiszugeben.«

Für ein paar Sekunden herrscht Stille. Dann klatscht Johan begeistert in die Hände. »Genial!«

Auch Maj-Britt wirkt sehr angetan. Sie überlegt offenbar sogar schon, welcher Ort für sie der richtige wäre. »Ich liebe Skansen, aber ist das wirklich ein Geheimtipp?«

»Ich finde den Skogskyrkogården superschön«, lässt sich Rasmus vernehmen.

»Wie makaber – willst du dich wirklich im Waldfriedhof fotografieren lassen?«, fragt Emilia überrascht.

»Immerhin steht er auf der Liste des UNESCO-Weltkulturerbes.«

»Also, ich nehme auf jeden Fall den Hornstulls Marknad.« Sie wendet sich an mich: »Das ist ein fantastischer Wochenendmarkt bei uns in Södermalm. Bekannt für Vintage-Kleidung, Straßenkunst und Streetfood. Bevor du abreist, musst du diesen Markt unbedingt besuchen. Ich nehme dich nächsten Samstag mit dorthin.«

»Klar, gute Idee«, erwidere ich. »Bin dabei.«

Lennart lächelt mich an. »Mein Lieblingsort ist unsere private Schäreninsel. Total einsam und während der Weißen Nächte einfach magisch. Ich freu mich schon auf das Shooting!«

»Allerdings ist es auch ein bisschen lahm dort, so ganz ohne Strom und Internet«, warnt mich Hugo.

»Im Gegenteil, das ist perfekt zum Entspannen. Nichts als Natur, Wasser und frische Luft«, erklärt Lennart.

Doch ich denke weder an den fehlenden Strom noch an die Schönheit der felsigen Küstenlinie. Sondern daran, dass ich mit Lennart allein auf einer einsamen Insel sein werde. Mein Herz schlägt schneller, wenn ich nur daran denke.

Keine gute Idee, ruft die kritische Stimme in meinem Hinterkopf. Aber die war ja schon immer eine Spaßverderberin. Vielleicht ist die Zeit ja gekommen, sie endlich zum Schweigen zu bringen.

Kapitel 12

Meeresblick

Meine zweite Woche in Stockholm vergeht wie im Flug, und ich arbeite wie eine Besessene. Das Treffen mit den Ingvarssons hat mir einen zusätzlichen Motivationsschub beschert. Ihre Begeisterung für meine Ideen und ihr Vertrauen in meine Fähigkeiten spielen dabei eine ebenso große Rolle wie die Selbstverständlichkeit, mit der sie mich aufgenommen haben. Natürlich will ich sie nicht enttäuschen!

Nachdem ich am Montag mithilfe des Lageplans, den Lennart für mich herausgesucht hat, festgelegt hatte, welches Motiv ich wann fotografieren will, konnte ich am Dienstag endlich so richtig loslegen. Von architektonischen Details bis zu großen Panoramamotiven habe ich meine komplette Liste abgearbeitet, sodass ich nächste Woche mit den Teamfotos anfangen kann.

Nicht zu vergessen die Postkartenmotive der Familienmitglieder, die sich inzwischen alle auf eine Location festgelegt haben. Rasmus, Emilia und Lennart sind bei ihren spontanen Ideen geblieben. Maj-Britt hat sich für eine Picknick-Szene in Rosendals Trädgård entschieden, dem botanischen Garten auf der Insel Djurgården, der zu einem der elf königlichen Schlösser gehört. »Die Anlage ist liebevoll gestaltet und einfach perfekt zum Entspannen«, hat sie ihre Wahl begründet. »Ein echter Wohlfühlort.« Das klingt verheißungsvoll, wie ich finde – ich bin sehr gespannt darauf.

Johan hat vorgeschlagen, beim Spaziergang in Vinterviken fotografiert zu werden, einem wald- und felsreichen Tal am Ufer des Mälaren, wo früher Alfred Nobels Dynamitfabrik stand. »Vinterviken hat sich von einem Industrieareal zu einem tollen Naherholungsgebiet gewandelt – mit schönen Wegen, kleinen Gärten und netten Lokalen.« Auch das hört sich verheißungsvoll an.

Ich beglückwünsche mich selbst immer wieder zu der Idee mit den Geheimtipp-Fotos. Auf diese Weise lerne ich einige ganz neue Ecken von Stockholm kennen.

Doch natürlich ist das Konzept auch ziemlich zeitaufwendig, zumal sogar die Zwillinge darauf bestehen, fotografiert zu werden, und zwar in Junibacken, dem Kindermuseum rund um Astrid Lindgrens Geschichten. Emilia hat mich gebeten, das Kindershooting irgendwie einzuschieben, falls es den Rahmen nicht sprengt, und ich habe versprochen, es möglich zu machen.

Ich werde also in den verbleibenden zwei Wochen mehr als genug zu tun haben, und das ganze Vorhaben ist nur zu schaffen, wenn ich mir kaum eine Pause gönne. So sitze ich jeden Abend bis spät am Laptop, sichte meine Aufnahmen, wähle die jeweils besten Motive aus, bearbeite sie und lade sie in meine Cloud hoch.

Selbst am Wochenende will ich eigentlich durcharbeiten, doch am Samstag passt mich Lennart beim Frühstück ab. Wir haben uns in den letzten Tagen immer nur zwischen Tür und Angel gesehen, denn er war ebenso beschäftigt wie ich. Insgeheim hatte ich gehofft, dass er mich abends mal wieder ausführen oder zumindest eine Mittagspause mit mir verbringen würde, doch dazu ist es nicht gekommen. Vielleicht ist es auch besser so.

»Wie sieht es mit deinem Timing aus?«, fragt er beiläufig. »Wenn du es einplanen kannst, könnten wir heute Nachmittag raus auf die Insel fahren.«

Ich muss nicht lange überlegen. »Klar, dann hätte ich das erste Familienfoto schon diese Woche abgehakt. Das würde meinen Zeitplan entlasten.« Im gleichen Moment wird mir bewusst, wie kühl und sachlich sich das anhören muss.

Doch Lennart ist mir kein bisschen böse. »Na, wenn das so ist«, erwidert er grinsend. »Es ist mir ein Vergnügen, deinen Stress zu reduzieren. Nichts ist dafür so perfekt geeignet wie ein Ausflug in den Schärengarten.«

Wir haben verabredet, gegen zwei Uhr aufzubrechen. Damit bleiben mir noch gut vier Stunden Arbeitszeit. Theoretisch jedenfalls. Praktisch kann ich mich nicht wirklich auf die Bildbearbeitung konzentrieren, und nachdem ich eins meiner Lieblingsmotive um ein Haar unwiderruflich gelöscht hätte, gebe ich auf und rufe stattdessen Olivia an.

Ich habe mich schon seit ein paar Tagen nicht mehr bei ihr gemeldet, dabei ist mir nur zu bewusst, dass sie auf Neuigkeiten wartet.

»Na, was macht die Liebe?«, begrüßt sie mich ohne Umschweife, und ich muss lachen.

»Da fragst du die Falsche«, erwidere ich.

»Sag nicht, dass sich zwischen dir und Lennart immer noch nichts entwickelt hat!« Sie klingt regelrecht empört. »Allzu viel Zeit solltest du dir damit wirklich nicht lassen. In anderthalb Wochen kommst du ja schon wieder zurück.«

»Eben drum ist das Ganze ohnehin zum Scheitern verurteilt«, sage ich. »Ich konzentriere mich lieber auf meinen Job.«

»Du sollst den Knaben ja nicht gleich heiraten! Nur ein bisschen Spaß haben. Wird höchste Zeit, dass dich jemand aus deinem Schneewittchenschlaf wach küsst.«

»Moment – wurde nicht Dornröschen wach geküsst?«

»Das kommt in beiden Märchen vor, und wenn du es nicht ganz dämlich anstellst, wirst du das auch erleben, Prinzessin.« Ich höre Olivias Espressomaschine mahlen, zischen und fauchen. »Du musst eben dafür sorgen, dass sich eine passende Gelegenheit ergibt. Vielleicht bei einem weiteren nächtlichen Spaziergang durch Gamla Stan.«

»Oder bei einem Ausflug auf eine private Schäreninsel.«

Ich höre, wie Olivia überrascht nach Luft schnappt, und muss unwillkürlich grinsen. Ich kenne meine Freundin so gut! Dass diese Entwicklung sie umhauen würde, war mir klar. Und ich weiß auch genau, was sie jetzt sagen wird. Nämlich, dass ich mich einfach mal fallen lassen und den

Moment der Zweisamkeit genießen soll. Und genau das bekomme ich jetzt auch zu hören.

»Was ziehst du an?«, will sie als Nächstes wissen.

»Darüber habe ich mir noch überhaupt keine Gedanken gemacht. Eigentlich wollte ich so bleiben.«

»Und das heißt?«

»Eine hellblaue Sommerjeans und ein schwarzes T-Shirt«, sage ich. Und weil ich weiß, dass Olivia T-Shirts allenfalls beim Sport akzeptabel findet, weil sie ihrer Meinung nach nicht feminin genug sind, ergänze ich: »Mit V-Ausschnitt.«

»Ist dein BH wenigstens vorzeigbar?«

»Olivia!!!«

»Nun tu nicht so empört. Du bist doch keine Nonne. Und außerdem mehr als volljährig. Also?«

»Ja, er ist ebenfalls schwarz.«

»Mit Spitze?«

»Etwas.«

»Na immerhin.« Sie wirkt nicht überzeugt.

»Hör mal, das Ganze ist kein romantisches Date, sondern ein Arbeitstermin. Wir machen Fotos. Es käme wohl etwas seltsam rüber, wenn ich mich zu diesem Anlass in Schale werfen würde.«

Olivia wirkt ein wenig unkonzentriert. Ich höre das Klappern ihrer Tastatur. Vermutlich befragt sie gerade Tante Google nach dem idealen Outfit für so einen Ausflug. »Okay, ich sehe schon – diese Inseln bestehen überwiegend aus Klippen und Wald«, murmelt sie dann auch tatsächlich. »Vermutlich ist vernünftige Kleidung da tatsächlich angemessen.«

»Und das aus deinem Munde.« Ich grinse. Doch insgeheim

überlege ich, wenigstens das T-Shirt durch eine etwas femininere Sommerbluse zu ersetzen. Man kann schließlich auch in einem hübschen Oberteil hochprofessionelle Fotos machen. Olivia hat völlig recht – aber das behalte ich für mich. Wer weiß, was sie sonst wieder für Vermutungen anstellt.

»Ich erwarte einen ausführlichen Bericht!«, sagt sie, als wir uns verabschieden. »Mit prickelnden Details.«

»Kannst du vergessen. Die wird es nicht geben.«

»Feigling.«

»Hab dich auch lieb.«

Um kurz vor zwei stehe ich mit meinem gepackten Rucksack vor dem Hotel. Natürlich habe ich meine Fotoausrüstung eingepackt, außerdem Moskitospray und meine neue Sweatshirtjacke aus dem ABBA-Museumsshop. Für den Fall, dass es gegen Abend abkühlt. Keine Ahnung, wie lange unser Shooting dauern wird. Oder wie weit es überhaupt bis zu dieser Insel ist. Der Stockholmer Schärengarten ist sehr weitläufig, manche Inseln sieht man schon vom Festland aus, andere liegen weit draußen in der Ostsee.

Zu meiner Überraschung holt mich Lennart zu Fuß ab, und das ganz ohne Gepäck. Irgendwie war ich davon ausgegangen, dass er für Verpflegung sorgt.

»Keine Sorge, alles, was wir brauchen, ist schon auf dem Boot. Und zur Anlegestelle ist es nur ein kurzer Spaziergang«, beruhigt er mich sofort.

Tatsächlich – nach gerade mal einer Viertelstunde erreichen wir einen kleinen Yachthafen. Er befindet sich in der Meerenge, die Södermalm von der Gefängnisinsel Långholmen trennt und – gesäumt von zahlreichen Bäumen – wie ein idyllisches Flüsschen wirkt.

Hier liegt ein Motorboot neben dem anderen – einige sehr schlicht, andere durchaus luxuriös anmutend.

Lennarts Boot heißt *Midnattssol*, wie das Hotel, und es ist vermutlich ähnlich historisch wie das Gebäude. Es gehört zu den wenigen Modellen aus Holz, verfügt aber immerhin über eine Kajüte und ist bei näherem Hinsehen ein wahres Schmuckstück. Stolz führt er mich herum. Alles wirkt elegant und gut gepflegt. Das rötlich schimmernde Holz ist mit einem Schutzlack versehen, zu dem die Messingbeschläge einen tollen Kontrast bilden.

»Hereinspaziert«, sagt Lennart und hält die Tür zur Kajüte für mich auf. Sie ist wirklich winzig, sodass es fast unmöglich ist, Abstand voneinander zu halten, es sei denn, einer von uns würde sich in die Schlafkoje zurückziehen.

Ich inspiziere das Bullauge, um meine Verlegenheit zu überspielen, und bin erleichtert, als Lennart sagt: »Zum Glück haben wir ja herrliches Sommerwetter, sodass wir draußen bleiben können.«

Hinter der Kajüte befindet sich das Cockpit mit einem Steuerrad und einer Sitzbank für Passagiere.

Lennart öffnet eine Kiste und reicht mir Sitzpolster sowie eine Rettungsweste.

»Ist die Überfahrt so gefährlich?«

»Vorgeschrieben ist so eine Rettungsweste eigentlich nur für Kinder. Aber es wird dringend empfohlen, eine zu tragen. Und ich bin nun mal ein Sicherheitsfreak. Ich liebe das Meer, aber ich habe auch Respekt vor seinen Tücken.«

Oh, das habe ich auch. Ich spüre, wie die Angst in mir aufsteigen will, und zwinge mich, sie zu ignorieren. Der Gedanke, dass wir gleich in diesem winzigen Boot aufs offene Wasser hinausfahren, ist mir nicht geheuer. Immerhin bietet die Rettungsweste Schutz. »Ziehst du auch eine an?« Himmel, was würde ich tun, wenn Lennart über Bord geht? Könnte ich ihn retten? Allein das Boot steuern? Allein der Gedanke versetzt mich in Panik.

Er zögert, und mir wird klar, dass er das normalerweise nicht tut. »Ja klar«, behauptet er dennoch, und dass er das vermutlich nur sagt, damit ich mich besser fühle, finde ich irgendwie süß.

Der Motor springt gleich beim ersten Versuch an. »Alt, aber gut gewartet und zuverlässig«, kommentiert Lennart, und ich bin kurz davor, ihn zu fragen, ob er das Boot oder sich selbst meint, kann mir den Kommentar aber gerade noch verkneifen. Ich bin heute im Profi-Modus, und das sollte ich auch bleiben.

»Gehört euch das Boot schon so lange wie das Hotel?«, will ich wissen.

»Nicht ganz, aber fast. Papa hat es in den Sechzigerjahren gekauft, aber da hatte es bereits ein paar Jahrzehnte auf dem Buckel. Solche alten Boote haben bei guter Pflege eine längere Lebensdauer als moderne.«

»Es ist wunderschön«, sage ich. Ich habe mich jetzt etwas beruhigt – die Schwimmweste gibt mir ein sicheres Gefühl, und Lennart strahlt eine wohltuende Souveränität aus.

Wir haben den Yachthafen inzwischen verlassen und tuckern hinaus auf den Riddarfjärden, wo wir einen guten

Blick auf das Stadshuset und Gamla Stan haben, und passieren dann die Inseln Skeppsholmen, Kastellholmen sowie Djurgården.

Lennart steuert das Boot sicher und mit Bedacht. Erstaunt registriere ich, dass der Verkehr auf den Wasserstraßen ähnlich präzise geregelt ist wie auf den Straßen – es gibt Geschwindigkeitsbeschränkungen, Vorfahrtsregeln und jede Menge weiterer Vorschriften, was wohl auch nötig ist, damit sich die Fähren, Segelschiffe, Touristenboote, Kajaks, Yachten und Frachtschiffe nicht in die Quere kommen.

»So langsam erreichen wir den Saltsjön – die Meeresbucht, die in die Ostsee mündet«, sagt Lennart nach einer Weile. Wie er so am Steuer steht in seinem marineblauen Hemd, der orangefarbenen Rettungsweste und der hellen Cargohose, den Wind im Haar und die Sonne im Gesicht, spüre ich, dass er ganz in seinem Element ist.

Mir ist, als wir hinaus auf die offene Ostsee kommen, nun doch wieder etwas mulmig zumute, aber die Wasseroberfläche ist ruhig, es gibt nur leichte Wellen. Aber so war es damals, als Oscar ertrank, vermutlich ebenfalls. Das Meer ist trügerisch.

»Alles gut, oder wirst du etwa seekrank?« Lennart mustert mich stirnrunzelnd. Offenbar bin ich ein bisschen blass um die Nase. Außerdem halte ich mich ziemlich verkrampft an der Reling fest.

»Nein, mir geht's prima«, behaupte ich und versuche mich zu entspannen. Ich bin nicht in Gefahr. Wir werden nicht kentern, ich werde nicht ertrinken. Unser Ausflug hat nicht das Geringste mit Oscars dramatischem Unfall zu tun.

»Dort vorne ist sie«, ruft Lennart plötzlich. Ich springe auf. Am Horizont kommt eine Insel in Sicht.

»Sie heißt *Havutsikt*.« Meeresblick, was für ein schöner Name für eine Schäreninsel. Sie erhebt sich sanft aus dem klaren, blauen Wasser. Ich erkenne dunkelgrüne Kiefern und am höchsten Punkt der Insel, geschützt zwischen Bäumen und umrahmt von bunten Sommerblumen, ein kleines Holzhaus mit roter Fassade und weißen Fensterrahmen. Der Schornstein verrät, dass es darin zumindest einen Ofen oder einen Kamin gibt.

Die Ufer sind von glatten Granitfelsen gesäumt, doch an einigen Stellen dringen kleine Sandbuchten zwischen den Felsen hervor. Was für ein malerisches Panorama!

Als wir uns der Anlegestelle nähern, reduziert Lennart die Geschwindigkeit und nähert sich vorsichtig dem Steg. Dann befestigt er das Boot zuerst mit einer Heckleine und dann mit einer weiteren Leine am Bug. Erst nachdem er geprüft hat, dass beide sicher mit dem Holzpoller verknotet sind und straff sitzen, aber nicht zu viel Spannung haben, schaltet er den Motor aus und hilft mir beim Aussteigen.

»Warte bitte kurz«, sagt er und verschwindet in der Kajüte, um wenig später mit einem Picknickkorb, einer vollgestopften Ikea-Tüte und einer Kühltasche wiederzukommen. Ich setze meinen Rucksack auf und nehme ihm den Korb ab, und gemeinsam bringen wir die Sachen zu dem hölzernen Tisch, der unweit des Ufers auf einem flachen Felsen steht.

»Was hast du denn da drin?«, frage ich neugierig.

»Lass dich überraschen«, meint er nur. »Ich zeig dir erst die Insel.«

Der Weg hinauf zur Hütte, einer typisch schwedischen *Sommarstuga*, ist ein wenig steil und von Wurzeln durchzogen. Fürsorglich reicht er mir die Hand, damit ich nicht stolpere, und auch wenn mir das reichlich übertrieben erscheint, wehre ich mich nicht dagegen. Es ist schön, dass er so um mein Wohlergehen besorgt ist, und ich genieße die Berührung.

»Ist das nicht herrlich?« Lennart bleibt kurz stehen und dreht sich um die eigene Achse. »Ich staune jedes Mal, wenn ich herkomme, aufs Neue über die Schönheit dieses Fleckchens Natur. Egal, wie hektisch der Alltag ist, hier kann ich das alles vergessen. Ein perfekter Rückzugsort.«

Sofort bin ich fasziniert von der rauen und zugleich schlichten Schönheit dieses kleinen Eilandes, das fast nur aus Klippen und Wald besteht.

»Sie gehört zu den kleineren Inseln des Stockholmer Schärengartens«, sagt Lennart. »Natürlich gibt es noch winzigere, auf denen nicht mal eine *Sommarstuga* Platz hätte, aber auch viel größere, die sogar ständig bewohnt sind. Aber diese hier ist perfekt, finde ich.«

»*Lagom*«, erwidere ich grinsend. »Nicht zu groß und nicht zu klein.«

»Und sie gehört uns«, ergänzt er. »Hier haben wir weder Nachbarn noch besuchen uns Touristen, nur unsere Familie kommt her – und natürlich liebe Gäste und Freunde.«

Mit ihrer kleinen Terrasse, auf der sich robuste Holzmöbel und eine Grillstelle befinden, wirkt der Eingangsbereich der Hütte sehr einladend.

»Sehr hübsch«, sage ich.

»Einfach, aber gemütlich. Komm rein«, fordert Lennart mich auf. Überrascht schaue ich mich im Inneren der Hütte um. Die Küche besteht aus einem Holzofen mit Kochstelle, einem einfachen Kieferntisch und passenden Sitzbänken ohne Lehne sowie offenen Regalen im Landhausstil, in denen ich neben Geschirr und Töpfen auch Bücher, Brettspiele und Kerzen entdecke. Im Wohnbereich stehen ein bequem aussehendes Sofa mit hellblauen Bezügen und zwei passende Sessel. Auf dem Dielenboden liegen bunte Flickenteppiche.

Ich trete ans Fenster. Von hier aus hat man einen Blick auf die Bucht mit dem Bootsanleger. Das Meer glitzert in der Sonne, ein paar Möwen kreisen. Idylle pur.

Als ich mich umdrehe, ist Lennart gerade dabei, sein Hemd aufzuknöpfen.

»Was tust du da?«, frage ich entgeistert. Habe ich ihm etwa falsche Signale gesendet? Etwas Zweideutiges gesagt, das er als Aufforderung missverstanden haben könnte? Oder von Anfang an falsch eingeschätzt, was es mit diesem Ausflug auf sich hat?

Er grinst mich nur an. »Schwimmen gehen. Was sonst?«

Kapitel 13

Goldene Stunde

»Du machst Witze!« Ich starre Lennart fassungslos an.

»Wie kommst du darauf? Es ist Sommer, die Sonne scheint, wir sind auf einer Insel mit Privatstrand und Badestelle, was läge da näher, als sich zu erfrischen?«

So, wie er das sagt, klingt es mehr als logisch. Dennoch fühle ich mich völlig überrumpelt.

»Ich dachte, wir sind für ein Fotoshooting hergekommen«, widerspreche ich lahm.

»Was spricht dagegen, das Angenehme mit dem Nützlichen zu verbinden? Wäre doch wirklich schade um die schöne Gelegenheit. Oder kannst du etwa nicht schwimmen?«

»Natürlich kann ich schwimmen. Aber am liebsten im Pool. Das Meer ist ... gefährlich.«

»Vertrau mir – unsere Badestelle ist total flach und sicher, sogar für Kinder geeignet. Emilia und ich haben hier schwimmen gelernt, Hugo und Ebba ebenfalls.«

»Außerdem hab ich keinen Badeanzug dabei.«

Lennart hat inzwischen seine Cargohose ausgezogen und steht in Schwimmhose und offenem Hemd vor mir. Er hat den Körper eines jungen Mannes, obwohl er die fünfzig schon überschritten hat. Offenbar trainiert er, allerdings nicht so übertrieben, dass es angeberisch wirken würde. Ich muss aufpassen, dass ich nicht zu atmen vergesse und meinen Gesichtsausdruck unter Kontrolle behalte. Nicht dass er auf falsche Gedanken kommt.

»Du kannst ja gerne ins Wasser gehen«, sage ich und verschränke die Arme vor der Brust. »Ich schaue mich unterdessen nach geeigneten Locations für das Shooting um.«

»Nun sei keine Spielverderberin. Das macht Spaß, du wirst sehen. Im Kleiderschrank sind Badeanzüge in allen möglichen Größen, such dir einen aus.«

Mein Widerstand bröckelt, und ich folge ihm nach nebenan ins Schlafzimmer. Hier ist alles ebenso schlicht, funktionell und zugleich gemütlich eingerichtet wie in der Wohnküche. Es gibt eine Kommode und einen Kleiderschrank im Landhausstil, außerdem zwei Schlafkojen, deren Vorhänge seitlich festgebunden sind. Sie sind blau-weiß gestreift, genau wie die Bettdecken und die Kissen. Der ganze Raum strahlt eine friedvolle, heimelige Atmosphäre aus.

Lennart öffnet die Schranktür und präsentiert mir die wirklich umfangreiche Sammlung an Schwimmkleidung. »Nimm dir auch gleich ein Handtuch und einen Bademantel mit«, sagt er. »Ich warte draußen auf dich.«

Nun bleibt mir wohl nichts anderes übrig, als mitzuspielen. Und warum auch nicht? Lennart hat völlig recht. Ein bisschen Badespaß gehört einfach dazu, wenn man auf so einer Insel ist und das sommerliche Wetter regelrecht nach einer Abkühlung verlangt. Und wir bleiben ja im flachen Wasser, also besteht auch keine Gefahr. Warum ich mich so dagegen gewehrt habe, weiß ich auf einmal selbst nicht mehr. Ich höre Olivias Stimme in meinem Kopf, die mir eintrichtert, den Moment zu genießen und nicht immer so kopfgesteuert zu sein.

»Ja, das sollte ich mir wirklich abgewöhnen«, murmele ich, während ich einen olivgrünen Einteiler auswähle, der aussieht, als ob er mir passen könnte. Während ich mich umziehe, rede ich mir ein, dass ein bisschen Flexibilität in keinerlei Widerspruch zu meinem Job steht, im Gegenteil: Als Fotografin habe ich ja auch dafür zu sorgen, dass die Person, die ich porträtiere, entspannt ist. Und wenn ich dafür mit Lennart im Meer herumplanschen muss, dann tu ich das eben. Was ist schon dabei?

Lennart ist schon im Wasser, als ich die Badebucht erreiche. Er ist ein Stück hinausgeschwommen und kehrt jetzt kraulend zurück. Gut fünfzig Meter vor dem Ufer macht er halt.

»Schau mal, hier kann man noch sicher stehen.« Das Wasser geht ihm gerade mal bis zur Hüfte. Er strahlt mich an und streicht sein nasses Haar zurück.

Schade, dass ich meine Kamera nicht dabeihabe, das wäre ein perfektes Motiv. Allerdings eher für eine laszive Rasierwasser-Werbung oder einen anspruchsvollen Erotikkalender.

Wie gut, dass Lennart keine Gedanken lesen kann!

»Der Badeanzug passt ja wie angegossen«, sagt er, während er auf mich zukommt. »Nun komm schon rein.«

Meine Zehen graben sich in den kühlen, feuchten Sand, dann mache ich einen vorsichtigen Schritt ins Wasser.

»Das ist ja eiskalt!«, quieke ich.

»Am besten, du stürzt dich einfach ins Wasser, dann kommt es dir bald richtig warm vor«, behauptet er.

Und weil ich nicht will, dass er mich vollends für eine Spaßbremse hält, tue ich genau das: Ich laufe los, stoße einen Schrei aus, und als ich tief genug drin bin, stürze ich mich einfach kopfüber in die Wellen.

Prustend tauche ich wieder auf. Das klare, salzige Wasser perlt an mir ab und erfrischt mich, während die Sonne meine Haut direkt wieder erwärmt.

»So muss sich Sommer anfühlen«, seufze ich.

»Du siehst aus wie eine Nixe.« Lennarts bewundernder Blick gleitet über meinen Körper, und ich habe fast das Gefühl, ihn zu spüren.

»Du meinst, weil ich blass und rotblond bin?« Ich ziehe eine Grimasse.

»Das war ein Kompliment, Bella, darüber solltest du dich nicht lustig machen, das schmerzt den Kavalier.«

Jetzt muss ich erst recht lachen.

»Das muss der Herr Kavalier leider aushalten«, erwidere ich und klatsche mit der Hand so auf die Wasseroberfläche, dass es hochspritzt. Leider mit dem Ergebnis, dass ich selbst fast alles abkriege, während Lennart vor Lachen kaum noch Luft bekommt.

»Und wer macht sich jetzt über wen lustig?« Diesmal erwischt ihn meine Fontäne besser.

Ruckzuck ist eine Wasserschlacht im Gange, die zwei Teenagern zur Ehre gereichen würde. Wie gut, dass uns hier niemand sieht. Einmal stoßen wir dabei versehentlich mit den Schultern zusammen, wenig später streicht seine Hand kurz über meinen Arm. Die Berührungen senden kleine elektrische Impulse durch mich hindurch, und auf einmal wird mir bewusst, wie intim die Situation ist. Wir beide, ganz allein, halb nackt … Was hab ich mir nur dabei gedacht?

Hör auf, so viel zu denken, weise ich mich selbst zurecht.

»Los, wir schwimmen ein Stück hinaus. Ich weiß genau, bis wo man noch stehen kann. Hier gibt es auch keine Klippen oder Strömungen.«

Ich zögere. Für einen Moment denke ich daran, ihm von Oscar zu erzählen. Dann würde er verstehen, warum ich solchen Respekt vor dem Meer habe.

»Es ist wirklich nicht gefährlich. Komm schon, Bella!«

Ich vertraue ihm. Vielleicht ist es auch dieser ungewohnte Kosename, der den Ausschlag gibt. Er hat ihn jetzt schon zum zweiten Mal verwendet, und mir gefällt diese Variante. Oscar hat mich immer Isa genannt. Es hätte mir einen Stich versetzt, wenn Lennart mich auch so anreden würde. Aber er hat eine eigene Abkürzung gewählt, und dass es sich dabei um das italienische Wort für *schön* handelt, lässt mein Herz höherschlagen. Heißt das etwa, ich gefalle ihm wirklich?

Wir schwimmen bis kurz vor den Bootssteg, dann macht Lennart kehrt. »Hier wird's dann bald tief.«

Am Ufer reicht er mir nicht nur mein Handtuch, sondern legt es mir sanft um die Schultern.

»Danke«, sage ich und rubbele mich trocken. Ich habe das Gefühl, eine Prüfung bestanden zu haben. Als hätte ich gerade den Drachen, der einst Oscar zum Verhängnis wurde, besiegt. Aber das ist natürlich völliger Unsinn.

Wir breiten unsere Handtücher auf dem flachen Felsen neben dem Picknicktisch aus und legen uns darauf, um uns von der Sonne trocknen zu lassen.

»Wie viele Schäreninseln gibt es eigentlich?«, frage ich träge, während ich in die Sonne blinzele.

»Ungefähr dreißigtausend«, erwidert Lennart prompt. »Ein großzügiges Geschenk, das uns die Eiszeit hinterlassen hat.«

»Dreißigtausend? Kein Scherz?«

»Wenn ich scherzen wollte, würde ich sagen, dass ich überhaupt keinen Hunger habe.« Er richtet sich auf. »Wie wär's – wollen wir was essen?«

»Sehr gerne.«

Während ich ins Haus gegangen bin, um mich wieder anzuziehen, hat Lennart ein blaues Tischtuch ausgebreitet und den Inhalt des Picknickkorbs darauf verteilt.

Als ich zurückkomme, lädt er mich mit einer Geste dazu ein, Platz zu nehmen, und überreicht mir ein Glas Champagner. Er selbst füllt sein Glas mit alkoholfreiem Sekt. Sehr verantwortungsbewusst – schließlich muss er uns sicher wieder zurück nach Stockholm schippern.

»Auf unseren Schärenausflug«, sagt er und prostet mir zu.

»Auf ein gelungenes Shooting«, erwidere ich, um ihm den eigentlichen Anlass unseres Hierseins in Erinnerung zu rufen, und nippe bloß an dem Glas, damit mir der Schampus nicht gleich zu Kopf steigt. Dann nehme ich in Augenschein, was Lennart alles mitgebracht hat. Ich entdecke *Köttbullar*, die typisch schwedischen Fleischbällchen, außerdem Krabbensandwiches, Kartoffelsalat, Eier im Glas mit gesalzenen Sprottenfilets, die hier *Ansjovis* heißen, eingelegten Hering und Hähnchenschlegel mit Preiselbeerglasur. Als Nachtisch gibt es Käse, Himbeeren mit Sahne und *Kanelbullar* – Zimtschnecken.

»Das sieht ja köstlich aus! Aber das reicht ja für eine Großfamilie ...«

»Schwimmen macht hungrig«, kommentiert er grinsend. »Lass es dir schmecken.«

Und das tue ich. Das Essen ist köstlich! Und der Champagner auch.

»Wollen wir jetzt über das Foto reden?«, schlage ich vor, als ich pappsatt bin. »Was schwebt dir vor?«

»Gute Frage. Ich verlasse mich da voll auf dich.«

Ich überlege. »Erzähl mal, was man auf so einer Schäreninsel alles machen kann. Oder besser gesagt: Wie du hier am liebsten deine Zeit verbringst.«

»Du meinst, außer mit Schwimmen und Essen?«

Ich muss lachen. »In der Sonne rumliegen gilt auch nicht.«

»Wie wäre es mit Kajak fahren, Blaubeeren sammeln, Vögel beobachten oder grillen?«

Ich runzele die Stirn. »Was davon ist deine Lieblingsbeschäftigung?« Als Vogelkundler kann ich mir Lennart kaum vorstellen.

»Angeln«, erwidert er prompt. »Das ist für mich Entspannung pur.«

»Okay – das könnte ein tolles Motiv abgeben. Wo würdest du stehen?«

Er deutet auf einen Felsvorsprung.

»Dann würde ich am besten vom Bootssteg aus fotografieren. Dann ist auch die Hütte mit drauf. Moment.«

Ich laufe hinüber, prüfe den Blickwinkel und bilde mit den Händen einen Rahmen, um den Bildausschnitt zu prüfen.

»Ja, das wird gut!«

»Wollen wir gleich loslegen?«, fragt Lennart, der mir zum Steg gefolgt ist.

Ich schüttele den Kopf. »Das Licht ist noch nicht optimal. Warten wir bis zur goldenen Stunde. Wie spät ist es jetzt?« Ich werfe einen Blick auf die Uhr. »Halb acht. Echt, schon so spät? Aber umso besser. Dann können wir in einer guten Stunde starten.«

Lennart schaut mich an, als würde ich Chinesisch reden. »Was in aller Welt ist die goldene Stunde?«

Manchmal vergesse ich, dass nicht alle Fotografenkauderwelsch verstehen. »Sorry, das ist das letzte oder wahlweise auch das erste Licht des Tages. Abends beginnt die goldene Stunde etwa fünfundsiebzig Minuten vor Sonnenuntergang, das dürfte hier und heute etwa gegen Viertel vor neun sein, denn die Sonne geht etwa um zehn unter.«

»Und was macht diese fünfundsiebzig Minuten so besonders?«

»Die Bilder werden in dieser Zeit einfach traumhaft schön. Vor allem Naturaufnahmen und Porträts. Das Licht ist dann magisch, alles wirkt auf wundersame Weise warm und weich.«

»Du willst, dass ich warm und weich aussehe?« Entsetzt reißt Lennart die Augen auf, und ich fürchte schon, dass er beleidigt ist, doch dann zwinkert er mir zu. »Schon begriffen. Das klingt toll.«

Er schenkt mir noch einmal Champagner nach, und ich lehne ihn nicht ab, obwohl ich das vielleicht lieber tun sollte.

»Ich geh mich mal umziehen«, meint er dann und verschwindet in Richtung *Sommarstuga*. Ich beginne die Reste zu verstauen, damit sie nicht verderben.

»Sag mal, gibt es hier eigentlich eine Toilette?«, frage ich, als Lennart zurückkommt.

»Nein, wir graben uns ein Loch im Wald«, erwidert er todernst.

Ich glaube ihm – für ungefähr eine Sekunde lang. Dann boxe ich ihm auf die Brust. »Ist das etwa die Rache für weich und warm?«

»Du bist drauf reingefallen!«

»Bin ich nicht.«

»Okay, dann tu ich mal so, als würde ich dir glauben.« Er feixt. »Vom Schlafzimmer aus gelangst du ins Bad, dort haben wir fließendes Wasser.«

»Ich dachte, so etwas gibt es hier nicht.«

»Doch, aus unserem eigenen Brunnen. Wir haben sogar Strom, siehst du die Solarpanels auf dem Dach?«

»Aber Hugo meinte doch ...«

»Er hat auch fast recht. Es geht hier zwar nicht mehr ganz

so spartanisch zu wie früher, aber dennoch minimalistisch. Wir versuchen so wenig Ressourcen wie möglich zu verbrauchen. Der Strom ist bloß für Licht und Radio gedacht, nicht für Spielkonsolen und Handys. Und das Wasser zum Waschen und Kochen. Daher haben wir auch eine Trockentoilette – also ohne Wasserspülung. Stattdessen kippen wir einfach ein paar Schaufeln Sägemehl hinein.«

Ich weiß nicht, ob ich das glauben soll. »Sägemehl?«

»Ja. Und diesmal verkohle ich dich wirklich nicht. Das ist umweltfreundlich und hygienisch. Moderne Trockentoiletten sind sogar erstaunlich geruchsarm.«

Ich glaube, detaillierter will ich es gar nicht wissen. »Na, dann werde ich das mal testen«, verkünde ich, leere mein Glas und mache mich auf den Weg.

Der Pfad hinauf zur Hütte erscheint mir steiler als vorhin, was vielleicht auch daran liegt, dass ich diesmal ohne Hilfe hochkraxele. Und ein kleines bisschen vielleicht auch an dem Champagner. Wie viel habe ich davon getrunken? Zwei Gläser? Oder waren es doch drei? Dreieinhalb, wenn man bedenkt, dass Lennart zwischendurch noch mal nachgeschenkt hat ... Vielleicht hätte ich mich auch lieber an die alkoholfreie Variante halten sollen, aber dafür ist es nun zu spät.

Ich erreiche die Hütte unfallfrei, immerhin. Und auch der Toilettenbesuch verläuft ohne Zwischenfälle. Doch beim Aufstehen donnere ich mit dem Kopf gegen ein Regal. Es fährt mir wie ein Blitz durch den Schädel. Vorher war es mir schon ein klein wenig flau zumute, jetzt wird mir regelrecht schwindelig. Ich erreiche mit Mühe und Not die Schlafkoje. Bevor ich noch der Länge nach auf den Boden knalle, setze ich mich lieber kurz aufs Bett. Wobei – vielleicht wäre es sicherer, mich hinzulegen.

Ganz kurz.

Nur ein paar Minuten …

Kapitel 14

Zwielicht

Es dauert einen Moment, bis ich zu mir komme. Ich kann mich nicht gleich orientieren. Das hier ist doch nicht mein Hotelbett!

Ich richte mich auf. Im Halbdunkel erkenne ich einen Kleiderschrank im Landhausstil, und schlagartig werden mir zwei Dinge klar: Ich bin auf Lennarts Schäreninsel. Und ich habe die goldene Stunde verpennt.

Ein rascher Blick auf die Uhr bestätigt, was mir das fahle Zwielicht, das durchs Fenster fällt, längst verraten hat: Es ist bereits nach elf. So ein Mist!

Schnell stehe ich auf und verlasse die Hütte. Lennart ist gerade dabei, an der Grillstelle ein kleines Lagerfeuer zu entfachen.

»Es tut mir so, so leid!«, sage ich kläglich.

Er fährt herum. »*Hej*, da bist du ja wieder.«

»Warum hast du mich nicht aufgeweckt? Jetzt ist es zu spät für die Fotos.«

»Du hast so fest geschlafen, da habe ich es einfach nicht übers Herz gebracht, dich zu stören«, erwidert er und lächelt. Also hat er nach mir gesehen. Wie fürsorglich von ihm – und wie peinlich für mich! Hoffentlich habe ich nicht geschnarcht. Oder gesabbert. »Und das mit den Fotos ist doch kein Problem«, fährt er fort. »Sagtest du nicht, eine goldene Stunde gäbe es zweimal am Tag?«

Ich stutze. »Ja, klar. Vor Sonnenuntergang und nach Sonnenaufgang.«

»Na, siehst du. Dann machen wir die Fotos einfach morgen früh.«

»Aber das hieße ja, wir müssten über Nacht hierbleiben!«

Lennart zuckt mit den Schultern. »Kein Problem. Das machen wir andauernd, es gibt genug Schlafgelegenheiten.«

Damit hätte ich nicht im Entferntesten gerechnet.

»Aber … ich habe überhaupt nichts dabei«, stammele ich.

»Was brauchst du – einen Pyjama? Eine Zahnbürste? Kaffee? Haben wir alles hier.«

Ich lasse mich auf die hölzerne Sitzbank sinken und atme tief durch. »Eine Zahnbürste wäre super. Und ein Kaffee auch.«

»Kommt sofort.«

Während ich mich frisch mache, setzt Lennart in der Küche heißes Wasser auf. Als ich aus dem Bad komme, duftet es schon herrlich nach frischem Kaffee. Er überreicht mir eine Tasse.

»Wollen wir uns raussetzen? Es gibt nichts Schöneres als eine Sommernacht auf der Insel.«

»Gerne.«

Wie selbstverständlich nimmt er neben mir Platz. Die Bank ist breit genug, wir berühren einander nicht, dennoch ist mir seine Nähe mehr als bewusst.

Der frische Kaffee schmeckt köstlich und wirkt belebend. Vor uns prasselt das Feuer. Das magische Dämmerlicht dieser Sommernacht taucht alles in einen silbrigen Schimmer. Die ganze Situation fühlt sich unwirklich an, wie in einem Traum.

»Urgemütlich, so am Feuer zu sitzen«, sage ich leise.

»Das ist der angenehme Nebeneffekt«, erwidert er. »Eigentlich wollte ich damit nur die Mücken vertreiben, aber du hast völlig recht – es ist wirklich schön.« Er nippt an seiner Tasse, dann streicht er nachdenklich über seinen Bart, und ich frage mich, ob der wohl kratzt. »Ich hoffe, du spürst den Zauber dieser Insel und verstehst, warum sie mein Lieblingsort ist.«

Er klingt fast ein bisschen zaghaft, als hätte er Angst, mein Urteil könne kritisch ausfallen. Mir wird bewusst, wie viel er von sich preisgegeben hat, indem er mir diese Insel gezeigt hat. Lennarts persönliche Oase der Ruhe zu kennen, verrät mir tatsächlich so einiges über seine Persönlichkeit. Nicht nur die auf der Hand liegende Liebe zur Natur oder sein Bedürfnis nach Abgeschiedenheit als Ausgleich zum stressigen Alltag. Es ist mehr als das: Wer eine Insel wie diese über alles liebt, muss eine gewisse Abenteuerlust verspüren und ein unabhängiger Geist sein. Er schätzt offensichtlich auch die Einfachheit, und das verrät mir, dass Statussymbole für ihn nicht so wichtig sind. Was mir sehr sympathisch ist. Und er verbindet seine schönsten Erinnerungen mit dieser Insel, bis hin zum Schwimmenlernen als kleiner Junge.

»Diese Insel ist ein Juwel«, erwidere ich. »Und ich finde es schön, dass du sie für dieses Fotomotiv gewählt hast.«

Meine Tasse ist leer. Er nimmt sie mir ab und trägt sie in die Hütte. Als er zurückkommt, hat er die Ikea-Tüte dabei, an die ich schon gar nicht mehr gedacht habe.

»Ist das ein Planschbecken?«, rate ich drauflos, als er ein zusammengefaltetes und gerolltes Etwas aus Kunststoff entnimmt.

»Wozu ein Planschbecken, wenn man die Ostsee vor der Haustür hat? Nein, schau mal: Es ist eine …«

»… sich selbst aufblasende Matratze«, vollende ich seinen Satz, während das unförmige Gebilde immer mehr an Kontur und Dicke gewinnt. »Willst du etwa hier draußen schlafen?«

»Ja, das mache ich im Sommer meistens. Es sei denn, du möchtest das unbedingt auch mal erleben, in dem Fall können wir natürlich gern tauschen, und ich leg mich drin in eine Schlafkoje.«

Ich habe noch nie unter freiem Himmel geschlafen – zumindest nicht ohne Zelt. Und dass ich mit Oscar campen war, ist ewig her. Lennarts Angebot ist also durchaus verlockend. Andererseits möchte ich ihm seinen Lieblingsschlafplatz nicht streitig machen.

Er scheint mein Zögern zu spüren. »Du musst dich ja nicht sofort entscheiden. Das hat Zeit – noch bin ich nicht müde. Du etwa?«

Ich schüttele den Kopf. »Hab ja gerade erst ein Nickerchen gemacht. Ich fühle mich hellwach.«

Nach wenigen Minuten hat sich die Metamorphose vollzogen, und vor uns befindet sich eine kniehohe, prall aufgefüllte Luftmatratze in der Größe eines französischen Doppelbettes.

Lennart lässt sich im Schneidersitz darauf nieder. »Ist einfach bequemer als die Holzbank.«

»Und wie war das mit dem viel gepriesenen Minimalismus?«, ziehe ich ihn auf, während ich mich ebenfalls auf der Matratze niederlasse, ihm gegenüber.

»Ein klein wenig Komfort kann nicht schaden«, erwidert er grinsend. Er schaut auf die Armbanduhr. »Wann beginnt die goldene Stunde noch gleich?«

»Gegen halb vier.«

Er zückt sein Handy und tippt darauf herum. »So, jetzt habe ich den Alarm auf Viertel nach drei gestellt. Für den Fall, dass wir doch einschlafen.«

Er entknotet seine langen Beine und streckt sie aus, während er sich nach hinten sinken lässt und dabei mit den Ellbogen auf der Matratze abstützt. Nachdenklich schaut er in den Himmel. »Früher habe ich mir immer vorgestellt, dass man in diesen weißen Nächten Elfen, Kobolden und Trollen begegnen kann«, sagt er.

»Und? Hast du jemals welche zu Gesicht bekommen?«

»Na ja, ich bin nicht so ganz sicher. Es gibt da so eine geheimnisvolle Wassernixe mit rotblonden Haaren …«

»Ach, du!«

Er lächelt nur.

Minutenlang schweigen wir. Aber es fühlt sich kein bisschen unangenehm an. Die Stille hüllt uns ein wie ein sanfter Sommerwind. Inzwischen habe ich mich ebenfalls hingelegt, und auch wenn der Abstand zwischen uns mehr als einen halben Meter beträgt, fühle ich mich Lennart unglaublich nah.

»Ich könnte ewig so hier liegen«, sage ich irgendwann.

Er fährt sich durch die mit Silberfäden durchzogenen dunklen Locken, die ihm so gut stehen. »Schade nur, dass man in den Weißen Nächten die Sterne so schlecht sieht.«

»Man kann eben nicht alles haben«, erwidere ich. »Ich finde dieses Zwielicht zauberschön. Alles wirkt so unwirklich, als befänden wir uns in einem Paralleluniversum.«

»Oh, *Havutsikt* ist auf jeden Fall ein Paralleluniversum! Und das Boot ist das Portal, durch das man dorthin gelangt.«

Ich gehe auf sein Gedankenspiel ein. »Und was zeichnet dieses Universum aus?«

»Die Intensität sämtlicher Gefühle und Sinneswahrnehmungen. Alles schmeckt kräftiger, riecht aromatischer, leuchtet stärker, klingt schöner und fühlt sich besser an.«

Hat er gerade für eine Sekunde meine Hand gestreichelt? Oder war das bloß der Wind? Vermutlich geht die Fantasie mit mir durch.

»Du solltest im August herkommen, Bella«, fährt Lennart fort. »Einmal habe ich während der Perseiden die ganze Nacht hier draußen gelegen und die Sternschnuppen beobachtet.«

Im August werde ich längst zurück in Heidelberg sein. Mein Auftrag ist dann abgeschlossen, und unsere Begegnung wird nur noch eine Episode in meiner Vergangenheit sein. Ist ihm das denn nicht bewusst?

»Und was hast du dir gewünscht?«, frage ich.

»Das darf ich dir natürlich nicht verraten, sonst geht es nicht in Erfüllung.« Er dreht sich auf die Seite und lächelt mich an. Der Abstand zwischen uns verringert sich dadurch zwar, aber so nah lagen wir auch vorhin nach dem Schwimmen nebeneinander. Das ist nichts Besonderes. Warum schlägt mein Herz dann so schnell?

»Wenn ich mir genau jetzt etwas wünschen dürfte, dann …« Er bricht ab und beißt sich mit einem leisen Lächeln auf die Unterlippe. Seine Augen sind auf mich gerichtet, ich versinke in seinem warmen Blick. Mit heiserer Stimme fährt er fort: »Was hältst du davon, wenn ich dir verrate, wie gern ich dich jetzt küssen würde?« Er spricht so leise, dass ich fast glaube, es mir nur eingebildet zu haben. Ich blinzele, aber das alles ist keine Illusion. Seine Hand streicht mir sanft übers Haar.

Ein leichter Nachtwind weht vom Meer herüber. Ich stelle mir vor, es wäre ein Gruß von Oscar. *Tu's endlich*, raunt er mir zu. *Sei kein Feigling! Fang endlich an zu leben.*

»Ich würde das für einen Riesenzufall halten«, erwidere ich in dem lahmen Versuch, einen Scherz zu machen, doch meine Stimme zittert verräterisch. »Denn rein zufällig wünsche ich mir genau dasselbe.«

Dann lasse ich zu, dass meine Gefühle die Regie übernehmen, und schalte den Verstand einfach aus. Während die Welt um uns herum stillzustehen scheint, versinke ich ganz in diesem Kuss. Es gibt nur noch uns beide. Zwei Seelen und zwei Körper, die eins werden. Alles fühlt sich so natürlich an, als hätte alles, was ich im Leben durchgemacht habe, plötzlich einen Sinn – nämlich mich genau zu diesem Moment zu führen. Lennart zu spüren, zu atmen, zu küssen und zu liebkosen, fühlt sich magisch an, und in mir erwacht eine Leidenschaft, die mich selbst überrascht.

Ich weiß nicht, wie viel Zeit seit unserem ersten Kuss vergangen ist. Minuten? Stunden? Ich liege nackt in Lennarts Armen und kann kaum fassen, was geschehen ist. Ich habe Gefühle zugelassen, die mich geradezu überwältigen. So etwas habe ich seit Jahrzehnten nicht mehr erlebt.

Der kühle Nachtwind streicht über meinen von der Liebe erwärmten Körper und jagt mir eine Gänsehaut über den Rücken.

»Du frierst ja, Bella«, flüstert Lennart. Er umfasst mich zärtlich, und ich kuschele mich ganz dicht an ihn. In dem Gefühl, beschützt und geborgen zu sein, schließe ich die Augen. Als ich sie wenig später wieder öffne, spüre ich, dass etwas anders ist. Lennart hat mich zugedeckt. Ich blicke zu ihm auf. Seine Nähe fühlt sich seltsam vertraut an.

»Du beobachtest mich, wenn ich schlafe?«, murmele ich träge. »Schon wieder?«

»Könnte zu meiner neuen Lieblingsbeschäftigung auf dieser Insel werden«, erwidert er. »Gefällt mir noch einen Hauch besser, als Vögel zu beobachten oder zu angeln.«

»Du Romantiker.«

Er lacht leise. »Aber natürlich ist es noch viel schöner, wenn du wach bist und mit dem, was du mit mir anstellst, meine kühnsten Fantasien übertriffst.«

»Du hast kühne Fantasien?« Ich kraule seinen Bart, der sich, anders als erwartet, kein bisschen kratzig, sondern ganz weich anfühlt.

»O ja, und zwar seit ich dich in dieser Kopenhagener Bahnhofsbuchhandlung gesehen habe.«

Ich richte mich halb auf und starre ihn an: »Wir sind uns doch erst am Bahnsteig begegnet!«

»Ich dir vielleicht. Ich habe dich schon vorher entdeckt. Und du hast mich sofort verzaubert. Als du dann das Buch hast fallen lassen, konnte ich mein Glück kaum fassen. Das war die perfekte Gelegenheit, dich anzusprechen.«

Sein Geständnis überrascht mich. »Wusstest du da schon, wer ich bin?«

»Das wurde mir irgendwann zwischen dem Hauptbahnhof und Kastrup klar. Und zwischen Kastrup und der Öresundbrücke war ich endgültig verloren. Seitdem hast du mich mit jedem einzelnen Wort, mit jedem Lächeln und jedem Blick weiter verzaubert.« Seine Hand gleitet unter die Decke und wandert forschend über meinen Körper, während sich unsere Lippen wieder nähern.

»Hör auf zu reden, sonst muss ich dich wirklich verhexen«, flüstere ich, dann sagen wir für den Rest dieser Weißen Nacht nichts mehr.

Als die Morgensonne ihre ersten Strahlen über den Horizont schickt und das mystische Halbdunkel dem goldenen Morgenlicht weicht, spüre ich, dass ich eine andere bin. Diese Nacht hat mich verwandelt, ich fühle mich frei und unbeschwert.

Danke, Oscar, denke ich und wische eine Träne weg. Ich bin glücklich und traurig zugleich. Ich werde Oscar immer vermissen. Aber ich werde auch leben und lieben. Es ist, als wäre der Bann der Vergangenheit endlich gebrochen.

Lennart, der vor mir aufgestanden ist und frischen Kaffee gemacht hat, riecht nach Limette und Zedernholz. Seine noch feuchten Locken verraten mir, dass er geduscht hat.

»Ich beeile mich im Bad«, sage ich. »Wir sollten uns sputen, bevor die goldene Stunde wieder vorbei ist und wir noch immer kein Foto haben.«

Er lacht. »Das wird nicht passieren. Ich hol schon mal meine Angelsachen aus dem Schuppen und zieh mich um.«

Während ich in Windeseile meine Zähne putze und Katzenwäsche betreibe – das Duschwasser ist mir ohnehin zu kalt, ich warte lieber, bis ich nachher im Hotelzimmer bin –, versuche ich, Ordnung in mein Gefühlschaos zu bringen. Diese Nacht war einfach magisch. Ich bin total überwältigt.

Aber was ist das zwischen Lennart und mir? Ich wollte doch nur den Moment genießen und Spaß haben. Das mit uns kann ohnehin nichts Ernstes werden.

Dennoch fühlt es sich so an. Und ich habe auch nicht den Eindruck, dass ich für Lennart einfach nur ein One-Night-Stand bin. Das passt nicht zu ihm.

Aber – woher will ich das so genau wissen? Ich kenne ihn doch überhaupt nicht. Er ist ein charmanter, erfahrener Liebhaber – garantiert schafft er es spielend, jeder Frau das Gefühl zu geben, sie sei einzigartig.

Wahrscheinlich sogar jeder Frau, die er mit auf diese Insel genommen hat. Wie viele das wohl sein mögen?

»Hör sofort auf!«, schelte ich mich selbst, während ich das Bad in Richtung Schlafzimmer verlasse.

»Womit?« Lennart steht vor mir. Seine Hosenbeine hat er jetzt in hohe Gummistiefel gestopft, dazu trägt er ein kariertes Flanellhemd und eine Wollmütze. »Sieht das doof aus? Das ist nun mal mein Angleroutfit.«

»Perfekt«, sage ich und erwidere sein Lächeln. Und mit einem Mal ist es mir völlig egal, welche Frauen es bisher in seinem Leben gab. Denn in diesem Moment bin ich es, die er mit seinen Blicken liebkost, die er zärtlich in den Arm nimmt und küsst, dass uns beiden Hören und Sehen vergeht.

Kapitel 15

Fernauslöser

Das Foto gelang auf Anhieb. Schon der erste Versuch war genau so, wie ich es mir vorgestellt hatte. Nur zur Sicherheit machte ich ein paar weitere Aufnahmen, aber ich weiß jetzt schon, dass ich mich, wenn ich die Dateien nachher am Laptop sichte, für das allererste Bild entscheiden werde. Es stimmte einfach alles: das Licht, der Winkel, Lennarts Blick … Ich habe den perfekten Moment erwischt. Ein Traumfoto!

Eigentlich hätten wir direkt danach den Rückweg antreten können. Aber wozu die Eile?

»Es ist Wochenende – ich habe keine Termine«, meinte Lennart. »Du etwa?«

Natürlich hatte ich auch nichts vor. Und schon gar nichts Besseres. Mir wäre auch nichts eingefallen, was ich lieber getan hätte, als noch mehr romantische Zweisamkeit mit

Lennart zu erleben. Essen war ohnehin noch mehr als genug da, aber wir hatten vor allem Hunger aufeinander, nicht so sehr auf *Köttbullar* und Kartoffelsalat.

Wir konnten die Finger nicht voneinander lassen, und als wir am Vormittag noch einmal ins Meer hinausschwammen, verzichtete ich kurzerhand auf den Badeanzug. Es wäre auch wirklich zu albern gewesen, sich nur dafür etwas anzuziehen.

Doch jetzt kommt mir das alles vor wie ein völlig verrückter Traum. Würde mir Lennart, der am Steuer des Motorbootes steht und uns wieder in Richtung Stockholm schippert, nicht ständig diesen besonderen Blick zuwerfen, könnte ich glatt glauben, mir unsere gemeinsame Zeit auf der Insel nur eingebildet zu haben.

Unterwegs herrscht einträchtiges Schweigen. Ich will nicht reden, sondern schwelge lieber in den Erinnerungen an unser Zusammensein. Und versuche vergeblich, die Frage, die mein Verstand mir unbedingt stellen will, zu verscheuchen: Was in aller Welt war das? Eine nette Wochenendromanze? Ein Sommernachtstraum? Eine unverbindliche Affäre? Oder doch der Anfang von etwas Besonderem?

Der Fahrtwind zerrt an meinen noch feuchten Haaren. Ich zwirbele sie zu einem lockeren Knoten auf und stecke ihn mit einem Bleistift fest, den ich in meinem Rucksack finde.

»Möchtest du auch mal ans Steuerrad?«, schlägt Lennart vor.

»Bloß nicht, oder willst du etwa, dass wir kentern?«

»Keine Angst, ich passe auf. Ich bleibe dicht hinter dir stehen.«

Na, das klingt doch schon besser. Ich spüre seinen Atem im Nacken. Er ist mir so nah, dass ich die Wärme seines Körpers durch die Kleidung hindurch wahrnehme. Oder vielleicht ist das ja auch bloß die Wärme, die diese Vorstellung in meinem Körper auslöst. Seine Hände legt er sanft auf meine, und ich entspanne mich.

»Danke«, flüstert er in mein Ohr. »Für dieses wunderschöne Wochenende. Ich hätte nicht zu hoffen gewagt, so etwas Überwältigendes zu erleben.«

Ich schlucke. Ein Sturm von Gedanken wirbelt durch meinen Kopf. Waren die gemeinsamen Stunden für ihn also genauso besonders wie für mich? Es hört sich fast danach an. Aber ein wenig klingt es auch, als wäre das, was wir hatten, für ihn mit unserer Rückkehr abgeschlossen. Eine nette Episode, mehr nicht.

»Übrigens – ich muss morgen in aller Frühe nach Helsinki. Da findet ein wichtiges Netzwerktreffen der Hotelbranche statt, und ich bin einer der Redner. Das kann ich unmöglich absagen.«

Im ersten Moment bin ich enttäuscht, doch als mir bewusst wird, was er da gerade gesagt hat, schlägt mein Herz schneller. »Warum solltest du auch?« Ich drehe mich zu ihm um und sehe ihm geradewegs in die Augen. Sein Blick verrät mir, dass er keineswegs so abgeklärt ist, wie ich es ihm eben in Gedanken unterstellt habe.

»Weil jeder Moment mit dir kostbar ist«, erwidert er und küsst mich.

»Wie lange bleibst du in Helsinki?«, will ich wissen, nachdem ich ihm das Steuerrad wieder überlassen habe. Wir nähern uns langsam der Innenstadt, der Verkehr auf den Wasserstraßen wird dichter, und ich will Lennart auf keinen Fall ablenken.

»Leider bis Freitag.«

Ich versuche mir meine Gefühle nicht anmerken zu lassen. »Dann bleiben uns immerhin noch fünf volle Tage. Ich reise erst am darauffolgenden Donnerstag ab. Und wenn ich mich beeile, kann ich mir zum Abschluss meines Aufenthaltes noch etwas Zeit freischaufeln.«

»Ohne Arbeit?« Er grinst mich an.

»Ohne Arbeit!« Ich weiß zwar noch nicht genau, wie ich das schaffen soll, aber irgendwie wird mir das schon gelingen. Denn obwohl das, was auch immer Lennart und ich gerade erleben, nur von kurzer Dauer sein kann, bin ich wild entschlossen, es bis zum letzten Moment auszukosten.

Während Lennart das Boot am Anleger festmacht, ziehe ich die Rettungsweste aus und schultere meinen Rucksack. Als ich ihm den Picknickkorb reichen will, winkt er ab.

»Ich hole die Sachen nachher mit dem Auto ab. Jetzt begleite ich dich erst mal zum Hotel.«

Um dort … was zu tun? Etwa dort weiterzumachen, wo wir auf der Insel aufgehört haben?

Gemächlich schlendern wir durch den Yachthafen und von dort aus in Richtung Södermalm. Händchen haltend. Aber natürlich hat das nichts zu bedeuten, da mache ich mir nichts vor. Schließlich bin ich kein Teenie. Dennoch genieße ich diese Berührung über alle Maßen. Lennarts Hand fühlt sich rau und sanft zugleich an. Und die Erinnerung daran, wo überall er mich mit dieser Hand gestreichelt hat, verursacht ein wohliges Kribbeln in meinem Bauch. Wann habe ich mich zuletzt so begehrt gefühlt? Wann hat mich ein Mann dermaßen verwöhnt? Mir so viele Komplimente gemacht? Auch wenn es für uns keine Zukunft gibt, ist es doch wunderbar, jetzt mit ihm verbunden zu sein und es durch die Erinnerung an eine unvergleichliche Weiße Nacht für immer zu bleiben.

Als wir das *Midnattssol* betreten, rücken wir ein Stück weit voneinander ab, ohne darüber auch nur ein Wort zu verlieren. Es ist mir ganz recht, dass man uns das, was war, nicht sofort ansieht. Nicht weil mir irgendetwas peinlich wäre, sondern weil ich hier Isabel Blum, die Fotokünstlerin aus Deutschland bin. Und nicht Isabel Blum, die neueste Eroberung des Juniorchefs.

Doch Emilia, die an der Rezeption steht, grinst uns vielsagend entgegen. Natürlich durchschaut sie uns.

»Ihr hattet wohl eine schöne Zeit«, sagt sie und umarmt erst Lennart und dann mich. »Ich freu mich so.«

Worüber genau, lässt sie offen. Ich frage nicht nach.

»Sorry, Bella, ich muss jetzt los. Koffer packen, meine Präsentation noch einmal durchgehen und dann zeitig ins Bett. Mein Flug geht in aller Frühe.«

»Bis Freitag«, sage ich und weiß nicht recht, ob ich ihn freundschaftlich umarmen, ihm einen Schmatzer auf die Wange geben oder ihn auf den Mund küssen soll. Er nimmt mir die Entscheidung ab. Seine Lippen schmecken nach salziger Seeluft und Kaffee. Ein Aroma, das ich am liebsten in einen Flakon abfüllen und für immer aufbewahren würde.

»Bis sehr bald! Ich schreibe dir, sobald ich da bin«, sagt er, bevor er geht. Ich kann nicht anders, als ihm hinterherzuschauen.

Emilia tut so, als würde sie mich nicht beachten, und sortiert pfeifend ein paar Unterlagen. Die Melodie ist mir irgendwie vertraut, doch ich komme einfach nicht darauf, woher ich sie kenne.

»Dann mach ich mich mal wieder an die Arbeit«, sage ich. »Vielleicht bis später.«

Emilia blickt auf. »Du willst arbeiten? Heute, am Sonntag?«

Ich zucke mit den Schultern. »Warum nicht? Ich habe ja sonst nichts vor.«

Sie lacht. »Na, dann habe ich einen Anschlag auf dich vor: Was hältst du davon, mit mir den Hornstulls Marknad zu besuchen? Ich habe gleich Feierabend, und der Markt ist noch bis fünf Uhr nachmittags geöffnet. Wir könnten ein bisschen bummeln, vielleicht irgendwo eine Kleinigkeit essen – und wenn du deine Kamera mitnimmst, ganz nebenbei auch mein Geheimtipp-Porträt abhaken.«

Einerseits habe ich letzte Nacht so gut wie kein Auge zugemacht. Andererseits fühle ich mich topfit, und je mehr Fotos fertig sind, desto wahrscheinlicher schaffe ich es, bis Freitag mit allem durch zu sein.

»Super Idee!«, sage ich. »Ich wollte nur kurz unter die Dusche springen.«

»Lass dir Zeit. Eine gute Stunde habe ich hier schon noch zu tun.«

Wir verabreden, dass ich sie gegen halb drei abhole. Während ich in Richtung Aufzug verschwinde, höre ich sie schon wieder vor sich hin pfeifen. Und jetzt fällt mir auch ein, was für eine Melodie das ist: Nämlich *Ännu doftar kärlek* von Marie Fredriksson, der leider viel zu früh gestorbenen Roxette-Sängerin. Sie hat damit bereits in den Achtzigern einen Hit gelandet, doch die meisten verbinden den Song mit der royalen Trauung von Prinzessin Madeleine und Christopher O'Neill. Ein wunderschönes Lied, dessen Titel so viel wie »Noch immer duftet die Liebe« bedeutet, und mir wird klar, dass Emilia diese Melodie nicht zufällig gepfiffen hat.

Grinsend über diese Anspielung will ich gerade den Aufzug betreten, als mir daraus eine dunkelhaarige Schönheit mit unfassbar langen Beinen entgegenkommt. Beziehungsweise wäre sie eine echte Schönheit, wenn sie nicht so mürrisch dreinblicken würde. Sie kommt mir bekannt vor – und da fällt auch schon der Groschen, um wen es sich handelt.

»*Hej*, du bist Zara Lund, die Chefin des Housekeepings, richtig?«

Sie starrt mich missmutig an. »Korrekt.«

Offenbar erkennt sie mich nicht und wundert sich darüber, dass ich sie einfach so anquatsche. »Ich bin Isabel Blum, die Fotografin aus …«

»Ich weiß.«

Puh, die ist ja übel drauf. Vielleicht weil es Sonntag ist und sie arbeiten muss? »Wir sehen uns dann übermorgen zum Fotoshooting, ich freu mich«, sage ich ein bisschen verwirrt, denn sie scheint sich kein bisschen darüber zu freuen.

»Tja«, erwidert sie bloß und quetscht sich dann grußlos an mir vorbei.

Ich beschließe, ihre miese Laune keinesfalls auf mich zu beziehen, schließlich kennen wir uns noch gar nicht. Wer weiß, welche Laus ihr über die Leber gelaufen ist. Ich habe im Laufe der Jahre gelernt, nie jemanden nach dem ersten schlechten Eindruck zu verurteilen, denn man kann nie ahnen, welches Problem ein Mensch gerade zu bewältigen hat. Wenn ich da an Olivia und mich denke – nach unserer ersten Begegnung hätte wohl niemand auch nur einen Pfifferling darauf gewettet, dass wir beste Freundinnen fürs Leben werden würden.

Dennoch schwant mir, dass das Shooting mit Zara Lund kein Honigschlecken wird. Wenn jemand schlecht drauf ist oder auch einfach nur nicht locker, wird es für mich umso schwerer, ein gutes Foto zu schießen. Aber vielleicht mache ich mir ja auch bloß unnötige Sorgen und sie ist übermorgen blendender Laune?

Nachdem ich geduscht und dabei vergeblich versucht habe, mich an den genauen Text von *Ännu doftar kärlek* zu erinnern, beschließe ich, das Video auf YouTube aufzurufen. Am besten das von der royalen Trauung – das ist so bewegend. Ich habe es mir damals x-mal angeschaut. Und Marie Fredriksson, die zu diesem Zeitpunkt als geheilt galt und noch nicht ahnte, dass der Krebs zurückkehren würde, hat schöner gesungen denn je. Ihre Stimme klang so warm und gefühlvoll.

Jedenfalls ist das in meiner Erinnerung so. Leider macht mein Handy keinen Mucks. Kunststück – ich konnte es ja gestern nicht aufladen. Schnell stöpsele ich es ein, damit es nachher, wenn ich mit Emilia auf den Markt gehe, wieder funktioniert. Dann flechte ich meine Haare zu einem Zopf und ziehe das grüne Blumenkleid aus. Schon praktisch, in einem Hotel zu wohnen, wo Heinzelmännchen die Schmutzwäsche einfach mitnehmen und sauber wieder zurück in den Schrank hängen. Jedenfalls wenn man den Wäscheservice gebucht hat und die Sachen in den entsprechenden Beutel gibt. Privat habe ich solche Extras in Hotels noch nie in Anspruch genommen, aber schließlich bin ich beruflich hier, und die Ingvarssons kommen für jeden Luxus auf – ja, sie bestehen sogar darauf, damit ich das *Midnattssol* von seiner besten Seite kennenlerne.

Das Kleid ist wirklich wunderschön, ich liebe diesen Vintage-Look. Eines Tages wird womöglich doch noch eine schicke Stockholmerin aus mir. Vielleicht finde ich ja auf dem Hornstulls Marknad noch ein paar weitere hübsche Teile?

Ich tausche gerade die Speicherkarte meiner Kamera gegen eine neue aus, als mein Handy klingelt.

»Warum gehst du nicht ran?«, begrüßt mich Olivia.

»Aber ich bin doch ...«

»Nicht jetzt, du Nudel. Ich probiere es schon seit Stunden! So langsam hab ich mir echt Sorgen gemacht, ihr hättet womöglich Schiffbruch erlitten.« Olivia klingt wirklich beunruhigt.

»Das tut mir leid, mein Handy hatte einfach nur keinen Saft mehr, und ich bin eben erst zurückgekommen.«

Sofort dringt ein entzückter Kiekser an mein Ohr. »Oh, Isabel, das ist ja super! Ihr habt die Nacht gemeinsam verbracht. Auf einer einsamen Insel! Wie großartig.«

»Wir mussten, das Licht war nicht mehr gut genug zum Fotografieren«, bremse ich sie.

»Nein! Sag nicht, zwischen euch ist nichts passiert.«

»Tu ich ja gar nicht. Ich wollte dich nur ein bisschen auf die Folter spannen.«

»Isabel!« Wie sie meinen Namen ausspricht, klingt er wie die Mischung aus einem Jubelschrei und einem Tadel – ein Hybrid aus Pippi Langstrumpf und der Prusseliese. »Ich erwarte einen vollständigen Bericht.«

Ich seufze. »Es war einfach wunderbar. Fast zu schön, um wahr zu sein«, sage ich.

»Das ist alles? Aber okay, ich höre schon, du bist noch ganz beseelt.«

»Das stimmt. Ich fühle mich wie ein ganz neuer Mensch. Lennart hat mich im wahrsten Sinne des Wortes wach geküsst.«

»Und vermutlich mehr als das.«

»Eine Dame genießt und schweigt.«

Olivia prustet los. »Seit wann bist du eine Dame?«

»Du solltest mich sehen. Ich trage ein Kleid.«

»Wer sind Sie, und was haben Sie mit meiner Freundin gemacht?«

Ich muss nun auch lachen. »Meine Verwandlung ist ja zum größten Teil dein Werk – per Fernauslöser, sozusagen. Wenn du mir nicht gut zugeredet hättest, wer weiß, ob ich dann über meinen Schatten gesprungen wäre und so viele Gefühle zugelassen hätte.«

»Gefühle? Im Sinne von körperlichem Wohlgenuss oder von emotionalen Zuständen?« Olivia klingt alarmiert.

»Das kann man doch gar nicht so einfach trennen.«

»Das kann man wohl! Und das solltest du auch dringend tun. Sonst weiß ich, was mir übernächste Woche blüht, wenn du als heulendes Elend von mir getröstet werden musst, weil du Liebeskummer hast und Sehnsucht und überhaupt.«

»Du übertreibst maßlos!«

»Au weia. Du bist verknallt. Gib's zu.«

»Lennart ist ein toller Mann. Ich mag ihn sehr. Wirklich. Er hat mir geholfen, die Schatten der Vergangenheit zu überwinden und einen Neuanfang zu wagen. Aber ob er ein Teil dieses neuen Lebensabschnitts sein wird, steht ja noch in den Sternen. Keine Sorge, ich bin eine erwachsene Frau, Olivia. Kein junges Huhn mit Flausen im Kopf.«

Diesmal ist es Olivia, die seufzt. »Ich wollte doch nur, dass du dich endlich mal wieder Hals über Kopf in ein Abenteuer stürzt. Nicht, dass du dich in ein Gefühlschaos verstrickst. Ich wette, du denkst heimlich schon darüber nach, alle Brücken in Deutschland hinter dir abzubrechen und nach Schweden zu gehen.«

Ich fühle mich missverstanden und ertappt zugleich. »Mehr Zeit mit einem Mann wie Lennart verbringen zu wollen, ist ja wohl ein völlig legitimer Wunsch.«

»Ich habe also recht.«

»Glaub mir, ich weiß, was ich tue. Es ist wunderschön, zu träumen. Überhaupt an die Zukunft zu denken und sie sich in helleren Farben vorzustellen, als das bisher möglich war.«

»Ach, Isabel.« Olivias Stimme klingt auf einmal ganz sanft. »Ich weiß doch, was du alles durchgemacht hast. Und niemand freut sich mehr als ich, wenn du wieder bereit bist, dich auf einen Mann einzulassen. Gerade deshalb will ich ja nicht, dass du dich unglücklich verliebst. Du hattest wahrlich genug Unglück in deinem Leben.«

Ich schlucke. Olivia meint es ja nur gut mit mir. Es ist wunderbar, eine Freundin zu haben, die sich so um einen sorgt.

»Du bist ein Schatz. Aber mach dir keine Sorgen: Was auch immer daraus wird, es tut mir gut. Also danke.«

»Wofür?«

»Für deine Empathie. Und deinen Arschtritt.«

Kapitel 16

Paparazza

Während ich mit Emilia in Richtung Hornstull im Westen von Södermalm spaziere, muss ich ein paarmal ein Gähnen unterdrücken. Nicht weil mich Emilias Geschichten von unfassbar seltsamen Hotelgästen langweilen, im Gegenteil, sondern weil sich der Schlafmangel nun doch langsam bemerkbar macht.

»Was hat es mit dem Namen Hornstull eigentlich auf sich?«, frage ich, um die Müdigkeit zu verjagen. Es ist immer besser, sich aktiv an einem Gespräch zu beteiligen, als bloß zuzuhören, wenn man eine aufkeimende Trägheit verjagen will.

»Das kommt von *Tull*. Früher war dort eine Zollstation. Durch die strategische Lage am Wasser kamen durch das westliche Stadttor, von dem leider nichts übrig ist, viele Händler mit ihren Waren in die Stadt, und der Zoll brachte wichtige Einnahmen.«

»Spannend. Woher weißt du das? Bist du etwa Historike-rin?«

Emilia lacht. »Nein, Betriebswirtin. Aber mein Opa war ganz vernarrt in die lokale Geschichte, er hat mir ständig davon erzählt, und davon ist viel hängen geblieben.«

Meine Gedanken wandern zu meinem Großvater zurück, der mir einst das beste Geschenk meines Lebens gemacht hat: einen Fotoapparat. Damals war ich sieben, und meine Eltern fanden, ich sei noch viel zu jung für so etwas. Zumal die Schwarz-Weiß-Filme, die ich so liebte, und die dazuge-hörigen Bildabzüge nicht gerade billig waren – an digitale Fotos war damals ja noch nicht zu denken. Aber Opa be-teuerte, auch die Folgekosten zu übernehmen, solange ich keine unnützen Quatschfotos produzierte. Er zeigte mir, wie man die Kamera bediente, und lehrte mich, nach inte-ressanten Motiven Ausschau zu halten. Von da an schleppte ich die Kamera ständig mit mir herum, doch um Opa nicht zu enttäuschen und damit er sein großzügiges Angebot nicht bereute, machte ich ganz wenige Fotos. Meistens schaute ich nur durch den Sucher und identifizierte potenzielle Motive, doch ich betätigte nur dann den Auslöser, wenn ich ganz sicher war, das Foto würde etwas Besonderes. Das hat mei-nen Blick geschult und mein Talent gefördert, das Opa schon früh erkannt hatte. Für mich kam nie ein anderer Beruf in-frage, und ich sagte auch nicht »ich will Fotografin werden«, sondern »ich werde Fotografin«. Punkt.

Im Grunde habe ich es also nur meinem Opa zu verdan-ken, dass ich in diesem Augenblick mit Emilia durch Söder-malm laufe.

Hier ist ganz schön was los. Schon von Weitem hören wir rhythmische Trommelschläge.

»Oh, das sind bestimmt wieder diese coolen Straßenmusiker«, freut sich Emilia. »Die kommen aus Irland und sind wirklich der Wahnsinn.«

»Livemusik? Auf einem Markt?« Damit hätte ich überhaupt nicht gerechnet.

»Der Hornstull Marknad ist eben nicht irgendein Markt, sondern ein echtes Event«, erklärt Emilia.

Auf der Uferpromenade sind im Schatten großer Bäume auf beiden Seiten der Straße Stände aufgebaut. Ich entdecke Foodtrucks, Antiquitäten, Stände mit Schmuck und Kunst, Kleidung und Schuhen.

»Wow, das ist ja toll hier!«, staune ich, und noch während ich das sage, kommt uns ein Stelzenläufer entgegen. Spontan packe ich meine Kamera aus. Auch wenn ich sie eigentlich nur dabeihabe, um Emilia zu porträtieren, kann ich mir diese tollen Motive nicht entgehen lassen.

Bei den Trommlern bleiben wir stehen. Sie verwenden keine normalen Schlagzeuge oder Congas, sondern alle möglichen Alltagsgegenstände – von Mülltonnen über Töpfe und Pfannen bis hin zu Holzkisten – und entlocken ihnen ein faszinierendes Spektakel. Einige Passanten fangen sogar spontan an, dazu zu tanzen.

Ein Stückchen weiter entdecke ich einen Jongleur, den ich unbedingt fotografieren muss – er lässt keine Bälle oder Keulen durch die Luft wirbeln, sondern Hüte in unterschiedlichen Farben und Formen. So etwas habe ich noch nie gesehen. Auf der gegenüberliegenden Straßenseite sitzt eine junge Frau auf einem Hocker und spielt Gitarre. Ihr Gesang klingt traurig und geheimnisvoll zugleich, wie eine uralte Melodie, die von mutigen Heldentaten, verlorenen Lieben und versunkenen Königreichen handelt. Leider kann ich nur Bruchstücke verstehen.

»Das ist isländisch«, sagt Emilia. »Ich kann auch nur raten, wovon der Song handelt, aber er klingt irgendwie mystisch, findest du nicht?«

Wir schieben uns durch die Menschenmenge, schauen uns die vielfältigen Angebote an, beobachten ein unfassbar gelenkiges Akrobatenpärchen und genießen den Mix aus Düften, Geräuschen und Farben, der das einzigartige Flair dieses Marktes ausmacht. Ich versuche mir vorzustellen, wie überrascht die Händler früherer Jahrhunderte wohl wären, wenn eine Zeitmaschine sie hierher katapultieren würde. Dann wird mir klar, dass sie die Atmosphäre vielleicht gar nicht so ungewohnt empfänden, denn Gaukler und Bänkelsänger gab es schließlich schon im Mittelalter. Die Foodtrucks allerdings würden wohl ganz schön für Furore sorgen …

»*Hej*, wie schön, dass ihr vorbeischaut«, ruft uns Leyla schon von Weitem entgegen. Sie trägt heute ein weißes Kleid mit weiten, feenhaften Ärmeln, und ihr langes dunkles Haar hat sie zu einem Ballerinaknoten zusammengesteckt.

»Wie cool, dass du hier einen Stand hast«, freue ich mich. »Ich bin in Shoppinglaune.«

Emilia grinst still in sich hinein, als wüsste sie haargenau, wofür beziehungsweise für wen ich mich hübsch anziehen will, und obwohl sie mit ihrer Vermutung nicht ganz unrecht hat, liegt sie zugleich auch meilenweit daneben. Denn ich schätze, Lennart ist es ziemlich egal, was ich anhabe. Mir aber nicht. In den letzten Tagen habe ich am eigenen Leib erfahren, was das richtige Outfit für einen Unterschied macht. Ich fühle mich einfach stärker, selbstsicherer und schöner, wenn mir mein Spiegelbild gefällt.

Leyla zeigt mir eine Reihe von Sommerkleidern, weiten Flatterhosen, Blusen und Shirts sowie Overalls, die mir fast alle auf Anhieb gefallen.

»Hältst du mal die Kamera?«, bitte ich Emilia. »Dann probiere ich die Sachen mal an.«

»Hier? Ich bitte dich – das ist doch total unbequem.«

Besonders verlockend ist die provisorische Umkleidekabine, die einfach nur aus vier Holzpfosten und daran befestigten bunten Tüchern besteht, nicht gerade. Zwar bietet sie eine gewisse Privatsphäre, aber im Grunde steht man hier mitten im Getümmel.

»Wisst ihr was? Warum nehmt ihr die Klamotten nicht mit und probiert sie in Emilias Wohnung an?«, schlägt Leyla vor. »Dort ist auch ein größerer Spiegel. Danach kommt ihr wieder und bezahlt, was ihr behalten wollt, und gebt den Rest zurück.« Sie nimmt mir meine Vorauswahl ab und stopft alles in eine große Papiertüte.

»Wow, danke, das ist ja nett«, sage ich.

»Und geschäftstüchtig«, kommentiert Emilia. »Denn so bleibt die Kabine frei für all die Touristen, die auch was anprobieren wollen und das Ganze bei aller Unbequemlichkeit dermaßen charmant und urig finden, dass sie am Ende mehr kaufen, als sie ursprünglich vorhatten.«

Leyla lacht. »So haben doch alle was davon.«

Bevor wir uns auf den Weg machen, schaut Emilia ebenfalls sämtliche Ständer durch, zieht das eine oder andere Teil hervor und mustert es genauer, hängt es wieder zurück oder legt es über den Arm, um es ebenfalls zur Anprobe mitzunehmen. Währenddessen umkreise ich sie in bester Paparazzo-Manier und mache massenhaft Bilder.

»Ich glaube, die Leute halten dich für eine Berühmtheit«, meint Leyla. »Macht ruhig weiter, Promis sind gut fürs Geschäft.«

Aber ich habe bereits so viele tolle Motive im Kasten, dass wir das Shooting bald abschließen können.

»Mein Mund ist schon ganz trocken«, verkündet Emilia. »Wollt ihr auch was trinken?«

Ich merke, dass ich nicht nur Durst, sondern auch Hunger habe, und Leyla könnte ebenfalls etwas vertragen. »Nur leider kann ich hier nicht weg, bevor der Markt schließt. Und dann muss ich erst mal abbauen – vor sechs Uhr abends ist an eine Mahlzeit nicht zu denken.«

»Ich hol uns was«, sagt Emilia. Ich begleite sie an einen Foodtruck, der asiatische Speisen im Angebot hat. Sie ordert drei Flaschen *Ramlösa* und eine große Portion Sushi. »Davon werden wir alle satt.«

»Du bist ein Engel«, ruft Leyla begeistert aus, als wir zurück zum Stand kommen. »Ich liebe Sushi!«

Wir greifen herzhaft zu, und ruckzuck ist alles aufgegessen. Die Stärkung hat gutgetan.

Schon wird Leyla wieder von Kundschaft belagert, diesmal von einer Gruppe spanischer Touristinnen, sodass wir ihr zum Abschied nur kurz zuwinken.

»Ist es weit bis zu dir nach Hause?«, will ich wissen, als wir uns wieder ins Getümmel stürzen.

»Überhaupt nicht, ich wohne gleich um die Ecke.«

Wir verlassen die Uferpromenade und biegen in eine Seitenstraße ein. Keine drei Minuten später steigen wir die steinernen Stufen eines gut erhaltenen Altbaus hinauf.

»Fünfte Etage ohne Lift – mehr Sport brauche ich nicht«, sagt Emilia.

»Ich fahre zu Hause viel Fahrrad, das reicht mir auch an Training«, erwidere ich. »Aber sämtliche Einkäufe hier raufzuschleppen, stelle ich mir ganz schön anstrengend vor.«

»Nicht halb so anstrengend wie heulende Kleinkinder, die angeblich zu müde sind, um auch nur einen Schritt zu laufen, dann aber Power genug haben, stundenlang durch die Wohnung zu toben.« Emilia zieht eine Grimasse, die mich zum Lachen bringt.

»Das war sicher nicht lustig.«

»Nein, aber nun sind die Zwillinge ja zum Glück etwas größer. Sie toben zwar immer noch wie junge Springböcke auf Speed durch die Wohnung, aber wir müssen sie nicht mehr die Treppe rauftragen.« Sie grinst. »Keine Angst, heute sind sie nicht zu Hause. Rasmus ist mit ihnen in Gröna Lund. Wir haben also sturmfreie Bude und können ganz in Ruhe anprobieren.«

Ich bin ein wenig außer Atem, als wir endlich oben sind und Emilia die schwere hölzerne Wohnungstür aufschließt.

»Willkommen«, sagt sie und lässt mir den Vortritt. »Möchtest du auch einen Milchkaffee?«

»Sehr gerne.« Was die Vorliebe für Kaffee betrifft, ticke

ich ziemlich skandinavisch. Nirgendwo auf der Welt ist der Kaffeekonsum höher als im Norden Europas.

Ich folge Emilia durch den geräumigen Flur, der links und rechts von Einbauschränken aus weiß lasiertem Holz gesäumt wird, in eine großzügig geschnittene Wohnküche.

»Wie gemütlich.« Der Parkettboden, die großen Fenster, der Kamin und die hohen Stuckdecken zaubern eine charmante Atmosphäre, und die geschmackvolle Einrichtung passt perfekt dazu: Die riesige Couch mit den vielen bunten Kissen wirkt bequem und einladend zugleich. Um den Esstisch aus schwarzem Metall stehen zehn Stühle, alle in unterschiedlichen Designs, einige davon hochmodern, andere antik. Die Kombination von Alt und Neu findet sich überall und ist äußerst reizvoll. Eine traditionelle Vitrine mit Bleiglasfronten und ornamentalen Verzierungen etwa verleiht der modernen, mit hochwertigen Geräten ausgestatteten Küche das gewisse Etwas, ebenso wie die Vintage-Fliesen auf dem Boden.

»Danke, wir fühlen uns auch superwohl hier«, erwidert Emilia, während sie die Siebträgermaschine in Gang setzt, wie man sie sonst nur in Cafés sieht.

»Willst du dich schon mal umziehen?«, fragt sie. »Im Arbeitszimmer kannst du dich ausbreiten.« Sie deutet auf eine deckenhohe hölzerne Schiebetür.

Ich schnappe mir meine Tüte und gehe nach nebenan. Hier gibt es nicht nur zwei große und zwei kleine Schreibtische – einen für jedes Familienmitglied –, sondern auch Bücherregale an allen Wänden. Für jeden Geschmack ist etwas dabei: Ich entdecke Kochbücher und Werke über Ar-

chitektur, allerhand Krimis und Thriller, historische Liebes-
romane und Fantasyserien, Erziehungsratgeber und Bild-
bände über Schweden, außerdem jede Menge Kinderbücher,
darunter Klassiker von Astrid Lindgren, Tove Jansson und
Selma Lagerlöf, aber auch moderne Titel wie die *Detektivbüro
LasseMaja*-Serie von Martin Widmark oder die *Joel*-Reihe
von Henning Mankell.

Während ich das Blumenkleid ausziehe, um als Erstes den
schwarz-orange gemusterten Overall aus leichter Viskose anzuprobieren, weiß ich auf einmal, wie ich Mamas ehemaliges
Zimmer umgestalten werde: Statt es wieder in ein Esszimmer
zurückzuverwandeln, was es früher einmal war, mache ich
mein Arbeits- und Lesezimmer daraus. Vor meinem geistigen
Auge sehe ich schon, wie ich es einrichten werde. Mit einem
gemütlichen Sessel direkt neben dem Kamin, einem Schreibtisch in der Nische neben dem Erkerfenster und rundum ganz
vielen Regalen. Das wunderschöne Foto meiner Mutter, auf
dem sie sich an diese Puppe schmiegt und so unbeschwert
lächelt wie ein kleines Mädchen, bekommt einen Ehrenplatz.
Und natürlich mein Lieblingsporträt von Oscar.

»Passen die Sachen?«, ruft Emilia von nebenan. »Der
Kaffee ist fertig.«

Ich öffne die Schiebetür und betrete das Wohnzimmer, als
wäre es ein Laufsteg.

»Steht dir super!«, lautet Emilias Urteil. Sie überreicht mir
die Tasse.

»Warte, ich muss mich erst noch umziehen, nicht dass ein
Fleck draufkommt – das Teil ist doch noch gar nicht bezahlt«,
wehre ich ab und stelle die Tasse schnell auf eine Kommode.

»Na und? Du kaufst es doch eh, oder? So super, wie du darin aussiehst.«

Ich will gerade erwidern, dass sie da natürlich völlig recht hat, doch meine Stimme versagt. Wie vom Donner gerührt starre ich auf das Foto, das in einem unscheinbaren Rahmen über der Kommode hängt. Sein Anblick raubt mir schier den Atem, und ich kann mir beim besten Willen keinen Reim darauf machen, was ich da sehe: nämlich eine Gruppe junger Männer, wie sie Arm in Arm am Strand posieren und in die Kamera lachen. Ganz rechts steht ein Lockenkopf, der prostend eine Bierflasche erhebt, und auf der linken Seite macht eine große, schlanke Gestalt mit Baseballcap auf dem Kopf eine Daumen-hoch-Geste.

Der Typ mit der Flasche ist eindeutig eine jüngere Ausgabe von Lennart. Und der mit der Cap ist Oscar.

Kapitel 17

Schnappschuss

»Wer ... wer hat dieses Foto gemacht?«, stoße ich schließlich hervor. Meine Stimme klingt ganz fremd, völlig emotionslos. Emilia, die inzwischen nach nebenan gegangen ist, um ein paar Outfits anzuprobieren, die sie an Leylas Stand ausgewählt hat, scheint das jedoch nicht zu bemerken.

»Welches meinst du? Diesen Schnappschuss am Strand? Das Foto ist uralt. Ich hab's geknipst. Besonders gelungen ist es ja nicht, ich hab den Jungs die Füße abgeschnitten. Total laienhaft. Na ja, ich hatte auch schon was intus, und ich habe noch nie viel Alkohol vertragen, doch ich war neunzehn und entsprechend unreif«, plappert sie.

Ich muss mich setzen. »War das auf einer Reise?« Meine Stimme zittert ein wenig.

»Sorry, ich stecke gerade in einem Rock fest. Was fragst du?«

Ich räuspere mich. »Nur nach der Gelegenheit, bei der das Bild entstanden ist.« Diesmal klinge ich fast, als wenn nichts wäre, dabei rast mein Herz wie wild, meine Hände sind schweißnass, und ich muss aufpassen, dass ich nicht hyperventiliere.

»Das werde ich wohl nie vergessen.« Emilia tritt neben mich. »Lennart, Rasmus, meine Freundin Linnea und ich waren in Saltholmen zum Campen. Am Strand lernten wir ein paar Studenten aus Göteborg kennen, mit denen wir uns schnell angefreundet haben. Vermutlich hätte ich das Ganze längst vergessen, wenn an diesem Wochenende nicht so ein schlimmes Unglück passiert wäre.«

Ich kann kaum noch atmen. »Ein Unglück?«

»Ja, einer der Göteborger Studenten ertrank. Es war furchtbar. Wir waren alle fix und fertig.«

In meinen Blutbahnen scheint Eiswasser zu fließen. »Deshalb hast du diesen Schnappschuss aufgehängt? Um an einen toten Studenten zu denken, den du kaum kanntest?« Vermutlich erinnert sie sich nicht einmal mehr an seinen Namen. So hätte ich Emilia echt nicht eingeschätzt – dass sie sich daran ergötzt, eine Tragödie miterlebt zu haben. Damit stellt sie sich auf die Stufe der Gaffer, die bei Unfällen die Zufahrtswege der Rettungsfahrzeuge blockieren, nur um ein Sensationsfoto zu bekommen. Widerlich.

»Nein, natürlich nicht deshalb. Das wäre ja makaber. Sondern eigentlich aus zwei Gründen. Einerseits, um mich selbst immer daran zu erinnern, wie wertvoll das Leben ist – und wie schnell es vorbei sein kann. Man sollte es nicht damit vertun, dass man jammert, Trübsal bläst oder schlecht über andere

Menschen redet. Und andererseits, weil es an diesem schwarzen Tag um ein Haar nicht nur einen, sondern zwei Tote gegeben hätte. Doch Lennart hatte mehr Glück als der arme Oscar.«

Schwer zu sagen, ob sich Emilia gewundert hat, als ich so überstürzt im Bad verschwunden bin. Sie hat sich jedenfalls nichts anmerken lassen. Aber wenn ich noch lange hier drinbleibe, wird sie garantiert bald an die Tür klopfen und fragen, ob alles okay ist.

Natürlich ist gar nichts okay.

Ich fühle mich, als wäre ich von einem Laster überfahren worden. Mir ist schwindelig, vor meinen Augen flimmert es, und in den letzten fünf Minuten habe ich mich mehrfach übergeben.

Da kommen Schritte näher. »Isabel? Kann ich helfen?« Das war ja so klar. Ich weiß, sie meint es nur gut. Und ich muss zugeben, dass ich sie vorhin insgeheim völlig zu Unrecht vorverurteilt habe. Aber eigentlich will ich jetzt niemanden sehen und hören, auch nicht Emilia.

Ich spüle meinen Mund aus und lasse mir noch etwas kaltes Wasser über die Handgelenke laufen. Dann öffne ich die Tür und will gerade zu einer umständlichen Erklärung ansetzen, während ich fieberhaft überlege, womit sich mein merkwürdiges Verhalten rechtfertigen lassen könnte, als Emilia vor Schreck aufschreit.

»Du liebe Zeit, Isabel, wie siehst du denn aus? Totenblass! Hast du das Sushi nicht vertragen?«

Dankbar dafür, dass sie mir damit die perfekte Ausrede für meinen Zustand liefert, nicke ich.

»Willst du dich hinlegen? Ich bezieh dir schnell das Bett im Gästezimmer und mach dir einen Tee.«

Alles, bloß das nicht. Sicher kommen Rasmus und die Zwillinge bald nach Hause, und am Ende wollen sich alle vier um mich kümmern. Ich will es mir lieber nicht ausmalen ...

»Nicht nötig, ich hab ja ein Bett.«

»Ich ruf dir ein Taxi. So kann ich dich doch unmöglich allein losziehen lassen. Oder soll ich lieber mitkommen?«

»Bitte nicht. Ich schaff das schon. Danke.« Mit diesen Worten marschiere ich an Emilia vorbei, schnappe mir meine Handtasche, die noch auf dem Wohnzimmertisch steht, und verlasse fluchtartig die Wohnung.

Ich weiß nicht, wie lange ich durch die Straßen geirrt bin – völlig orientierungslos, ohne darauf zu achten, wo ich bin –, bevor endlich das *Midnattssol* vor mir auftaucht. Ich wollte nur weg – und immer weiterzulaufen, war das Einzige, was sich für mich richtig anfühlte.

In meinem Kopf wirbeln die Gedanken unkontrolliert durcheinander. Mir wird klar, dass ich gerade das allerletzte Foto gesehen habe, das von der Liebe meines Lebens je gemacht wurde. Wie unbeschwert und glücklich Oscar auf dem Bild wirkte. Nicht ahnend, wie wenig Zeit ihm nur noch blieb.

Emilias Worte hallen wie ein Echo wider. *Lennart hatte mehr Glück als der arme Oscar.* Sie kannte seinen Namen also doch und hat ihn nicht vergessen. Trotzdem: Für sie ist er einfach nur jemand, den sie vor langer Zeit kurz kannte und dessen Tod einem unbeschwerten Tag am Meer ein tragisches Ende bescherte. Ein Mahnmal dafür, das Leben nicht zu vergeuden. Ein Pechvogel. *Der arme Oscar.*

Ich betrete das Hotel durch den Seiteneingang, um niemandem zu begegnen. In meinem Zimmer angekommen, schaffe ich es nur noch, die Tür von innen abzuschließen, die Schuhe von den Füßen zu kicken und mich aufs Bett zu werfen, bevor ich endgültig zusammenbreche. Der Schmerz überrollt mich wie ein Tsunami. Ich schluchze in mein Kissen und zittere dabei so stark, als hätte ich hohes Fieber.

Irgendwann habe ich keine Tränen mehr übrig und stehe auf, um zur Küchenzeile zu schlurfen und mir ein Glas Wasser zu holen. Als ich am Spiegel vorbeikomme, fällt mir auf, dass ich noch immer den Overall in Schwarz und Orange trage, den ich vorhin bei Emilia anprobiert habe. Die Tüte mit den anderen Sachen von Leylas Stand müssen wohl noch auf dem Sessel in ihrem Arbeitszimmer liegen, ebenso mein grünes Blumenkleid.

Egal.

Nichts spielt eine Rolle. Auch nicht, ob ich verdurste oder nicht. Dennoch leere ich das Wasserglas in einem Zug. Muss wohl der Überlebenstrieb sein.

… weil es an diesem schwarzen Tag um ein Haar nicht nur einen, sondern zwei Tote gegeben hätte, hat Emilia gesagt. Ich will nicht darüber nachdenken, was das bedeutet. Wenngleich es natürlich auf der Hand liegt. Es kann nur heißen, dass Lennart derjenige war, mit dem Oscar diese dumme Wette abgeschlossen hat. Der ihn vermutlich sogar dazu überredet hat, denn Oscar war nie ein Draufgänger.

Es lässt sich nicht beschönigen: Lennart – der Mann, mit

dem ich die letzte Nacht verbracht habe – trägt die Schuld am Tod meines Verlobten.

Das Schicksal hat wirklich einen verdammt fiesen Humor. Muss ich von allen Männern dieser Welt ausgerechnet diesem begegnen? Und mich wie eine dumme Gans in ihn verknallen? Nur um dann die Wahrheit über ihn zu erfahren, die sich anfühlt wie ein Faustschlag in den Magen …

Zum Glück reist Lennart morgen nach Helsinki. Ich könnte es nicht ertragen, ihm zu begegnen. Erst muss ich das, was ich gerade erfahren habe, verarbeiten. Aber ich weiß schon jetzt, dass ich ihn auch nächsten Freitag nicht sehen will. Und noch viel weniger will ich weitere fünf Tage mit ihm verbringen. Was auch immer das war zwischen uns, es ist aus.

Er wird enttäuscht sein, vielleicht auch traurig, und auf jeden Fall verständnislos. Aber ich werde ihm nichts erklären. Ich kann nicht. Ich werde aus seinem Leben verschwinden, und er wird mich vergessen. Ich ihn aber nie. Wie könnte ich?

Für eine Nacht hat er mir das Gefühl gegeben, lebendig und begehrenswert zu sein. Er hat mich wach geküsst. Nur dass es mir jetzt, im Nachhinein, vorkommt wie ein Verrat an Oscar. Wie konnte ich mich ausgerechnet auf Lennart einlassen?

Warum war er derjenige, der es ans rettende Ufer geschafft hat? Warum nicht Oscar?

Mein komplettes Leben wäre anders verlaufen, wenn es umgekehrt ausgegangen wäre.

Es ist so … ungerecht.

Wut steigt in mir auf. Auf das Schicksal, auf den Zufall,

auf Lennart. Wie konnte er Oscar nur zu so etwas Gefähr-lichem verleiten? Ich lache bitter auf. Kein Wunder, dass er mich dazu überredet hat, auf dem Boot eine Schwimmweste zu tragen. *Ich bin nun mal ein Sicherheitsfreak*, hat er gesagt. *Ich liebe das Meer, aber ich habe auch Respekt vor seinen Tücken.* Er hat seine Lektion gelernt. Leider zu spät. Zu spät für Oscar.

Wie konnte er es wagen, mich dazu zu bringen, ins Meer hinauszuschwimmen? Und wie konnte ich mich darauf ein-lassen? Ich habe ihm vertraut. Im Nachhinein erscheint mir das wie blanker Hohn.

Erneut laufen mir heiße Tränen übers Gesicht. Es sind Tränen des Kummers, aber auch der Verzweiflung, des Zorns und der Schuld. Ich fühle mich, als hätte ich die Erinnerung an Oscars und meine wunderbare Liebe mit Füßen getreten, indem ich mich ausgerechnet auf Lennart eingelassen habe.

Mein Magen schlägt einen Purzelbaum, und ich stürze ins Bad, wo ich gerade noch rechtzeitig die Toilette erreiche, be-vor ich mich erneut übergeben muss. Ich spucke nur noch bittere Galle. So schmeckt Verrat, denke ich, während ich mich zurück ins Bett schleppe.

Als ich aufwache, dämmert es schon. Dann fällt mir ein, dass es in diesen Weißen Nächten nie dunkler wird. Es ist erst halb drei, doch ich fühle mich hellwach. Alles ist wieder präsent. Leider war es kein böser Traum.

Mir ist heiß, ich bin durstig und verschwitzt. Weil ich ohnehin nicht mehr einschlafen kann, stehe ich auf, trinke ein Glas Wasser und stelle mich dann unter die Dusche. Wäh-rend ich mich erst lauwarm, dann heiß und schließlich kalt abbrause, horche ich in mich hinein. Das Gefühlsdurcheinander hat sich gelegt. Übrig bleibt eine grimmige Entschlossenheit. Ich werde das hier überstehen. Irgendwie. Meinen Job ordentlich zu Ende bringen. Und das, so schnell es geht. Am besten vor Freitag.

Ja, ich muss es irgendwie hinbekommen, sämtliche Fotos, die noch auf der Liste stehen, bis Donnerstagabend zu machen, und dann direkt abreisen. Damit ich längst weg bin, wenn Lennart zurückkehrt.

Ich checke meinen Kalender und meine Liste. Kritzele darin herum, streiche, ergänze, und schließlich sieht alles aus, als könnte es klappen: Für heute Vormittag habe ich den Oberkellner und den Küchenchef vorgesehen, am Nachmittag ist diese merkwürdige Zara Lund an der Reihe, die Chefin des Housekeeping, die gestern so grantig zu mir war. Morgen fotografiere ich Maj-Britt im botanischen Garten. Am Nachmittag dann fahre ich mit Rasmus zum Waldfriedhof. Der Mittwoch ist für den Hausmeister, die Leiterin des Spa und den Spaziergang mit Johan in diesem ehemaligen Industriegebiet reserviert. Das heißt, am Donnerstag stehen nur noch die Zwillinge auf dem Programm. Die Bildbearbeitung erledige ich dann von zu Hause aus.

Als ich um sieben den Frühstückssaal betrete, bin ich eine der Ersten dort. Ich nehme mir nur etwas Kaffee und Müsli. Das Müsli lasse ich stehen. Irgendwie habe ich keinen Appetit. Kein Wunder. Der Kaffee tut aber gut.

Auf dem Rückweg zum Zimmer laufe ich Emilia über den Weg.

»Gott sei Dank, dir geht es besser«, sagt sie erleichtert. »Ich hätte dich nicht einfach so gehen lassen sollen, im Nachhinein habe ich mir Vorwürfe gemacht.«

»Kein Problem, ich bin ja gut hier angekommen und dann sofort eingeschlafen. Das war nichts Ernstes«, beruhige ich sie. Sie glaubt mir nicht. Kein Wunder, ich konnte noch nie gut schwindeln. »Ehrlich«, füge ich hinzu, was es nicht unbedingt besser macht.

»Am besten, du ruhst dich heute noch aus«, schlägt Emilia vor. Das kommt natürlich überhaupt nicht infrage, sonst gerät mein schöner Plan ins Wanken.

»Ach was, ich bin fit. Übrigens habe ich die Shootings jetzt so geplant, dass ich am Donnerstagnachmittag damit fertig werde. Die Zwillinge sind als Letzte dran. Kannst du die Termine bitte für mich koordinieren?«

»Klar«, erwidert sie und grinst wissend. Natürlich vermutet sie, dass es mir um ein paar freie Tage mit Lennart geht, so wie es ursprünglich geplant war. Ich lasse sie in dem Glauben. Ich mag Emilia – sehr sogar. Aber egal, wie sympathisch sie mir ist, möchte ich ihr nichts erklären und schon gar nicht von Oscar erzählen. Das würde den Schmerz nur verschlimmern. Lieber riskiere ich, dass mich die Ingvarssons als seltsame Deutsche in Erinnerung behalten, die sich grundlos früher aus dem Staub gemacht hat als vereinbart. Eine schrullige Fotokünstlerin ohne Anstand und Dankbarkeit. Sei's drum. Damit kann ich leben.

»Schick mir die Zeiten einfach per WhatsApp, ich arrangiere dann alles«, verspricht Emilia. Das Liebesglück ihres Bruders scheint ihr ja sehr am Herzen zu liegen.

»Super«, sage ich und schäme mich schon im Voraus für die Enttäuschung, die ich allen bescheren werde.

»Und wenn das mit den Zwillingen zeitlich nicht reinpasst, canceln wir das Motiv. Es ist ja eh nur für den privaten Gebrauch gedacht – ich würde nie Bilder meiner Kinder im Internet veröffentlichen«, schiebt sie hinterher.

»Kein Problem, das schaffe ich schon«, beeile ich mich zu versichern. Wenigstens in diesem Punkt will ich sie nicht im Stich lassen.

»Ach ja, und ich hab noch was für dich.« Sie flitzt nach hinten und kommt kurz darauf mit der großen Papiertüte zurück. »Leyla hat mir einen Sonderpreis gemacht. Betrachte es als Bonus für unsere gute Zusammenarbeit. Und wenn eins der Teile nicht passt, bringst du es einfach zurück.«

»Wow, super. Ich danke dir.« Ich fühle mich mehr als mies, als sie mir die Sachen überreicht.

Zurück im Zimmer, fotografiere ich meinen handschriftlichen Plan ab und schicke ihn ihr. Darin bedanke ich mich nochmals für die Klamotten. Emilia ist toll. Sie hätte eine richtig gute Freundin werden können. In einem anderen Leben.

Als Nächstes schreibe ich eine weitere Nachricht, und zwar an Olivia.

Planänderung. Bitte storniere mein Bahnticket. Ich fliege zurück, und zwar kommenden Donnerstag mit der letzten Maschine ab Arlanda. Frag nicht … Ich erzähle dir alles, wenn ich zurück bin. Umarmung, Isabel

Sofort kommt eine Antwort, allerdings nicht von meiner Freundin, sondern von Emilia:

> Hej Isabel, unser Chefkoch hat gegen neun Uhr für dich Zeit und der Oberkellner um halb zwölf. Passt das? Der Termin mit Zara steht ja schon, richtig? Sie erwartet dich um vierzehn Uhr in Zimmer 411. Die Verabredungen für morgen und Mittwoch regele ich im Laufe des Tages. Das mit den Zwillingen geht ohnehin klar. Das kriegen wir hin. Und einem langen romantischen Wochenende steht nichts mehr im Weg. Fragt sich nur: Welches Outfit wirst du am Freitag tragen? 😍 Emilia

Ich atme tief durch. Der Gedanke daran, wie sehr ich mich auf die Zweisamkeit mit Lennart gefreut habe, versetzt mir einen Stich. Aber das kann Emilia natürlich nicht wissen.

Ich will ihr gerade antworten, als mein Telefon klingelt. War ja so klar, dass Olivia meine Bitte, nicht zu fragen, was passiert ist, ignorieren würde.

Doch auf dem Display steht nicht ihr Name. Es ist Lennart, der anruft. Ich starre das Handy an, unfähig zu reagieren oder mich auch nur zu bewegen. Es klingelt unbarmherzig weiter. Als es endlich verstummt, ist mein Gesicht nass vor Tränen.

Kapitel 18

Posing

Ich vertreibe meine Traurigkeit, indem ich mich ganz auf die Arbeit konzentriere. Ich komme gut voran. Meine beiden Models – Oberkellner Joakim Palmgren und Küchenchef Magnus Bergman – haben super mitgemacht, fast so, als wäre das Posen für sie Alltag. Sie kapierten beide sofort, was ich von ihnen wollte, und befolgten meine Anweisungen auf Anhieb.

Joakim hat mir einen Cocktail nach dem anderen gemixt, während ich ihn dabei fotografierte, und wären sie nicht allesamt alkoholfrei gewesen, dann hätte ich mich gleich anschließend wieder ins Bett legen können, um einen gewaltigen Rausch auszuschlafen.

Joakim liebt seinen Beruf offensichtlich ebenso sehr wie Magnus, den ich mit meiner Kamera dabei begleitete, wie er eine Fischsuppe abschmeckte. Seine Miene beim Probieren sprach Bände – man sah ihm förmlich an, wie köstlich sie geworden war.

Beide sind echte Genussmenschen und finden nichts schöner, als ihre Gäste zu verwöhnen. Ganz eindeutig lieben sie ihren Job und sind mit Leib und Seele bei der Sache. Genau das verbindet uns.

Während Magnus mir einen kleinen Mittagssnack zum Mitnehmen verpackt, verstaue ich meine Ausrüstung im Rucksack. Nachdem ich ihm noch einmal für seine Zeit und die tolle Zusammenarbeit gedankt habe, mache ich mich auf den Weg in mein Zimmer. Unterwegs denke ich darüber nach, wie sehr ich solche anspruchsvollen Projekte vermisst habe. Mir interessante Konzepte zu überlegen, sie umzusetzen und meine Kunden damit zu begeistern, ist einfach viel erfüllender, als von einer Schule zur nächsten zu tingeln und Klassenfotos zu machen. Trotz allem, was passiert ist, bin ich Olivia sehr dankbar dafür, dass sie mich zu diesem Auftrag überredet hat. Auch wenn ich es jetzt kaum abwarten kann, ihn abzuschließen. Doch das hat andere Gründe. Und wenn die Shootings weiter so klappen wie am Schnürchen, steht meinem Plan, hier baldmöglichst auszuchecken, nichts im Wege.

Fünf Minuten später sitze ich an meinem Schreibtisch und sichte die Aufnahmen. Hin und wieder unterbreche ich die Arbeit und beiße genüsslich in das Krabbensandwich, das Magnus für mich gezaubert hat. Sogar aus etwas so Einfachem macht dieser geniale Küchenchef ein Kunstwerk, das zum Essen fast zu schade ist. Und es schmeckt noch besser, als es aussieht. Eigentlich eine Schande, es nebenbei zu essen. Ich sollte mir das wirklich abgewöhnen. Zumal ich nicht glaube, dass ich mit diesem Multitasking viel Zeit spare. Aber ich will meinem Geist keine Ruhe gönnen, sonst holen mich bloß meine Gedanken an Lennart ein, und das will ich um jeden Preis vermeiden.

Ich bin gerade dabei, die Aufnahmen des Vormittags in meine Cloud hochzuladen, als mein Handy vibriert. Sofort rast mein Puls. Was, wenn das Lennart ist? Wird es mir gelingen, ihn weiterhin zu ignorieren?

Ich muss da wirklich konsequent bleiben. Denn bin ich es nicht und lasse mich auf ein Gespräch mit ihm ein, werde ich das garantiert bereuen. Ich müsste ihm dann alles erklären und damit meine Wunden, die im Laufe der Jahre langsam verheilt sind, brutal aufreißen. Lennart würde um Verzeihung bitten und argumentieren, er sei jetzt ein anderer. Und ich würde ihm das glauben, weil es mit Sicherheit auch so ist. Ich habe ja selbst erlebt, wie umsichtig er sich verhält und wie viel Respekt er vor dem Meer hat. Nie wieder wird er das Leben eines anderen Menschen in Gefahr bringen.

Aber damit macht er das, was er Oscar angetan hat, nicht ungeschehen. Ich kann ihm nicht vergeben. Schlimm genug, dass ich ihn so nah an mich herangelassen habe. Aber das war, bevor ich die Wahrheit kannte.

Das Handy brummt weiter. Ich schaue aufs Display und atme auf. Es ist nicht Lennart.

»Hallo Olivia, ich hab gar nicht viel Zeit, in einer Viertelstunde muss ich los zum nächsten Shooting«, begrüße ich meine Freundin.

»Netter Versuch, meine Liebe, aber bevor du mir erklärt hast, was in dich gefahren ist, wirst du nirgendwo hingehen.«

Ich seufze. War ja klar, dass sie nicht warten will, bis ich zurück in Heidelberg bin.

»Nun mach schon. Was ist los? Hat er Schluss gemacht? Oder hast du erfahren, dass er verheiratet ist?«

»Weder noch«, sage ich.

»Aber irgendwas muss doch passiert sein zwischen *Ich will mehr Zeit mit Lennart verbringen* und *Planänderung, ich fliege zurück.*«

»Ja schon, aber ich habe jetzt echt keine …«

»Isabel! Muss ich dich wirklich dran erinnern, dass ich dich in der Hand habe?« Sie lacht zwar, aber mir ist klar, dass Olivia gerade überhaupt nicht scherzt.

»Ernsthaft, du buchst den Flug erst, wenn ich dir mein Herz ausschütte?«

»Ich bin nicht nur deine Agentin, sondern auch deine beste Freundin. Und in beiden Funktionen ist es mir wichtig, dass es dir gut geht. Notfalls muss ich dich eben dazu zwingen, dir von mir helfen zu lassen. Und sei es nur, indem ich dir zuhöre.«

Sie hat ja recht. Es wird mir guttun, mir alles von der Seele zu reden. Und genau das mache ich jetzt. Olivia hört zu, ohne mich zu unterbrechen, wenn man von einem erschrockenen »Oh« und einem empörten Schnauben absieht, als ich erwähne, dass Lennart derjenige war, der Oscar damals zu dieser dummen, lebensgefährlichen Wette aufgefordert hat.

»Und daran besteht kein Zweifel?«, fragt sie, nachdem ich geendet habe.

»Nicht der geringste. Als Emilia sagte, Lennart wäre damals um ein Haar ebenfalls ertrunken, wusste ich Bescheid. Und du kannst dir nicht vorstellen, was das in mir ausgelöst hat.«

»Ich vermute eine Gefühlsachterbahn vom Feinsten. Inklusive Trauer, Schuld, Wut und Scham.« Sie kennt mich eben in- und auswendig. »Okay. Ich storniere dein Bahnticket und buche den Flug. Und besorge was Leckeres, um unser Wiedersehen zu feiern. Damit du auf andere Gedanken kommst.«

»Du bist die Beste, Olivia!«

Die Suite, die ich für das Shooting mit Zara Lund ausgewählt habe, liegt in der vierten Etage. Das Licht ist hier besonders schön. Mir schwebt eine Szene vor, in der Zara eine Auszubildende dabei überwacht, das Bett zu machen. Denn das ist im Hotel eine wahre Kunst. Diese makellos glatten Laken, die sorgfältig arrangierten Kissen, dekorativen Plaids und kunstvoll gefalteten Decken, all das würde mich maßlos überfordern. Ich nehme mir vor, Zara ein entsprechendes Kompliment zu machen, um gleich für eine entspannte Atmosphäre zu sorgen, doch als sie um die Ecke kommt, bleiben mir die Worte im Halse stecken.

»Gefällt dir mein Outfit nicht?«, fährt sie mich an, während sie mit ihrer Generalschlüsselkarte die Tür öffnet. Offenbar hat sie nicht nur meinen Blick richtig interpretiert, sondern es geradezu darauf angelegt, mich zu provozieren.

»Aber nein, sehr schick«, stammele ich. »Ich hätte nur nicht gedacht, dass du so etwas bei der Arbeit trägst.«

»Tja, wenn du glaubst, dass ich mich für das Foto als adrettes Zimmermädchen mit Schürze und Häubchen verkleide, muss ich dich leider enttäuschen.«

»Was? Nein, natürlich habe ich das nicht erwartet. Du bist schließlich Chefin des Housekeepings. Da bist du doch sicher den ganzen Tag auf den Beinen. Daher meine Überraschung. Ich meine, diese Absätze sind bestimmt zehn Zentimeter hoch, oder? Das ist doch sehr anstrengend. Und das Kleid ...«

»... ist sehr kurz. Na und? Ich habe schöne Beine, die darf ruhig jeder sehen«, pariert sie prompt.

Ich komme mir vor wie im falschen Film. Warum ist sie bloß so schroff? Vielleicht hat sie ja keine Lust auf das Shooting. Aber weshalb ist sie dann so gestylt, als wäre sie unterwegs zu einer Gala? Perfekt geschminkt, das dunkle lange Haar kunstvoll geföhnt, das muss ja Stunden gedauert haben! Sie hat sich viel Mühe gegeben, um auf dem Foto gut auszusehen. Warum also verhält sie sich so abweisend? Ist sie etwa aufgeregt? Dann muss ich versuchen, ihr die Nervosität zu nehmen und die Atmosphäre zu entspannen.

»Ja, deine Beine sind wirklich toll.« Vielleicht hilft es ja, ihr ein Kompliment zu machen.

Zara zuckt nur mit den Schultern. »Ich würde sagen, wir legen los, ich habe noch viel zu tun«, sagt sie. Dann lehnt sie sich an die Wand, verlagert das Gewicht auf ein Bein und wirft einen verträumten Blick aus dem Fenster, während sie beide Hände anmutig auf die Hüften legt. Eine Möchtegern-Model-Pose. Und damit leider alles andere als mitten aus dem Leben.

Was läuft denn hier gerade? Versteckte Kamera? Das kann ja wohl nicht ihr Ernst sein.

»Warum fotografierst du nicht?« Wenn das überhaupt möglich ist, klingt Zara Lund noch barscher als vorhin.

»Okay, dann besprechen wir jetzt mal das Motiv«, sage ich mit ruhiger, fester Stimme, um sie bloß nicht noch mehr aufzubringen. »Ich dachte an eine Szene rund ums Bettenmachen. Das hat Symbolkraft. Weil ein gut gemachtes Bett in einem Hotel für Komfort und Service steht, also dafür, dass hier alle tun, was sie können, damit die Gäste ihren Aufenthalt genießen.«

Die Art, wie Zara empört die Hände in die Seiten stemmt, wirkt nicht mehr ganz so elegant wie die einstudierte Pose von eben. »Du willst mich dabei fotografieren, wie ich ein Laken straff ziehe und die Kissen drapiere?« Sie klingt so entgeistert, als hätte ich von ihr verlangt, sich nackt im Schlamm zu suhlen.

Ich atme tief durch. Keine Ahnung, was mit dieser Frau los ist, aber sie hat eindeutig ein Problem. Und ich damit leider ebenfalls. Denn wie soll ich ein gutes Foto hinbekommen, wenn sie sich dermaßen sperrt?

»Eigentlich dachte ich eher daran, dass eine Auszubildende das Bett macht und du sie dabei anleitest oder meinetwegen auch kontrollierst. Mir ist schon klar, dass deine Aufgaben anspruchsvoller sind.« Himmel, wann musste ich zuletzt dermaßen bauchpinseln? Ich hätte Zara Lund nicht gerade mangelndes Selbstbewusstsein unterstellt, aber manchmal ist arrogantes Verhalten ja ein Symptom von Minderwertigkeitskomplexen.

»Kommt nicht infrage«, fährt sie mich an.

»Was meinst du?«

»Mussten sich Joakim und Magnus ihr Porträt etwa auch mit einem Mitarbeiter teilen?« Ich starre sie irritiert an. »Du kannst dir die Antwort sparen, ich kenne sie bereits: Sie standen allein im Mittelpunkt. Und das werde ich auch.«

Darum geht es also hier? Das darf doch nicht wahr sein. »Man würde das Zimmermädchen, das du beaufsichtigst, nur von hinten und angeschnitten sehen, natürlich stehst du bei diesem Motiv im Fokus«, erkläre ich, aber noch während ich das sage, weiß ich bereits, dass ich mir diese Bildidee abschminken kann. Zara wird sich nicht darauf einlassen.

Sie antwortet nicht einmal.

Puh, was für eine harte Nuss. »Alternativ könnte ich mir vorstellen, dass du ein fertiges Zimmer kontrollierst. Vielleicht könntest du mit Block und Stift umhergehen und die Details prüfen. Wäre das in deinem Sinne? Und authentisch?«

Zara legt den Kopf schief, und ich rechne schon wieder mit einer weiteren Abfuhr, doch dann sagt sie bloß: »Könnte funktionieren. Aber doch nicht mit Block und Stift, wir leben ja nicht mehr in der Steinzeit. Warte, ich hole mein Tablet.«

Ich starre ihr hinterher. Und stelle anerkennend fest, dass sie in ihren Stöckelschuhen so souverän läuft wie andere in Sneakern. Überhaupt bewegt sie sich toll, sehr leichtfüßig und geschmeidig. Wäre sie nicht so eine Kratzbürste, sähe sie wirklich großartig aus.

Am besten, sie bleibt immer in Aktion, während ich fotografiere, denn sobald sie anfängt zu posen, wirkt sie steif und unnatürlich.

»Okay, was soll ich tun?«, fragt Zara, als sie mit dem Tablet zurückkommt.

»Tu einfach so, als wäre ich gar nicht da«, erkläre ich, »und stell dir vor, du machst eine Standard-Qualitätskontrolle.«

»Wirklich? Ich soll nicht in die Kamera schauen?«

»Je natürlicher du dich verhältst, desto besser wird das Foto. Lass das mit dem Blickwinkel nur meine Sorge sein.«

Erleichtert atme ich auf, als Zara einfach loslegt, statt weiterzudiskutieren. Sie beginnt mit einer gründlichen Sichtprüfung auf Sauberkeit. Dabei nimmt sie alle Details in Augenschein, von Bettwäsche über Badezimmerausstattung bis zu den Bodenbelägen. Schon nach kürzester Zeit habe ich eine Reihe toller Fotos geschossen. Als Nächstes prüft sie die Lampen, die TV-Fernbedienung und die Klimaanlage auf Funktionstüchtigkeit. Schließlich checkt sie die Minibar sowie den Schreibtisch. Alles ist so, wie es sein sollte. Sie hakt einen Punkt nach dem anderen ab und scheint, erst nachdem sie fertig ist, zu bemerken, dass ich auch noch da bin.

»Das war super, sehr authentisch. Du warst total in deiner Rolle und hast mich überhaupt nicht beachtet.«

»Das fällt mir nun wirklich nicht schwer«, erwidert sie spitz.

Ich runzele die Stirn. »Klar, das ist immerhin dein Job«, sage ich, ahnend, dass sie das nicht gemeint hat.

»Und *mein* Partner«, ergänzt sie.

Jetzt bin ich total verwirrt. »Wovon redest du?«

»Natürlich von Lennart.« Sie funkelt mich an. »Glaub

bloß nicht, dass du ihn mir wegschnappen kannst. Klar, wir haben gerade eine kleine Krise in unserer Beziehung, aber die werden wir schon bald überwinden. Lennart und ich sind füreinander bestimmt. Immerhin waren wir drei Jahre lang zusammen. Und sobald er wieder Vernunft angenommen hat, werden wir es auch wieder sein. Wir sind füreinander bestimmt – jede andere Liebelei ist für ihn bloß ein Zeitvertreib, ganz ohne Bedeutung.«

Ich fühle mich, als würde mir gerade der Boden unter den Füßen weggezogen. Schon wieder.

Am liebsten würde ich mich in einen der Sessel fallen lassen, aber eine innere Stimme, die verdächtig nach Olivia klingt, rät mir, jetzt bloß keine Schwäche zu zeigen.

»Herzlichen Glückwunsch, das freut mich sehr für euch«, presse ich hervor, während ich meine Sachen zusammenpacke.

Zara lacht bitter auf. »Glaubst du, ich hätte euch nicht gesehen? Und ich wüsste nicht, was du vorhast? Du willst ihn dir krallen«, faucht sie. »Und er ist vermutlich einfach zu höflich, dir zu sagen, dass er längst vergeben ist.«

Jedes Wort trifft mich wie ein Tritt in den Magen, und plötzlich habe ich das Gefühl, keine Luft mehr zu bekommen.

Als ich mich aufrichte, wird mir schwindelig. Aber irgendwie gelingt es mir, mich zusammenzureißen. »Mach dir keine Sorgen, ich habe keinerlei Interesse an Lennart Ingvarsson. Er gehört ganz dir«, sage ich, bevor ich davonhaste.

Ein würdevoller Abgang sähe anders aus. Aber Hauptsache, sie kann mir nicht in die Augen sehen, die sicher schon wieder verdächtig schimmern.

»So eine blöde Ziege«, murmele ich, weil Wut immer noch besser ist als Tränen der Enttäuschung. Und obwohl es zutiefst unprofessionell ist, wünschte ich, sie sähe auf den Fotos, die ich gerade gemacht habe, nicht so umwerfend gut aus. Rein optisch sind Lennart und Zara garantiert ein perfektes Paar. Aber was findet er bloß an dieser humorlosen, zänkischen Person?

Wobei – eigentlich kann mir das ja egal sein. Und letztendlich hat er nichts Besseres verdient.

Kapitel 19

Locationsuche

Normalerweise würde ich mich ganz besonders auf diesen Vormittag freuen. Ich fahre mit Maj-Britt Ingvarsson zum Fotoshooting auf die Insel Djurgården, die eigentlich eine Halbinsel ist, wie mir jetzt erst klar wird, sonst könnten wir sie unmöglich mit der Straßenbahn erreichen. Neulich Nacht, als Lennart und ich auf dem Rückweg vom ABBA-Museum ebenfalls die Straßenbahn nahmen, war ich so abgelenkt, dass ich darauf nicht geachtet habe.

Maj-Britt hat blendend gute Laune und ist mir fast noch sympathischer als bei unserer ersten Begegnung. Es wäre mir lieber, es wäre nicht so.

»Als du mit Lennart hier warst, habt ihr die Fähre genommen, oder?« Sie scheint bestens über die gemeinsamen Unternehmungen ihres Sohnes mit mir Bescheid zu wissen.

»Ja, stimmt, auf der Hinfahrt jedenfalls. Das ABBA-Museum ist ja auch ganz in der Nähe des Anlegers.« Es ist mir ein bisschen unangenehm, darüber zu reden. Denn eigentlich will ich überhaupt nicht an ihn denken. Was aber schier unmöglich ist, denn alles hier erinnert mich an diesen wunderbaren Tag.

Und natürlich kann ich auch nicht vergessen, dass Maj-Britt seine Mutter ist. Heute trägt sie eine olivfarbene Caprihose, dazu eine silbergraue lange Tunika und silberfarbene Sandalen. Ein Stirnband in Oliv rundet das Outfit ab. Es ist schick und dezent zugleich, und Maj-Britt sieht einfach super darin aus. Kaum zu fassen, dass sie sogar älter ist, als meine Mutter war. Wie schön wäre es gewesen, wenn Mama auch so lange fit und gesund geblieben wäre. Das Leben ist nun mal nicht gerecht.

Sofort wandern meine Gedanken wieder zu Oscar und damit auch zu Lennart und der unseligen Wette. Und für einen Moment wünschte ich, ich hätte dieses vermaledeite Foto nie gesehen. Wüsste ich nicht, welche Rolle Lennart bei Oscars tragischem Tod gespielt hat, könnte ich die verbleibende Zeit in Stockholm ganz unbeschwert genießen. Ich würde mich auf das Wiedersehen mit Lennart freuen, mit ihm noch ein paar romantische Tage und Nächte verbringen und dann ganz ohne schlechtes Gewissen in mein altes und zugleich neues Leben zurückkehren. Aus uns würde ohnehin nie ein Paar werden, Fernbeziehungen sind bekanntlich zum Scheitern verurteilt.

Aber es ist alles anders gekommen. Ich weiß Bescheid, und das ist nicht mehr rückgängig zu machen. Außerdem ist da ja auch noch Zara …

»Schade, dass Lennart ausgerechnet jetzt nach Helsinki reisen musste«, nimmt Maj-Britt das Gespräch wieder auf, nachdem wir an der Haltestelle Djurgårdsbron die Straßenbahn verlassen haben und nun durch einen Park in Richtung Rosendals Trädgård spazieren. »Ich bin sicher, er wäre viel lieber hiergeblieben.« Sie zwinkert mir zu.

Auch das noch. Sie weiß Bescheid. Bestimmt hat Emilia geplaudert.

»Ich habe gleich gesehen, wie gut ihr euch versteht«, erklärt sie schmunzelnd. »Er bringt dich zum Lachen und du ihn auch. Das ist das Wichtigste – dass man in Sachen Humor auf einer Wellenlänge liegt.«

Will sie jetzt ernsthaft über unsere Beziehung reden?

»Bei dir und Johan scheint das ja super zu funktionieren«, lenke ich ab. »Wie habt ihr euch eigentlich kennengelernt?«

»Ach, das war vor Ewigkeiten – wir waren Nachbarskinder und gingen in dieselbe Schule. Nicht besonders spannend.«

Die meisten Menschen lieben es, über ihre Vergangenheit zu erzählen, vor allem, wenn sie älter werden. Maj-Britt scheint da leider anders zu ticken. »Hat er sich schon bei dir gemeldet?«, will sie wissen.

»Ja klar, mehrfach. WhatsApp überwindet alle Entfernungen.« Ich bleibe bewusst vage und muss dabei nicht einmal schwindeln. Tatsächlich hat mir Lennart seit seiner Abreise unzählige Nachrichten geschickt, doch ich habe sie allesamt ungelesen gelöscht. Und auf seine Anrufversuche habe ich ebenfalls nicht reagiert.

Zugegeben, meine Vogel-Strauß-Taktik ist nicht besonders fair und auch nicht unbedingt erwachsen, aber die Alternative macht mir Angst. Ich habe keine Kraft für Diskussionen, Rechtfertigungen und Ausreden. Das Thema ist für mich abgehakt, also ist mein Motto *Augen zu und durch.*

»Die Angebote hier auf Djurgården sind wahnsinnig vielfältig. Ich meine – ABBA-Museum, Junibacken, das Vasa-Schiff, Skansen, Gröna Lund ... Nicht zu vergessen die Uferpromenade und die Strände«, sage ich, bevor Maj-Britt mich weiter verhören kann. »War das hier schon immer ein Naherholungsgebiet für Groß und Klein?« Eigentlich kenne ich die Antwort, aber ich lenke das Gespräch lieber auf ein neues Thema.

»Früher war Djurgården das Jagdrevier der schwedischen Könige, wie der Name schon sagt.« Klar, übersetzt bedeutet er Tiergarten. »Noch immer ist ein Großteil der Insel mit Wald bedeckt, und das Naturschutzgebiet Ekoparken ist der erste innerstädtische Nationalpark der Welt.« Das allerdings ist mir neu. Wie gut, dass ich gefragt habe. »Auch wenn die Museen jede Menge Besucher aus aller Welt anlocken, ist Djurgården in erster Linie die Freizeitinsel der Stockholmer. Und das gilt ganz besonders auch für Rosendals Trädgård. Er wurde nicht als Touristenhighlight geplant, sondern als königlicher Nutzgarten. Im zwanzigsten Jahrhundert hat man ihn dann in einen öffentlichen Park umgewandelt.«

»Und was ist so besonders daran?«, will ich wissen. »Parks gibt es in Stockholm schließlich so einige.«

Maj-Britt ist jetzt ganz in ihrem Element. »Er ist mehr als das. Eher eine Mischung aus Gärtnerei und Bildungszentrum. Da werden beispielsweise Kurse über nachhaltige Landwirtschaft angeboten. Und über historische Gartenbaupraktiken. Ich habe selbst schon einige davon besucht. Einen über die Verwendung von traditionellen Werkzeugen, einen über Küchenkräuter in der Medizin und einen über die Pflege von Gewächshauspflanzen. Aber das interessiert dich bestimmt alles gar nicht.«

»O doch«, widerspreche ich. »Ich finde das total spannend.« Alles ist besser, als über meine Nicht-Beziehung mit Lennart zu reden. Außerdem ist Maj-Britts Begeisterung ansteckend. Genau wie Lennart gesagt hat, als wir die Ingvarssons zum Sonntagsessen auf Ekerö besucht haben: *Der Garten ist ihr Ein und Alles.* Ich finde es großartig, wenn Menschen so sehr für etwas brennen und ihrer Leidenschaft folgen. Schade nur, dass mich das schon wieder an Lennart erinnert. Himmel, wie soll ich ihn bloß vergessen, wenn es mir nicht einmal gelingt, drei Minuten lang nicht an ihn zu denken?

Und dann sind wir da. Rosendals Trädgård entpuppt sich als harmonische Mischung aus Gewächshäusern, Obstbäumen, Blumenbeeten, Spielplätzen, Grillstellen, Café und Park. Malerisch gelegen und herrlich unspektakulär. Einfach nur zum Wohlfühlen schön.

Wir schlendern herum, und ich halte schon mal Ausschau nach einem geeigneten Hintergrund für unser Foto.

»Wie wäre es erst einmal mit einem Kaffee?«, schlägt Maj-Britt vor.

»Gute Idee, dabei können wir dann das Shooting besprechen«, erwidere ich und meine damit: keinesfalls über Lennart und mich.

Maj-Britt bestellt Cappuccino und Himbeertörtchen für

uns beide. »Was hältst du davon, wenn wir das Foto dort drüben im Labyrinth machen?«, schlägt sie dann vor.

Im ersten Moment bin ich hellauf begeistert. »Ich liebe Labyrinthe, sie sind so geheimnisvoll«, sage ich. Doch dann kommen mir Zweifel. »Dass es sich tatsächlich um eines handelt, erkennt man aber eigentlich nur, wenn man filmt oder von oben fotografiert. Ich bräuchte ein Gerüst oder etwas Ähnliches. Und das ist wohl zu aufwendig, fürchte ich. So ein Shooting hätten wir langfristiger planen müssen.«

Kaffee und Kuchen werden serviert, wir lassen uns beides schmecken.

»Ich habe schon so oft probiert, diese Himbeertörtchen nachzubacken, aber so gut wie diese hier sind meine noch nie gelungen«, seufzt Maj-Britt genießerisch.

Nachdem wir aufgegessen haben, geht sie kurz hinein, um den Lippenstift aufzufrischen und zu bezahlen, während ich schon mal meine Kamera auspacke.

»Am Teich ist es wunderschön. Seerosen, Enten, Bäume – so schön friedlich. Was hältst du davon?« Maj-Britt scheint sich richtig auf das Shooting zu freuen. Ein gutes Zeichen. Mit einem Model, das gerne fotografiert wird, lässt sich leicht zusammenarbeiten. Im Gegensatz zu Menschen, die davon überzeugt sind, nicht fotogen zu sein. Diese Haltung strahlen sie dann auch tatsächlich aus, und wenn sie später sehen, wie verkniffen sie in die Kamera gelächelt haben, betrachten sie das als Beweis dafür. Typischer Fall einer sich selbst erfüllenden Prophezeiung. Umso besser, dass Maj-Britt kein bisschen kamerascheu ist.

Wir laufen in Richtung Teich, und ich mache ein paar Probeaufnahmen. »Nicht übel. Aber vielleicht etwas schattig. Das bekäme ich zwar sicher in den Griff, aber vielleicht finden wir noch eine schönere Location.«

Und dann liegt sie vor uns: die perfekte Kulisse für Maj-Britts Porträt. Im Vordergrund blühen Dahlien, Rittersporn und üppige Rosensträucher. Das Arrangement wirkt, als sei alles ganz zufällig und auf natürliche Weise entstanden, doch die Anordnung der Pflanzen ist sorgfältig komponiert, wie das perfekte Zusammenspiel von Farben und Formen verrät.

Inmitten des Gartens erhebt sich ein hübsches historisches Gebäude mit niedrigen Seitenflügeln und einem Rundbau in der Mitte, großen Sprossenfenstern und einer hellen Sandsteinfassade. Den Hintergrund bilden saftig grüne Laubbäume.

»Perfekt!«, rufe ich aus. »Ist das ein Schloss?«

»Nein, die Orangerie«, erklärt Maj-Britt. »Und du hast völlig recht: Der Anblick ist wunderschön.«

Eine halbe Stunde später können wir uns bereits wieder auf den Rückweg machen. Die Aufnahmen sind toll geworden.

»Sehr viele Fotos fehlen nun nicht mehr, oder?«, will Maj-Britt wissen, während wir gemächlich durch den Park zurückschlendern.

»Nein, nur noch sechs Motive insgesamt.«

»Das kam aber prompt.« Sie lacht. »Du scheinst dem Ende des Projekts ja regelrecht entgegenzufiebern.«

Maj-Britt ahnt ja nicht, wie recht sie hat. Allerdings aus anderen Gründen, als sie vermutet. Ich lächele nur und sage gar nichts. Innerlich zerreißt mich der Gedanke, dass ich dieser liebenswerten Frau etwas vorspiele. Denn ich hasse es, unaufrichtig zu sein, und Menschen gegenüber, die ich schätze, ganz besonders.

»Wie sind denn die bisherigen Shootings gelaufen?«, reißt sie mich aus den Gedanken.

»Super«, sage ich. »Alle haben richtig engagiert mitgemacht, und dabei sind wunderschöne Fotos entstanden. Ich kann dir später gern eine Vorauswahl zeigen.«

Sie winkt ab. »Ich glaub dir auch so. Um die Details kümmert sich Emilia. Es ist nur so, ich habe mich gefragt ...« Sie bricht ab, als müsse sie ganz vorsichtig sein, um bloß nichts Falsches zu sagen. »Na ja, eigentlich wüsste ich gern, wie es mit Zara war.«

Damit habe ich nun gar nicht gerechnet. »Meinst du Zara Lund?« Als gäbe es noch eine andere Zara, die ich fotografieren soll.

Natürlich durchschaut Maj-Britt den Zweck meiner Gegenfrage. Dass ich damit Zeit schinden will, verrät ihr, dass es nicht ganz so glattgelaufen ist, wie ich vorgegeben habe. »Sie war also zickig?«

Aha. Maj-Britt kennt ihre Pappenheimer. Wäre ja auch ein Wunder, wenn nicht. Immerhin war Zara jahrelang mit ihrem Sohn liiert.

»Nun ja, anfangs war sie nicht wirklich locker, aber das geht vielen so vor der Kamera«, sage ich nur. »Wir haben trotzdem ein paar tolle Aufnahmen hinbekommen.« Nichts liegt mir ferner, als über eine Hotelangestellte herzuziehen, auch wenn sich Zara mir gegenüber wie eine Zimtzicke aufgeführt und mich allerhand Nerven gekostet hat. Aber es wäre wirklich höchst unprofessionell, das meiner Auftraggeberin gegenüber zu erwähnen. Zumal sie vielleicht eines Tages Zaras Schwiegermutter sein wird.

»Hat sie dich provoziert?«, bohrt Maj-Britt weiter.

»Na ja. Vielleicht ein bisschen«, gebe ich zu.

»Und hat sie über Lennart gesprochen?«

Ich schlucke. Maj-Britt lässt sich nicht mit vagen Aussagen abspeisen, sondern fühlt mir weiter auf den Zahn. Worauf will sie hinaus? Mein Plan, völlig neutral zu bleiben, gerät ins Wanken. Denn ich spüre, dass sie so lange weiterfragen wird, bis ich mit der Wahrheit herausrücke. »Das hat sie. Sie scheint noch verliebt in ihn zu sein.«

Maj-Britt schnaubt. Zu meiner Überraschung lässt sie das Thema aber nun fallen. »Perfektes Timing«, sagt sie stattdessen. »Da vorne kommt schon die Straßenbahn.«

Bis zu meiner Verabredung mit Rasmus habe ich noch etwas Zeit. Ich überlege, mir etwas zu essen zu besorgen, aber nach dem ausgiebigen Frühstück heute Morgen und dem Himbeertörtchen habe ich eigentlich überhaupt keinen Hunger. Ich gehe lieber auf mein Zimmer, um die Fotos in die Cloud hochzuladen, die Speicherkarte zu wechseln und mich ein bisschen hinzulegen. Irgendwie fühle ich mich erschöpft. Es ist wirklich anstrengend, nicht an Lennart zu denken. Zumal mir das kein bisschen gelingt.

Das Gespräch mit Maj-Britt hat alles wieder aufgewühlt, und ich ärgere mich über meine eigene Gutgläubigkeit. Wie konnte ich mich nur auf Lennart einlassen? Selbst wenn er

Oscars Tod nicht verschuldet hätte, gibt es da eine Ex-Freundin, die noch Ansprüche auf ihn erhebt.

Hat er jemals behauptet, Single zu sein? Ich versuche mir unsere Gespräche in Erinnerung zu rufen, was natürlich im krassen Gegensatz zu meinem eigentlichen Plan steht, ihn zu vergessen. Nein, wird mir bewusst, er selbst hat das nie von sich gesagt. Aber Emilia. Als es um die Eröffnung von Lasses Bar ging. Oder habe ich da vielleicht etwas falsch verstanden? Das Ganze war eh kein Date, sondern eine harmlose gemeinsame Unternehmung. Er hätte mich vielleicht auch gebeten, ihn zu begleiten, wenn seine Partnerin verhindert gewesen wäre. Aus purer Höflichkeit. Oder weil er einfach nicht allein sein kann.

Als mein Handy vibriert, werfe ich einen Blick aufs Display und schließe die Augen. Soll ich? Soll ich nicht? Ich könnte das Thema hier und jetzt klären.

Aber was spielt das alles noch für eine Rolle? Es geht hier nicht um Zara, sondern um Oscar. Und mich. Mein Gewissen. Lennarts Schuld.

Spontan nehme ich den Anruf an.

»Gott sei Dank, ich versuche schon seit …«, legt Lennart los. Beim Klang seiner Stimme denke ich an seine Küsse, seine Zärtlichkeiten, die wunderbare Nacht auf der Insel.

»Bitte ruf mich nicht mehr an«, stoße ich zittrig hervor und lege auf. Dann schalte ich das Handy aus.

Kapitel 20

Gelöscht

»Magst du auch ein Glas Rotwein?«, fragt Emilia und wartet meine Antwort gar nicht erst ab. Sie tritt selbst hinter die Theke, nimmt zwei Gläser aus dem Regal und füllt sie großzügig.

»Danke«, sage ich, während ich meinen Laptop hochfahre. Wir haben es uns auf der Dachterrasse gemütlich gemacht, um die Fotos zu sichten und eine Vorauswahl zu treffen. Es ist Mittwochabend, und ich liege perfekt in meinem Zeitplan. Es fehlt jetzt nur noch das Shooting mit den Zwillingen, aber das ist ja ohnehin nur ein Bonus und soll nicht für Werbezwecke eingesetzt werden.

»Na dann mal *skål*! Ich bin super gespannt.« Emilia prostet mir zu. Natürlich weiß sie noch nicht, dass das mein letzter Abend in Stockholm ist. Sie wird mir fehlen. In einem anderen Leben hätten wir richtig gute Freundinnen werden können.

»Heute war ich mit Rasmus unterwegs«, sage ich und öffne den entsprechenden Ordner. »Seine ursprüngliche Idee war, sich zwischen den Gräbern auf den Boden zu legen. Das fand ich dann allerdings ein bisschen zu makaber.«

Emilia grinst. »Typisch. Mein Mann hat manchmal wirklich einen etwas schrägen Humor. Dafür liebe ich ihn. Unter anderem.«

Ich denke an das, was Maj-Britt über Lennart und mich gesagt hat. Dass wir uns gegenseitig zum Lachen bringen und wie wichtig Humor als Basis für eine Beziehung ist. Natürlich hat sie damit recht. Und wir hatten ja auch viel Spaß miteinander. Wenn ich nur an unser Gefrotzel zum Thema Taxirechnung denke, an die Scherzfotos bei der Eröffnung von *Lasses Lycka*, an Lennarts Dancing-Queen-Performance im ABBA-Museum, an unsere Wasserschlacht im seichten Ostseewasser vor der Schäreninsel … Aber das alles kann nicht ungeschehen machen, was vor fünfundzwanzig Jahren passiert ist.

»Und für welches Motiv habt ihr euch schließlich entschieden? Zeig doch mal«, reißt mich Emilia aus den Gedanken.

Ich aktiviere die automatische Diashow. »Wir haben mehrere Varianten. Hier spaziert er über das Gelände des Skogskyrkogården.« Links und rechts Bäume und Grabsteine, in der Mitte der befestigte Fußweg. Ganz symmetrisch. Das unterstreicht die ruhige, entspannte Atmosphäre. »Alternativ hier ein Motiv auf einer Holzbrücke.« Rasmus stützt sich auf das Geländer und schaut in die Ferne, seine Gestalt spiegelt sich im Wasser. Sehr malerisch und symbolträchtig. »Und dann noch ein weiteres, am Grab von Avicii.« Rasmus scheint ein großer Fan des DJs und Musikproduzenten zu sein. Er wollte unbedingt an dessen Grabstätte posieren, nicht an dem von Greta Garbo, was ich ursprünglich vorgeschlagen hatte.

»Die sind alle drei super. Aber auch wenn *Wake Me Up* von Avicii *unser* Lied ist, für unsere Website passt das Foto mit dem Weg am besten«, entscheidet Emilia. Mir gefällt, dass sie nicht lange hin und her überlegt. Sie weiß eben, was sie will. Ich wünschte, ich könnte das auch von mir behaupten. Ohne Olivia, die mir sagt, was gut für mich ist, wüsste ich oft nicht, was ich tun soll. Immerhin weiß ich genau, was ich *nicht* will: Lennart noch einmal begegnen. Womit meine Gedanken schon wieder bei ihm gelandet wären. Wenn ich das bloß abstellen könnte!

Ich kopiere Emilias favorisiertes Motiv in einen separaten Ordner und öffne die Datei mit den Aufnahmen von Maj-Britt.

»Genial! Die Orangerie und all diese wunderschönen Blumen sind ein perfekter Hintergrund.« Emilia ist hellauf begeistert.

»Deine Mutter ist auch ein großartiges Model. Es gibt keine einzige Aufnahme, auf der sie die Augen geschlossen oder den Mund seltsam verzogen hätte. Das ist eine echte Seltenheit.«

Emilia zieht eine Grimasse. »Bei mir war mit Sicherheit das Gegenteil der Fall. Ich sehe auf Fotos immer irgendwie merkwürdig aus.«

»Da kann ich dich beruhigen. Natürlich gab es ein paar unscharfe oder unbrauchbare Aufnahmen, denn immerhin hast du dich ja bewegt. Aber es sind immer noch genug tolle Bilder übrig geblieben.«

Emilia beugt sich neugierig über den Laptop und betrachtet schweigend die Diashow mit den Fotos vom Hornstull Marknad.

»Sehr stimmungsvoll«, sagt sie, nachdem alle durchgelaufen sind. »Du hast die Atmosphäre des Marktes perfekt eingefangen. So bunt und lebendig.« Sie zieht die Stirn kraus. »Aber ...«

Das Herz rutscht mir in die Hose. »Du gefällst dir darauf nicht?« Wenn wir das Shooting wiederholen müssen, fällt mein schöner Zeitplan in sich zusammen. Dann müsste ich mindestens bis Samstag hierbleiben, was es unmöglich machen würde, Lennart aus dem Weg zu gehen.

Da prustet Emilia los. »Du hättest dein Gesicht sehen sollen! Als hättest du einen Geist gesehen. Bist du tatsächlich auf mein schlechtes Schauspiel reingefallen?«

Ich atme durch. »Du bist also doch zufrieden?«

»Zufrieden? Das ist die Untertreibung des Jahres. Ich bin begeistert. Zum ersten Mal im Leben finde ich Porträts von mir rundum gelungen. Du bist echt eine Künstlerin, Isabel.«

Das Kompliment geht runter wie Öl. Und vor allem bin ich wahnsinnig erleichtert, dass kein Nachshooting nötig ist.

»Danke. Du hast es mir aber auch wirklich leicht gemacht. Welches Motiv magst du am liebsten?« Ich starte die Diashow erneut.

Emilia zögert nicht lange. »Das hier, wo ich das kirschrote Kleid hochhalte und mich zu euch umdrehe.«

»Das ist auch mein Favorit.« Emilias Blick ist darauf so

verschmitzt und sympathisch, und der Schwung sorgt für eine gewisse Unschärfe, die Dynamik ausstrahlt.

Mit Lennarts Foto halte ich mich nicht lange auf. Schlimm genug, dass Emilia betont, wie seine Augen strahlen. »So guckt er nur, wenn es ihn voll erwischt hat«, kommentiert sie. »Allerdings ist das selten der Fall. Mein Bruderherz bleibt lieber allein, als mit irgendjemandem zusammen zu sein.« Wenn sie mich jetzt noch darauf anspricht, warum ich ihn am Telefon abgewiesen habe, muss ich sofort zum Flughafen abhauen! Ich ignoriere ihren Kommentar und wende mich wieder dem Monitor zu. Schnell einigen wir uns auf das beste Motiv, und ich klicke die Datei weg.

»Als Nächstes kommen die Fotos von Johan in Vinterviken.«

»Mein Vater beim Wandern, wie spannend.« Emilia tut so, als wäre sie megagelangweilt. Doch als ich die Diashow öffne, stellt sie das Weinglas, das sie gerade an den Mund führen will, wieder hin und starrt den Monitor ungläubig an.

»Seit wann macht er denn Yoga?«

Wie Johan Ingvarsson da einbeinig in Baumpose auf einem Felsen am Ufer des Mälaren steht, ist wirklich ein Hingucker.

»Er sagt, seit einem halben Jahr. Ganz ehrlich: Ich hätte da keine fünf Sekunden lang das Gleichgewicht halten können.« Damit hat er nicht nur mich überrascht, sondern offensichtlich auch seine Tochter.

»So ein Geheimniskrämer. Wann wollte er uns davon erzählen? Wenn er den Lotussitz beherrscht? Den Männerspagat? Oder den Kopfstand?« Emilia leert ihr Glas und steht auf. »Auch noch einen Schluck? Ich besorg uns auch ein bisschen was zu essen. Käse, Oliven, Brot und Nüsse.«

»Gute Idee«, sage ich, denn der Merlot ist zwar köstlich, aber nicht gerade leicht.

Während ich auf Emilias Rückkehr warte, lasse ich meinen Blick gedankenverloren über die Dachterrasse schweifen. Wie überall im *Midnattssol* ist alles liebevoll, geschmackvoll und stilvoll gestaltet. Ich bin sicher, dass vor allem Maj-Britt dafür verantwortlich ist. Sie hat einen Sinn für schöne Dinge, und sie liebt es, sich an Wohlfühlorten aufzuhalten. Ob zu Hause auf Ekerö, hier im Hotel oder in Rosendals Trädgård – in einer harmonischen, ansprechend angelegten Umgebung blüht sie regelrecht auf.

Und das gilt im Grunde für alle Ingvarssons. Es ist nicht Prunk und Luxus, der sie reizt, obwohl ihre Finanzen das mit Sicherheit hergäben, sondern schlichte Schönheit – sei es in der beschaulichen Stille eines Waldfriedhofs, im bunten und fröhlichen Treiben eines Marktes oder in der friedvollen Einsamkeit einer Schäreninsel. Gleichzeitig sind alle Familienmitglieder unglaublich großzügig, herzlich, humorvoll und …

Das Handy vibriert in meiner Tasche. Ich muss gar nicht nachsehen, um zu wissen, dass es Lennart ist. Seit ich ihn neulich am Telefon so knapp abgefertigt habe, schickt er mir eine Nachricht nach der nächsten. Natürlich will er unbedingt wissen, was los ist. Was er falsch gemacht hat. Warum ich so merkwürdig bin. Wieso ich nicht mit ihm rede. Ich habe schon hundertmal verflucht, dass ich überhaupt rangegangen bin. Aber aufgegeben hätte er sowieso nicht.

»Du kannst ruhig deine Nachrichten checken.« Emilia stellt eine Platte mit Fingerfood auf den Tisch, dann schenkt sie uns beiden nach und setzt sich wieder neben mich.

»Später«, sage ich.

»Verstehe schon. Du willst nicht belauscht werden.« Sie grinst wissend. »Ich bin auch gar nicht neugierig.«

»Lass uns erst mal weitermachen«, schlage ich vor und stecke mir eine Olive in den Mund.

Ich zeige ihr die Team-Fotos. Den Oberkellner Joakim beim Cocktailmixen, den Chefkoch Magnus beim Abschmecken der Fischsuppe, den Haustechniker Carl bei der Reparatur eines Fitnessgerätes, die SPA-Leiterin Stina bei der Vorbereitung eines Sauna-Aufgusses.

»Alle sehr gelungen, mitten aus dem Leben.« Emilia ist zufrieden, und ich bin erleichtert. Natürlich weiß ich ja, dass es an den Fotos im Grunde nichts auszusetzen gibt, aber manchmal können Kunden ganz schön kompliziert sein. Plötzlich wollen sie das Gegenteil dessen, was ursprünglich vereinbart war, oder irgendein unwichtiges Detail stört sie plötzlich so sehr, dass sie deswegen alles infrage stellen.

Bevor wir weitermachen können, klingelt Emilias Handy. Sie wirft einen Blick aufs Display, dann steht sie auf. »Da muss ich rangehen. Sorry.« Sie geht außer Hörweite, was ich etwas merkwürdig finde. Sonst ist sie nicht so pingelig. Aber wer weiß, womöglich ist es ihr Schamane. Oder ihr Lover. Grinsend knabbere ich ein paar Nüsse. Manchmal habe ich einfach zu viel Fantasie. Das passt beides nicht zur bodenständigen Emilia.

Ich öffne schon mal die Diashow mit den letzten noch

verbliebenen Fotos. Zara, wie sie die Laken kontrolliert. Zara, die in ihr Tablet vertieft ist und mit einer anmutigen Handbewegung etwas eintippt. Zara, wie sie in ihren hohen Absätzen und dem kurzen Rock die Funktionstüchtigkeit des Rollladens checkt.

»Last, but not least – unsere Chefin des Housekeeping.« Emilia ist zurück und nippt an ihrem Merlot. Etwas in ihrem Tonfall lässt mich aufmerken.

»Du magst sie nicht?« Es ist der Wein, der mich unüberlegt damit herausplatzen lässt. Wo ist sie geblieben, die professionelle Distanz?

Emilia schnaubt. »Zara ist wirklich gut in ihrem Job, aber Freundinnen werden wir definitiv niemals. Meine Mutter hat mir schon verraten, dass sie dir beim Shooting das Leben schwer gemacht hat.«

»Na ja, es lief mit ihr nicht ganz so rund wie mit den anderen, aber am Ende haben wir ja noch ganz schöne Fotos bekommen.« Ich versuche, nun doch möglichst neutral zu bleiben.

Emilia schaut mich durchdringend an. »Sag mal, dass du meinen Bruder neuerdings ghostest, hat nicht zufällig mit ihr zu tun?«

Mich überläuft es heiß und kalt. »Wie kommst du denn darauf?«, erwidere ich hilflos. Jetzt mit Emilia über mein chaotisches Liebesleben zu reden, ist das Letzte, was ich will!

»Sei wenigstens ehrlich, Isabel, das bist du mir schuldig. Ich merke doch, dass etwas nicht in Ordnung ist. Und gerade hat er mir erzählt, dass du seit Tagen nicht auf seine Nachrichten und Anrufversuche reagierst. Er ist völlig verzweifelt und kann sich keinen Reim darauf machen. Und ich offen gestanden auch nicht.«

Ich schlucke. Natürlich habe ich damit gerechnet, dass sich Lennart seiner Schwester irgendwann anvertraut. Aber hätte das nicht Zeit bis morgen Abend gehabt, wenn ich im Flieger nach Frankfurt sitze?

Alles abzustreiten, hat wohl keinen Zweck. Emilia weiß Bescheid. Für einen Moment denke ich darüber nach, ihr die Wahrheit zu erzählen. Aber wozu das alles? Eigentlich will ich nicht, dass die Ingvarssons von meiner Verbindung zu Oscar erfahren. Und die zickige Zara kommt da als Ausrede wie gerufen.

»Nun ja, immerhin waren die beiden drei Jahre lang ein Paar, und Zara ist davon überzeugt, dass sie ihre Krise überwinden werden. Sie ist wild entschlossen, Lennart zu heiraten. Was glaubst du denn, wie ich mich gefühlt habe, als sie mir das alles um die Ohren gehauen hat? Ich bin fast fünfzig, keine fünfzehn mehr. Und doch kam ich mir so vor. Verletzt, gedemütigt und verwirrt.«

Emilia starrt mich an, als hätte ich gerade die Ebba-Saga auf Altnordisch vorgetragen. »Nicht dein Ernst.«

»Dass ich enttäuscht bin? Mein voller Ernst.«

»Nein, dass du dieser Ziege glaubst.«

»Aber ...«

»Hör mal zu, Isabel. Mein Bruder ist ein feiner Kerl. Er würde nie zweigleisig fahren. Das mit dir war für ihn mehr als nur ein Sommerabenteuer, das habe ich ihm sofort angesehen. Warum vertraust du ihm weniger als Zara?«

Weil er mir Unglück bringt. Weil er Oscars Leben aufs

Spiel gesetzt hat. Weil es ein Fehler war, ihn überhaupt an mich heranzulassen.

Ich bringe kein Wort heraus.

Emilia schüttelt bloß den Kopf. Dann schnappt sie sich meinen Laptop und löscht kurzerhand den Ordner mit Zaras Fotos.

»Was tust du denn da?«, rufe ich erschrocken. »Wenn ich die Bilder nicht schon in die Cloud hochgeladen hätte, wäre jetzt ein halber Tag Arbeit futsch.«

In meiner Hosentasche brummt es erneut.

Emilia schaut mich ernst an. »Hier ist kein Platz für Lügnerinnen, Stalkerinnen und Intrigantinnen.«

Tränen schießen mir in die Augen. Dass sie von mir enttäuscht sein würde, war mir klar. Aber diese Verachtung in ihrer Stimme tut schon weh.

»Verstehe«, murmele ich. Wie ferngesteuert klappe ich meinen Laptop zu und stehe auf.

»Na, dann weißt du ja auch, dass die gelöschten Fotos kein Verlust sind«, sagt Emilia. »Zara Lund arbeitet nicht mehr für uns.«

Kapitel 21

Vogelperspektive

Ich schnalle mich an und schalte mein Handy aus. Dass ich zwischen einem korpulenten, stark schwitzenden Herrn und einer Mutter mit Baby auf dem Schoß eingeklemmt sitze, macht mir ausnahmsweise nicht viel aus. Hauptsache, wir starten bald.

Noch zehn Minuten, bis wir abheben. Planmäßig jedenfalls. Nach wie vor strömen Reisende herein, suchen ihre Plätze, quetschen sich aneinander vorbei und verstauen ihr Handgepäck in den Klappfächern über den Sitzreihen.

Ich atme durch. Erleichterung durchflutet mich. Ich habe es tatsächlich geschafft – auch das letzte Shooting ist im Kasten. Eigentlich hatte ich richtig viel Spaß mit den Zwillingen und Emilia in Junibacken. Auch mit fast fünfzig wird man wieder zum Kind, wenn man in der Astrid-Lindgren-Welt dieses Museums unterwegs ist, das natürlich eine perfekte

Kulisse für unsere Fotos darstellte. Ich habe die Zwillinge gemeinsam beim Stöbern in der Kinderbuchhandlung abgelichtet und dann noch mal einzeln: Hugo in Michel aus Lönnebergas Tischlerschuppen, Ebba auf Pippi Langstrumpfs Veranda. Die beiden waren Feuer und Flamme und haben super mitgemacht. Sie können wirklich total entzückend sein.

Ich habe mir nichts anmerken lassen. Erst als wir am Nachmittag zurück ins Hotel kamen, habe ich Emilia gestanden, dass ich heute noch abreise. Vor ihrer Reaktion hatte ich ein bisschen Bammel, das muss ich zugeben. Und natürlich war sie so enttäuscht, wie ich es erwartet habe. Aber wirklich überrascht wirkte sie eigentlich nicht.

»Hast du Lennarts Nachrichten überhaupt gelesen?«, wollte sie wissen, während sie mich zum Flughafen Arlanda chauffierte. Darauf hat sie bestanden. Und ich war wirklich dankbar dafür, mit meinen zahlreichen Gepäckstücken nicht den Shuttlebus nehmen zu müssen.

»Ehrlich gesagt – nein«, gab ich zu.

»Tu mir einen Gefallen und höre wenigstens seine letzte Sprachnachricht ab. Das hat er verdient. Und vielleicht wird dir dann klar, dass deine überstürzte Abreise ein Fehler ist.«

In diesem Moment konnte ich nicht anders, ich musste es ihr einfach versprechen. Aber ich werde damit warten, bis ich zu Hause bin. Bevor der Klang seiner Stimme mich womöglich noch dazu bringt, mich abzuschnallen und aus dem Flieger zu stürmen, als wäre das hier ein kitschiger Liebesfilm. Denn im wirklichen Leben wäre es ein Riesenfehler. Egal, was Lennart mir zu sagen hat, es wird nichts an meiner Entscheidung ändern. Das weiß ich jetzt schon.

Die Flugbegleiterinnen schließen jetzt die Kabinentüren, kontrollieren die Gepäckfächer und beginnen dann mit den Sicherheitseinweisungen. Notausgänge, Sauerstoffmasken, Schwimmwesten, Evakuierungsprozedur.

Ich stelle fest, dass die meisten Passagiere überhaupt nicht aufpassen, was da erklärt und vorgeführt wird. Entweder fliegen sie dermaßen oft, dass sie das Ganze ohnehin schon auswendig mitbeten könnten, oder sie ziehen es vor, die Möglichkeit eines Notfalls ganz einfach zu ignorieren. Augen zu und durch.

Keine sehr vernünftige Strategie, aber eine, die mir bekannt vorkommt. So mogele ich mich auch oft durchs Leben. Jetzt gerade beispielsweise. Statt mich – wie eine Erwachsene – mit Lennart auseinanderzusetzen, haue ich einfach ab.

Wobei – eigentlich ist der Notfall ja längst eingetreten, und ich befinde mich sozusagen auf der mentalen Evakuierungsrutsche. Es ist also nicht feige von mir, das Land zu verlassen, ohne mit ihm gesprochen zu haben, sondern instinktiv richtig. Reiner Selbsterhaltungstrieb.

Mein Sitznachbar zur Rechten – der füllige Herr – krallt seine Finger verdächtig um die Armlehnen, sodass die Knöchel weiß hervortreten. Klarer Fall von Flugangst. Auch das noch.

»Es wird schon alles gut gehen«, versuche ich ihn zu beruhigen.

»Sie haben wohl Routine, oder?«, fragt er mit bebender Stimme. Er ist voll im Krisenmodus, eindeutig.

»Kann ich nicht behaupten. Ich fahre sonst lieber mit der

Bahn. Aber diesmal hab ich's eilig.« Ich will weg, einfach nur weg von hier.

»Zugreisen sind noch gefährlicher«, doziert er. »Rein statistisch kommt es pro einer Milliarde Reisekilometer mit der Bahn zu null Komma null drei Todesfällen, das sind zehnmal mehr als mit dem Flugzeug, denn da sind es bloß null Komma null null drei Todesfälle.« Auf seiner Oberlippe bilden sich Schweißtropfen, doch die Konzentration auf nackte Zahlen scheint ihn zu beruhigen – oder jedenfalls abzulenken.

Die Triebwerke heulen auf, wir starten sicher in Kürze. Hoffentlich bekommt mein Sitznachbar dann keine Panikattacke! Um das zu verhindern, beschließe ich, ihn in ein Gespräch zu verwickeln. Egal, wie langweilig ich seine Statistiken finde.

»Ach, und wie sieht es mit dem Auto aus?«, heuchele ich Interesse.

»Schlimm. Zwei Komma neun Tote pro eine Milliarde Kilometer.«

Mir persönlich kommt das immer noch relativ wenig vor. Ich meine – wer fährt schon eine Milliarde Kilometer? Selbst wenn ich täglich tausendfünfhundert Kilometer schaffen würde, was in etwa der Entfernung von Heidelberg nach Stockholm entspricht, käme ich im Jahr gerade mal auf etwas mehr als fünfhunderttausend Kilometer. Das wären fünf Millionen Kilometer in zehn Jahren und fünfzig Millionen in einem Jahrhundert. Für eine Milliarde Kilometer müsste ich fast zweitausend Jahre lang täglich diese Strecke überwinden. Im Grunde ist es also jenseits allen Vorstellbaren.

»Gefährlicher sind nur noch das Fahrrad und das Motorrad«, fährt mein noch immer schwitzender Sitznachbar fort, der vor lauter Zahlen allerdings überhaupt nicht mitbekommt, dass wir längst abgehoben haben.

»Gibt es denn ein Verkehrsmittel, das sicherer ist als das Flugzeug?«, will ich wissen.

»Das Schiff«, erwidert er prompt. »Da gibt's nur null Komma null null null null eins Todesfälle pro eine Milliarde Kilometer. Leider ist Erfurt mit dem Schiff so schwer zu erreichen. Ich muss also von Frankfurt aus den ICE nehmen. Maximales Risiko.«

Bei der Vorstellung, dass er womöglich ernsthaft versucht hat, eine solche Verbindung zu buchen, muss ich mir das Lachen verkneifen.

»Nun sitzen wir im zweitsichersten Verkehrsmittel. Ich finde das schon ziemlich beruhigend.«

Er seufzt und schaut mit kritischem Blick aus dem Fenster. Dabei ist der Anblick wunderschön. Stockholm mit seinen Prachtbauten, der herrlichen Altstadt, den vielen Wasserstraßen und all den Parks wird mit jeder Sekunde und jedem Meter, den wir mehr an Höhe gewinnen, kleiner. Die Stadt wirkt im goldenen Abendlicht wie das Ölgemälde eines alten Meisters. Nur dass es kaum Ölgemälde alter Meister in Vogelperspektive gibt. Offen gestanden fällt mir gerade kein einziges ein.

Mein Sitznachbar schließt die Augen. Anscheinend will er nichts mehr sehen oder hören. Wäre mir ganz recht, wenn er bis zur Landung schlafen würde, denn auf noch mehr Todesfallstatistiken habe ich nun doch keine Lust.

Als wir die Flughöhe erreicht haben und das Bitte-an-schnallen-Licht ausgeht, wird mir klar, dass unser Gespräch nicht nur dazu gedient hat, ihn abzulenken, sondern auch mich. Zwar leide ich nicht unter Flugangst, wohl aber an Selbstzweifeln. War es richtig, einfach abzureisen? Hätte ich Lennart doch noch die Chance geben sollen, mir seine Sicht der Dinge zu schildern? Warum habe ich mich so dagegen gewehrt, ihm alles über Oscar zu erzählen? Hätte ein offenes Gespräch darüber, was damals passiert ist, mir vielleicht sogar helfen können, meine Trauer zu verarbeiten?

Jetzt, da wir in zehntausend Metern Höhe sind, lösen sich diese Fragen in Luft auf. Sie sind nicht mehr wichtig. Ich habe mich entschieden.

Als links neben mir das Baby zu wimmern beginnt, mache ich es meinem Nachbarn zur Rechten nach und schließe einfach die Augen.

Warum kommen eigentlich die Koffer aller anderen immer viel schneller als die eigenen? Ich stehe seit einer gefühlten Ewigkeit an einem der Gepäckbänder des Frankfurter Flughafens und beobachte, wie ein Stück nach dem anderen abgeholt wird.

Ob Olivia wohl schon da ist? Sie wollte es sich nicht nehmen lassen, mich abzuholen. Was mir sehr recht ist – jetzt noch mit der Bahn nach Heidelberg zu gurken, inklusive zweimal umsteigen, wäre wirklich lästig gewesen. Andererseits will Olivia garantiert einen ausführlichen Statusbericht, und ehrlich gesagt steht mir der Sinn viel mehr nach Ruhe. Erst mal daheim ankommen. Ein Glas Wein, ein Buch, dann früh ins Bett. Hoffentlich hat meine Freundin dafür Verständnis.

Weil mein Gepäck immer noch nicht in Sicht ist, nutze ich die Wartezeit, um mein Handy wieder einzuschalten. Tatsächlich, da ist eine WhatsApp von Olivia.

> Hallo Isabel, ich warte in der Ankunftshalle auf dich. Keine Sorge – ich werde dich nicht mit Fragen löchern. Bestimmt bist du total müde und hungrig. Ich hab einen Korb mit Wein, Brot und Käse für dich dabei. Und wenn du dich fragst, wie du das jemals wiedergutmachen kannst: Ganz einfach – mit einer Einladung zum Italiener. Morgen oder so? Ich freu mich!

Ich muss grinsen. Olivia ist die weltbeste Freundin, die ich mir vorstellen kann. So unterschiedlich wir auch sind, wir kennen einander in- und auswendig und respektieren die Besonderheiten der anderen. Ich glaube, darauf kommt es ganz entscheidend an. Ob in Freundschaften, im Job oder in Beziehungen: das Anderssein der anderen einfach hinnehmen, statt es als Fehler zu betrachten und zum Anlass zu nehmen, sie permanent zu kritisieren.

Ich will mein Handy schon ausmachen, da fällt mein Blick auf eine weitere eingegangene Nachricht. Lennarts Voicemail. Ich habe Emilia versprochen, sie abzuhören. Und auch wenn sie das nicht nachprüfen kann, würde ich es nicht übers Herz bringen, mein Wort zu brechen.

Eigentlich wollte ich warten, bis ich zu Hause bin. Aber

auf einmal halte ich diese Idee für ziemlich mies. Schließlich bin ich nach Deutschland zurückgekehrt, um Lennart und all das, was zwischen uns war, hinter mir zu lassen. Da wäre es doch ziemlich kontraproduktiv, ihn in mein privates Umfeld eindringen zu lassen – und sei es nur mit seiner Stimme.

Nein, am besten bringe ich es sofort hinter mich. Gleich hier am Gepäckband, dem wohl unromantischsten Ort weit und breit.

Ich zögere kurz, atme tief durch – und drücke dann auf Wiedergabe.

Hej, Bella! Ich kann nicht aufhören, Tag und Nacht an dich zu denken. Und ich will nicht glauben, dass es dir anders geht. Dass ich mich so getäuscht haben soll. Nach unserer magischen Nacht auf der Insel hatte ich das Gefühl, dass unsere gemeinsame Geschichte gerade erst anfängt. Dass du meine Gefühle erwiderst. Dass wir füreinander bestimmt sind. Aber dann hast du mich regelrecht geghostet …

Was ist los, Isabel? Was habe ich falsch gemacht? Oder liegt es an Zara? Emilia hat angedeutet, dass sie mit dir gesprochen hat. Glaub mir, was immer sie gesagt hat, es hat nichts mit uns zu tun.

Ja, ich hatte vor Jahren mal eine kurze Affäre mit ihr. Aber Zara und ich, wir passen einfach nicht zusammen, und deshalb habe ich das bald beendet. Ganz egal, was sie also behauptet hat, vergiss es bitte ganz schnell wieder.

Bella, ich … Ja, ich sag's jetzt einfach geradeheraus: Ich habe mich in dich verliebt. Und es ist lange her, dass ich so etwas empfunden habe. Dass ich diese Worte zu einer Frau gesagt habe.

Viel lieber würde ich dir dabei in die Augen schauen, dich berühren, deine Reaktion wahrnehmen. Aber ich kann einfach nicht damit warten, bis wir uns am Freitag treffen. Ich zähle schon die Sekunden, bis wir uns endlich wiedersehen. Bitte sag mir, dass du genauso empfindest!

Oder sag wenigstens überhaupt etwas. Wenn deine Gefühle für mich nicht so stark sind wie meine für dich, dann wird mich das zwar fertigmachen, aber ich werde damit leben können. Womit ich aber überhaupt nicht zurechtkomme, ist, gar nichts von dir zu hören. Bitte, Bella, gib uns eine Chance!

Ich merke, dass ich die ganze Zeit über die Luft angehalten habe. Erst als die Nachricht zu Ende ist, atme ich weiter. Dann höre ich sie gleich noch einmal an. Lennarts Stimme klingt so vertraut! Und so liebevoll. Wenn es um Zara geht, hört er sich wütend und bitter an, doch am Ende, als er mich anfleht, uns eine Chance zu geben, sprechen pure Verzweiflung und Sehnsucht aus ihm.

Hätte ich diese Worte gehört, bevor ich das verräterische Bild in Emilias Wohnung entdeckt habe, wäre ich überglücklich gewesen. Er hat sich in mich verliebt! Unsere gemeinsame Nacht bedeutet viel mehr als nur eine Affäre für ihn. Er kann sich sogar eine Zukunft mit mir vorstellen.

Genauso habe ich auch empfunden, als wir vor nicht einmal einer Woche Hand in Hand durch Södermalm spaziert sind. Es kommt mir vor wie in einem anderen Leben.

Und wenn ich ehrlich bin, erwidere ich seine Gefühle trotz allem noch. Ja, ich habe mich auch in Lennart verliebt. Das ist ja das Furchtbare! Ausgerechnet in ihn. Von allen Männern auf der Welt musste es dieser eine sein, der mein Herz berührt. Der Mann, dessen Existenz untrennbar mit

Oscars Tod verknüpft ist. Und den ich nie wieder werde anschauen können, ohne an den schmerzhaften Verlust zu denken, der mich mein halbes Leben gekostet hat. Es ist zum Heulen.

Erst als mir eine junge Frau auf die Schulter tippt und ein Papiertaschentuch reicht, registriere ich, dass ich genau das tue. Tränen fließen mir über die Wangen, ich wische sie mit dem Handrücken weg und trockne mein Gesicht dann mit dem Papiertuch.

»Danke«, krächze ich.

»Gerne. Geht es Ihnen nicht gut? Kann ich sonst irgendwas für Sie tun?«, fragt sie besorgt.

»Das ist lieb, aber nein, ich warte bloß auf mein Gepäck.«

Da fällt mein Blick auf den Trekkingrucksack und den Koffer, die offenbar auf dem Förderband an mir vorbeigerumpelt sind, ohne dass ich es bemerkt habe, und gerade wieder hinter dem schwarzgummierten Vorhang verschwinden. Mir bleibt nichts übrig, als die nächste Runde abzuwarten.

Das reicht locker, um Lennarts Nachricht noch ein letztes Mal abzuspielen. Es zerreißt mir das Herz. Anschließend schreibe ich zurück:

Es tut mir sehr leid. Das mit uns war ein Fehler. Bitte vergiss mich.

Und dann lösche ich seinen Kontakt.

Kapitel 22

Fokus

»Es ist so schön, wieder hier zu sein«, sage ich zum bestimmt dritten Mal, und dabei sind wir gerade erst zur Tür hereingekommen. Die Ereignisse in Stockholm scheinen so weit weg wie ein halbes Leben, obwohl ich erst gestern zurückgekehrt bin. Alles fühlt sich so wohltuend vertraut an, als wäre ich nie fort gewesen. Giovanni, der Inhaber, führt uns zu unserem Lieblingsplatz – einem Zweiertisch in einer kuscheligen Nische. Hier sind wir ziemlich für uns, obwohl das *Dolce Vita* wie immer gut besucht ist. Hätte Olivia nicht reserviert, wäre bestimmt nichts mehr frei gewesen, immerhin ist es Freitag, und bei Giovanni essen zu gehen, ist der perfekte Start ins Wochenende. Doch weil es heute regnet, ist der Biergarten leider geschlossen.

»Ich bin auch froh, dass du wieder da bist.« Olivia legt den Kopf schief und mustert mich ganz genau. »Aber bist du dir wirklich sicher, dass dein Herz nicht in Stockholm geblieben ist?«

»Aus welchem Schnulzenschlager stammt denn diese Zeile?«, ziehe ich sie auf, doch mein Lachen klingt nicht ganz echt.

Giovanni stellt uns ungefragt eine große Flasche stilles Acqua Morelli und eine Schale mit Pistazien hin. »Ich habe einen neuen Rotwein im Angebot«, sagt er dann, »einen Girò aus Sardinien. Eher leicht, aber vielschichtig, sehr beerig. Wollt ihr probieren?«

Auf Giovannis Empfehlungen verlassen wir uns blind, zumal er den Geschmack seiner Stammkunden genau kennt – und dazu zählen wir definitiv. Seit über zehn Jahren kommen Olivia und ich mindestens einmal im Monat hierher.

»Gerne«, sagt Olivia, und ich nicke.

»*Perfetto*. Ich bring euch gleich mal die Tafel mit den Tagesgerichten. Die normale Karte kennt ihr ja eh auswendig.« Giovanni schmunzelt, und sein von weißen Locken umrahmtes Gesicht mit dem üppigen Schnurrbart sieht dabei aus wie das von Tom Hanks als Meister Geppetto in der neuesten Pinocchio-Verfilmung. Seine Augen blitzen vor Schalk und Güte.

»Ich lass mich gern überraschen«, sage ich spontan, und Giovanni hält erstaunt inne.

»Ich auch«, schließt sich Olivia an.

»*Grazie* für euer Vertrauen. Dann lass ich euch was Fantastisches zaubern.« Mit diesen Worten verschwindet er in Richtung Küche.

»Seit wann bist du denn so impulsiv, meine Liebe?« Olivia grinst. »So kenne ich dich ja gar nicht.«

»Du tust ja so, als wäre ich eine spröde, kontrollsüchtige Spaßbremse.«

»Das hast *du* gesagt. Ich würde dich eher als besonnen, planvoll und diszipliniert beschreiben. Und neuerdings offenbar auch ein bisschen leichtsinnig.«

»Du sprichst von …« Ich breche ab. Eigentlich will ich nicht über Lennart reden. Aber das lässt sich wohl nicht vermeiden. Schließlich hat Olivia aus der Ferne meine emotionale Achterbahnfahrt mitverfolgt, mir zugehört und gemeinsam mit mir gelitten. Es wäre ziemlich unfair, ihr jetzt damit zu kommen, das Ganze sei meine Privatsache.

Giovanni verschafft mir eine kurze Auszeit. Er serviert den Wein und wartet gespannt unser Urteil ab. Wir prosten einander zu und nippen an unseren Gläsern.

»Sehr fruchtig. Ein toller Sommerwein«, findet Olivia.

Ich weiß, wie sehr Giovanni wortreiche Lobhudeleien auf seine Empfehlungen schätzt, deshalb zähle ich alle Aromen auf, die ich herausschmecke: »Das Bouquet erinnert an Himbeeren, Kirschen und Pflaumen«, sage ich, »mit feinen Noten von Wildkräutern, Lakritze und Zimt.«

Giovanni strahlt. »Du bist eine echte Kennerin, Isabel.« Und an Olivia gerichtet: »Du natürlich auch.« Wir widersprechen ihm nicht, um ihm die Freude nicht zu verderben – aber eigentlich sind wir vor allem Genießerinnen. Wir haben keine Ahnung von Rebsorten, Lagen und Jahrgängen, sondern wissen einfach nur, was uns schmeckt.

Dann sind wir wieder allein. Ich habe inzwischen echt Appetit und knabbere ein paar Pistazien.

»Stockholm hat dich verändert«, nimmt Olivia unser

Gespräch wieder auf. »Allein schon, was du da anhast. Große Klasse, dieser Overall in Schwarz und Orange. Ein echter Hingucker. So ein gewagtes Outfit hätte ich dir nie zugetraut. Aber es steht dir super!« Sie selbst trägt ein royalblaues Sommerkleid und ein farbig passendes Haarband in den dunklen Locken. Stilsicher wie immer. »Dieser Lennart hat dir gutgetan.«

»Ich kann es selbst kaum fassen, dass ich im hohen Alter noch meine Liebe zur Mode entdecke. Aber damit hat Lennart nichts zu tun, das verdanke ich vielmehr seiner Schwester Emilia und deren Freundin Leyla, die eine wunderschöne Secondhand-Boutique führt und mich super beraten hat.«

Olivia winkt ab. »Dann eben seine Schwester. Aber dass du irgendwie verwandelt bist, liegt vor allem an ihm. Gib's zu!«

Sie hat recht. Aber dann auch wieder nicht. Wie soll ich ihr das nur plausibel machen? »Schweden war bloß eine Episode, und Lennart ... na ja, nicht gerade ein Fehler, aber er ist auch kein potenzieller Partner, mit dem eine Zukunft möglich wäre. Immerhin hat er mich wach geküsst.«

»Und wer redet jetzt in Schlagertexten?«

Ich lächele. »Liebe ist doch immer irgendwie kitschig, oder? Aber darüber bin ich hinweg. Jetzt muss ich wieder anfangen zu leben, und zwar hier, in meiner Heimat, nicht in Stockholm. Glaub mir, ich bin mit mir im Reinen.«

Olivia wirkt nicht gerade überzeugt. Wahrscheinlich, weil ich es selbst nicht bin.

Giovanni hat seinen großen Auftritt. Er serviert Olivia gebratene Kalbsleber auf buntem Sommersalat und mir Kräutergarnelen an Zitronenspaghetti. Wir machen »Ah« und »Oh« und bedanken uns für die wirklich gelungene Überraschung. Beides steht normalerweise nicht auf der Karte, entspricht aber exakt unseren Vorlieben.

»Schmeckt fabelhaft«, rufe ich voll ehrlicher Begeisterung aus, nachdem ich probiert habe.

»Butterzart, einfach perfekt«, schwärmt Olivia.

Mit einem zufriedenen Geppetto-Lächeln und einer angedeuteten Verbeugung lässt uns Giovanni wieder allein. Wir konzentrieren uns darauf, die köstlichen Kreationen seiner Köche zu genießen. Tatsächlich leeren wir unsere Teller beide komplett – denn auch die Menge ist optimal bemessen. Nicht zu wenig und nicht zu viel. *Precis lagom*, wie man in Schweden sagen würde.

»Hach, war das gut. Man sagt ja, Essen sei der Sex des Alters. Wobei, dafür sind wir ja noch ein bisschen zu jung. Apropos – wolltest du mir nicht noch ein paar Details von deiner romantischen Nacht mit Lennart erzählen?« Olivia kann es einfach nicht lassen.

»Puh, für diese Überleitung gibt's eine Vier minus«, erwidere ich. »Zu plump, zu weit hergeholt, zu sehr aus dem Zusammenhang gerissen.«

Sie streckt mir die Zunge raus. »Und du alte Streberin bekommst eine Zwei plus – für die gelungene Parodie der Pingelliese.« Wenn man Deutschlehrerin ist, in der pubertären Mittelstufe unterrichtet und Frau Pingel heißt, muss man sich nicht wundern, so einen Spitznamen abzubekommen, vor allem, wenn man sich durch Kleinkariertheit und ein ausgeprägtes Humordefizit auszeichnet. Jedenfalls war das in unserer Schulzeit so, und ich würde jede Wette eingehen, dass sich daran nichts geändert hat.

»Zurück zu Lennart. Du hast ihn also nicht wieder getroffen?«

Ich schüttele den Kopf. »Ursprünglich war geplant, dass wir uns heute sehen. Bevor ich bei Emilia war und dieses Foto entdeckte. Deshalb habe ich ja so auf die Tube gedrückt und bin gestern schon abgereist – denn danach wollte ich ihm nicht mehr begegnen.«

»Das heißt, der Ärmste ist voller Sehnsucht und Leidenschaft aus Helsinki zurückgekehrt, nur um festzustellen, dass du schon weg bist?«

Empört verschränke ich die Arme vor der Brust. »Hey, hast du jetzt etwa Mitleid mit ihm statt mit mir?«

»Ein bisschen schon«, sagt Olivia und nimmt mir damit den Wind aus den Segeln. »Er weiß schließlich nicht, was in dich gefahren ist.«

»Ich konnte nicht mit ihm über das Foto reden. Oder über Oscar. Das hätte ich nicht ertragen.« Eigentlich habe ich geglaubt, Olivia stünde in dieser Sache voll hinter mir. Immerhin hat sie damals meinen Zusammenbruch miterlebt, als ich von Oscars Tod erfahren habe, und weiß zu gut, dass ich auch nach all den Jahren noch immer nicht darüber hinweg bin. Wie kann sie mir nun so in den Rücken fallen und sich mit Lennart solidarisieren? Andererseits hat sie nicht ganz unrecht. Lennart kann sich auf mein Verhalten keinen Reim machen. Wenn ich mich – was mir widerstrebt – in ihn hineinzuversetzen versuche, wird mir klar, dass mein Verhalten ihn extrem irritieren muss.

»Na ja, er denkt vermutlich, das sei alles wegen Zara.«

»Zara?« Olivias Gesicht ist ein einziges Fragezeichen.

»Ach, stimmt ja, von ihr habe ich dir ja noch gar nicht erzählt.« Ich muss mich kurz sammeln und rekapitulieren, wann ich Olivia zuletzt ein ausführliches Update gegeben habe. Das war wohl kurz vor dem unsäglichen Zara-Shooting.

Bevor ich mit meinem Bericht loslegen kann, taucht Giovanni wieder auf, um abzuräumen und sich in unseren Lobeshymnen zu sonnen. Er will uns unbedingt einen Schnaps ausgeben, aber ich nehme lieber einen Espresso, und Olivia schließt sich mir an.

»*Subito, due espressi*«, wiederholt er auf Italienisch, weil das ein bisschen zur Folklore dieses Restaurants gehört – eigentlich spricht Giovanni akzentfreies Deutsch, aber nur in seiner Freizeit.

Ich warte bis er – »*prego*« – die Tassen, den Zucker und die Mandelplätzchen auf den Tisch gestellt hat. Als wir wieder unter uns sind, starte ich meinen Bericht. Erzähle von Zaras provokantem Auftritt, ihrem affektierten Posing, ihrer latenten Aggressivität und schließlich ihrem Anspruch auf Lennart.

»Die beiden sind ein Paar? Hat er sie etwa mit dir betrogen?« Olivias Verständnis für Lennart ist wie weggeblasen. Für untreue Kerle hat sie nichts übrig.

»Das hat sie jedenfalls behauptet. Sie sprach von einer kurzen Beziehungspause, die aber sicher bald überwunden sei. Es hörte sich für mich fast an, als seien sie so gut wie verlobt. Doch die Ingvarssons scheinen nicht gut auf sie zu sprechen zu sein. Offenbar übertreibt sie maßlos und ist eher eine Stalkerin als Lennarts Zukünftige.«

Ich weiß gar nicht, warum ich ihn gerade so leidenschaftlich verteidige. Eigentlich kann es mir ja nur recht sein, wenn Olivia das Thema Lennart fallen lässt, und sei es aus den falschen Gründen.

»Und wie sieht sie aus, diese Zara?«

Ich ziehe eine Grimasse. »Leider fantastisch. Top-Figur, tolle Beine, dunkle hüftlange Haare, ein ebenmäßiges Gesicht … Nur leider ist es meistens zu einer eher unattraktiven Grimasse verzogen. Sie wirkt entweder mürrisch oder beleidigt oder hochnäsig oder zänkisch.«

»Das können selbst die schönsten Beine nicht wettmachen«, findet Olivia. »Aber sei mir nicht böse, ich versuche jetzt einfach mal, neutral zu sein. Bist du dir ganz sicher, dass sie diejenige ist, die gelogen hat? Oder zumindest übertrieben?«

Ja, das bin ich. »Du hättest erleben sollen, wie Emilia auf den Namen Zara Lund reagiert hat. Und Maj-Britt Ingvarsson erst!«

Olivia zuckt mit den Schultern. »Hörensagen. Das ist vor Gericht nicht verwendbar.«

Ich muss lachen. »Du hast definitiv zu viele Staffeln *Suits* gesehen.« Dann werde ich wieder ernst. »Er hat es mir selbst gesagt.«

»Wer – Lennart?« Olivia starrt mich verblüfft an. »Ich dachte, ihr habt gar nicht telefoniert?«

»Haben wir auch nicht. Aber er hat mir unzählige Nachrichten geschickt.«

»Die du allesamt gelöscht hast.«

»Bis auf eine.« Ich schlucke. »Darin hat er mir seine Gefühle gestanden. Und dass er sich mit mir eine Zukunft vorstellen kann.«

»Wow.« Ich erlebe Olivia zum ersten Mal an diesem Abend sprachlos. Doch sie erholt sich rasch. »Und das hat dich nicht umgehauen, Isabel?«

»Doch, hat es. So sehr, dass mir eine fremde Frau am Frankfurter Flughafen ein Taschentuch gereicht hat, damit ich meine Tränen trocknen konnte.« Ich seufze. »War vielleicht doch keine so brillante Idee, die Voicemail in aller Öffentlichkeit abzuhören.«

Olivia legt ihre Hand auf meine. »Das muss wehtun, ich verstehe das. Und ich will dich auch nicht quälen. Alles, was ich will, ist, dir zu helfen. Du musst deine Gedanken ordnen, um wieder klar sehen zu können.«

Ich schließe die Augen für ein paar Sekunden. »Du hast recht. Ich bin total durcheinander. Da ist einerseits diese Sache mit Zara. Ich weiß inzwischen zwar, dass Lennart überhaupt nichts mehr für sie empfindet, womit der Weg für uns eigentlich frei wäre. Aber andererseits brauche ich Zara als Vorwand, weil ich ihm meine wahren Gründe nicht verraten will, was ihn wiederum … Ach, es ist alles so kompliziert.«

Olivia gibt Giovanni ein Zeichen, dass wir zahlen wollen. Vermutlich befürchtet sie, dass ich einen Nervenzusammenbruch erleide, und dafür ist das *Dolce Vita* nun wirklich nicht die passende Umgebung.

»Ich wollte dich doch einladen, nicht umgekehrt«, wende ich ein, doch da ist es schon zu spät.

»Ich war schneller.« Olivia grinst. »Nächstes Mal bist du dran.«

»*Grazie*, ihr Lieben, *arrivederci*.« Giovanni eilt voraus in Richtung Ausgang und hält uns die Tür auf.

Der Regen hat aufgehört. Normalerweise würden wir uns auf dem Parkplatz verabschieden, und ich würde nach Hause radeln, aber heute bin ich ausnahmsweise mit der Straßenbahn unterwegs.

»Steig ein, ich fahr dich heim«, sagt Olivia. Während sie den Wagen durch die Stadt lenkt, dann den Neckar überquert und sich schließlich meinem Viertel nähert, reden wir kein Wort. Olivia hat ihre Soundanlage voll aufgedreht, wir hören ihre Lieblings-Playlist der Hits des Jahres 1994. Damals, als wir jung waren und das ganze Leben noch vor uns lag, hätten wir uns niemals vorstellen können, dass *The Sign* von Ace of Base, *Saturday Night* von Whigfield und *Cotton Eye Joe* von Rednex einmal Oldies sein würden. Doch die Melodien und Rhythmen wirken wie eine Zeitmaschine und machen uns wieder zu albernen Achtzehnjährigen, und wir singen laut mit, obwohl das Verdeck von Olivias Cabrio offen ist. Doch dann läuft *Love Is All Around* von Wet Wet Wet, und statt dass mir automatisch die Liebesgeschichte zwischen Andie MacDowell und Hugh Grant im Kinofilm *Vier Hochzeiten und ein Todesfall* in den Sinn kommt, denke ich nur an Lennart und mich. »I feel it in my fingers, I feel it in my toes …« – sofort ist die Nacht auf der Schäreninsel wieder ganz präsent. Das Kribbeln, die Romantik, die Nähe, die Leidenschaft. »So if you really love me come on and let it show«, zerreißt mir Marti Pellow mit seiner unverwechselbar sanften Soulstimme das Herz.

Zum Glück ist Olivia empathisch genug, die Musik auszuschalten. Aber andererseits auch hartnäckig genug, mir weiter auf den Zahn zu fühlen. »Apropos *Come on and let it show* – gibt es rein theoretisch etwas, womit Lennart dich umstimmen könnte?«

Ich schüttele energisch den Kopf. »Niemals. Er muss mich vergessen. Und ich ihn.«

»Aber was, wenn er das nicht will? Wenn er einfach nicht aufgibt? Weil seine Gefühle für dich stärker sind?«

Ich seufze. »Er wird schon darüber hinwegkommen.«

Wir halten direkt vor meinem Haus. Vor der Eingangstür steht ein riesiger Blumenkübel mit einem üppigen Rosenbusch darin, an dem mehrere herzförmige Ballons befestigt sind.

Olivia runzelt die Stirn. »Da wäre ich mir nicht so sicher.«

Kapitel 23

Fotobuch

Was ich in meiner Fixierung darauf, so schnell wie möglich nach Hause zurückzukehren, völlig vergessen habe, ist die Tatsache, dass dieses Zuhause ein einziges Chaos ist. Aber ich habe ja eh nichts anderes zu tun, nachdem die finale Bildbearbeitung abgeschlossen und die Dateien an die Ingvarssons übermittelt sind, also konzentriere ich mich in den kommenden Tagen komplett darauf, die Renovierung voranzutreiben.

Es ist schmerzvoll, die Sachen meiner Mutter durchzugehen und bei jedem einzelnen Gegenstand zu entscheiden, ob es entsorgt, aufbewahrt oder gespendet werden soll. Bei der Kleidung ist es einfach – was abgetragen ist, kommt in den Kleidersack, die guten Sachen bringe ich zum Sozialkaufhaus. Dort erfahre ich, dass auch Hausrat, Kleinmöbel und Dekoartikel gerne genommen werden, dass man sie sogar abholt, und ich vereinbare einen Termin dafür.

Damit ich diesen einhalten kann, bin ich gezwungen, ein wenig Tempo zuzulegen. Wer weiß, wie lange ich sonst herumgetrödelt hätte. Ich arbeite fieberhaft und fühle mich wie in einer Zwischenwelt voller Trauer und bewegender Erinnerungen, aber auch Vorfreude darauf, die Räume nach meinem Geschmack zu gestalten und zu meiner Wohlfühloase zu machen.

Der Prozess ist anstrengend und tröstlich zugleich. Ich spüre, dass ich diese Aufgabe viel zu lange vor mir hergeschoben habe. Dass ich sie jetzt endlich in Angriff nehmen kann, hat natürlich auch damit zu tun, dass ich mich selbst ablenken will. Aber es ist schwer, nicht an Lennart zu denken, solange mein Blick jedes Mal, wenn ich das Haus verlasse oder heimkomme oder auch nur aus dem Fenster schaue, auf diesen vermaledeiten Rosenbusch fällt. Die albernen Luftballons habe ich natürlich sofort entfernt und entsorgt, und hätte er mir einen Blumenstrauß geschickt, dann hätte ich auch diesen bedenkenlos in die Tonne gepfeffert. Schnittblumen sind ja ohnehin schon tot. Schöne Leichen, mehr nicht. Lebende Pflanzen wegzuwerfen, nur weil sie an Lennart erinnern, bringe ich jedoch nicht übers Herz. Das hat er sich ja geschickt ausgedacht.

Nachdem das Haus so gut wie leer geräumt ist und ich alles gründlich sauber gemacht habe, kann ich mit der Renovierung loslegen – zunächst mal in dem Raum, der mein Lesezimmer werden soll. Ich fahre zum Baumarkt, um Farbe und Pinsel zu kaufen. Dort lasse ich mich beraten und lerne, dass es damit nicht getan ist: Denn außerdem brauche ich

Grundierung, Farbroller, eine Farbwanne mit Abstreifgitter, Malerkrepp, eine Abdeckplane und Schutzkleidung. Außerdem Spachtel und Spachtelmasse, um kleinere Löcher und Risse vor dem Streichen auszubessern.

»Sind Sie sicher, dass Sie das hinkriegen?« Der junge Verkäufer scheint das stark zu bezweifeln. Tatsächlich ist es meine erste größere Renovierung, aber das kann ja wohl nicht so schwer sein.

»Klar, ich schau mir einfach ein paar Tutorials auf YouTube an«, sage ich.

Bevor ich loslege, mache ich noch einen Abstecher in ein Möbelhaus, um Bücherregale – ganz schlicht in hellem Holz – und einen gemütlichen Sessel samt Fußschemel auszusuchen. Außerdem kaufe ich eine Stehlampe, damit ich beim Lesen gutes Licht habe.

»Holen Sie die Sachen selbst ab oder möchten Sie unseren Lieferservice buchen?«

Da muss ich nicht lange überlegen – den Aufpreis zahle ich gern.

Liefertermin ist Ende der Woche, bis dahin will ich mit dem Streichen meines zukünftigen Lesezimmers fertig sein.

Am Abend mache ich es mir mit dem Laptop auf der Gartenbank gemütlich und schaue mir ein Tutorial nach dem anderen an. Die wichtigsten Tipps notiere ich mir gleich, das meiste ist jedoch so einleuchtend, dass ich es mir auch ohne Spickzettel merken kann. Das kriege ich hin!

Ich stürze mich in das Projekt, als hinge mein Leben davon ab. In den Tutorials hat alles ganz einfach gewirkt und vor allem längst nicht so anstrengend, wie es sich nun anfühlt. Vom ständigen Bücken und Über-Kopf-Arbeiten tun mir bald Rücken und Arme weh. Was aber sicher auch daran liegt, dass ich total untrainiert bin. Vielleicht sollte ich mich in einem Fitnessstudio anmelden?

Damit mir nicht langweilig wird und um mich zu motivieren, lege ich die neunte Sinfonie von Antonín Dvořák auf und drehe Mamas alten CD-Player auf volle Lautstärke. Eigentlich bin ich gar kein großer Klassik-Fan, aber dieses Musikstück hat mich schon immer berührt. Es gibt wohl kein anderes, das so sehr für Optimismus, gepaart mit Melancholie und Sehnsucht steht wie dieses. Nicht umsonst kennt man es auch unter dem Namen *Sinfonie aus der Neuen Welt*. Was könnte passender sein? Immerhin erschaffe ich mir hier gerade eine eigene neue Welt nur für mich. Die Musik treibt mich an und lässt mich die Anstrengung vergessen. Ein echter Neuanfang kann nun mal nicht gelingen, ohne dass Schweiß, Blut und Tränen vergossen werden.

Drei Tage später erinnert in meinem zukünftigen Lesezimmer nichts mehr an den Raum, in dem ich meine Mutter gepflegt habe, oder an das Esszimmer von einst. Ich drehe mich um die eigene Achse und bewundere mein Werk: Zwei der Wände habe ich sandfarben gestrichen, für die Kaminseite habe ich ein beruhigendes Waldgrün ausgewählt, für den Erker ein kräftiges Himmelblau und für die Türen und Fensterrahmen einen warmen Grauton. Ich liebe diese Kombination – sie harmoniert perfekt mit dem Eichenparkettboden.

Das Haustürklingeln reißt mich aus meiner Betrachtung. Sind das etwa schon die Möbel? Das wäre ja perfektes Timing ...

Nein, es ist die Post. Ein Päckchen mit einem handgefertigten Seidenschal in Flieder, den ich bestellt habe, um Olivia für die Vermittlung des lukrativen Stockholm-Jobs zu danken – und ein Brief aus Schweden. Das erkenne ich schon an der Briefmarke mit dem Polarlichter-Motiv und der Aufschrift *SVERIGE* in Großbuchstaben. Wer der Absender ist, muss ich gar nicht erst lesen ...

Es ist leicht, eine Handynachricht einfach so zu löschen. Oder einen Anruf zu ignorieren. Aber einen handgeschriebenen Brief? In unserer heutigen Zeit ist so etwas eine echte Rarität. Ich mustere Lennarts Handschrift. Sie ist schwungvoll und dynamisch, zugleich ausgewogen und gleichmäßig. Im Grunde so ähnlich wie meine, nur wesentlich besser lesbar.

Ich bringe es nicht übers Herz, den Brief ungeöffnet wegzuwerfen. Obwohl ich mich davor fürchte, was er mit meinen Gefühlen anrichtet, reiße ich ihn auf.

Liebste Bella,

ich kann einfach nicht aufhören, an unsere wunderbare Nacht auf der Insel zu denken. Sie hat etwas in mir verändert, und ich habe Gefühle, die ich lange nicht gespürt habe.

Umso mehr macht es mich fertig, dass du auf keine meiner Nachrichten reagierst. Warum hast du dich so plötzlich zurückgezogen? Klar, da war das Missverständnis mit Zara, aber das ist doch jetzt aus der Welt!

Ich bin ratlos. Ist da etwa noch mehr? Habe ich etwas falsch gemacht, ohne es zu merken? Dich irgendwie verärgert?

Was auch immer es war, ich bitte tausend Mal um Entschuldigung. Und gelobe Besserung. Aber gib mir die Chance dazu, bitte!

Wenn du nichts für mich empfindest, will ich dir nicht weiter auf die Nerven gehen. Aber ich kann einfach nicht glauben, dass ich mich so getäuscht habe. Das zwischen uns war magisch. Und deshalb ist es wert, darum zu kämpfen. Ich kann einfach nicht aufgeben, ohne zu verstehen, was wirklich los ist.

Du sollst wissen: Ich bin kein Mann, der oberflächliche Beziehungen führt. Lieber bin ich Single als mit der falschen Frau zusammen. Aber als ich dich sah, spürte ich sofort: Du könntest die Eine sein. Es hat mich erwischt mit Haut und Haaren.

Wenn ich mir genau jetzt etwas wünschen würde, dann … dass du bei der Erinnerung an diese Worte lächelst und genau das empfindest, was ich empfinde.

Dein Lennart

Er darf nie erfahren, dass es funktioniert hat. Ich lächele tatsächlich. Wie könnte ich seine Worte vergessen? *Wenn ich mir genau jetzt etwas wünschen würde, dann …* Dieser Moment hat sich fest in meinem Gedächtnis eingebrannt. Genau wie der Blick, mit dem er mich dabei angesehen hat. Als Nächstes hat er gefragt, was ich davon halten würde, wenn er mir verraten würde, wie gern er mich küssen würde, und mir dabei sanft übers Haar gestreichelt. Und ich habe geantwortet, dass ich das für einen Riesenzufall hielte, weil ich mir nämlich genau dasselbe wünschte. Und danach haben wir für eine ziemlich lange Zeit überhaupt nichts mehr gesagt ...

Ja, damals wollte ich dasselbe wie er. Aber das war in einem anderen Leben. Bevor ich erfuhr, dass er an Oscars Tod schuld ist. Wie könnte ich ihm das je verzeihen?

Es hat keinen Sinn. Ihm meine Gründe zu erklären, wäre zwecklos, es würde mich nur aufwühlen.

Ich zerreiße Lennarts Brief, ohne ihn vorher ein zweites Mal durchzulesen. Als ich die Fetzen hinaus zum Mülleimer bringe, fällt mein Blick unweigerlich auf den Rosenbusch. Und ich fasse einen Entschluss.

Olivia meldet sich nach dem zweiten Klingeln. »Hallo Isabel, was macht die Renovierung?«

»Du wirst staunen, ich bin schon richtig weit gekommen«, sage ich. »Aber ich bräuchte deine Hilfe. Nur für ein Stündchen oder so.«

»Meine Hilfe? An sich gern, Süße, aber du weißt doch, wie ungeschickt ich in praktischen Dingen bin. Wenn du nicht willst, dass es bei dir aussieht wie in einem Horrorkabinett, gib mir lieber keinen Pinsel in die Hand.«

Ich muss lachen. »Nein, es geht nur darum, mir bei einem Transport zu helfen. Ich brauche nur deine starken Arme.«

Olivia zögert. »Jetzt gleich?«

»Wenn es dir nichts ausmacht – ja, das wäre mir am allerliebsten. Ich lade dich auch zum Dank bei Giovanni ein.«

»Das ist nicht nötig. Bin gleich da.«

Als Olivia eine Viertelstunde später auftaucht, ist sie perfekt geschminkt und frisiert, trägt aber eine alte Jeans und ein verwaschenes T-Shirt. Als wäre sie quasi schon ausgehfertig gewesen, hätte aber nach meinem Anruf noch mal das Outfit gewechselt. Sofort überfällt mich ein schlechtes Gewissen.

»Warum hast du denn nicht gesagt, dass du etwas vorhast?«

»Du klangst so verzweifelt. Außerdem werde ich erst in zwei Stunden abgeholt. Von Pavel. Er ist Cellist beim Rundfunkorchester und unheimlich süß ...«

Verblüfft starre ich sie an. »Du hast einen neuen Lover und erzählst mir nichts davon?«

Sie zuckt mit den Schultern. »Ich wollte es dir mit all deinem Liebeskummer nicht noch schwerer machen. Und das mit Pavel und mir ist ja noch ganz frisch.«

Spontan umarme ich sie. »Olivia, ich freu mich doch mit dir! Dass aus Lennart und mir nichts geworden ist, bedeutet doch nicht, dass ich es dir nicht gönne. Ich will alles wissen!«

Olivia wirkt erleichtert. »Gerne, aber heute hab ich's echt eilig. Er lädt mich zu einer Open-Air-Kinonacht ein. Sehr romantisch. Also sag, wobei soll ich dir helfen?«

Ich deute auf den Rosenbusch. »Der muss weg. Allein schaffe ich es nicht, ihn ins Auto zu hieven.«

»Du willst ihn entsorgen?«

»Nicht ganz. Ich will ihn zum Friedhof bringen. Aber warte, ich hab noch was für dich.« Ich verschwinde kurz im Haus und komme mit dem Seidenschal zurück. »Den wollte ich eigentlich noch schön verpacken, aber ...«

»Für mich? Ist der schön! Aber ich habe doch gar nicht

Geburtstag.« Olivia ist sichtlich begeistert und drapiert den Schal um ihre Schultern.

»Einfach so. Wegen des Schweden-Jobs und überhaupt«, sage ich, froh, dass die Überraschung gelungen ist.

»Den werde ich gleich heute Abend einweihen«, verkündet Olivia, während sie den Schal behutsam zusammenfaltet. »Warte, ich bringe ihn noch schnell ins Auto, nicht dass er schmutzig wird.«

Mit vereinten Kräften gelingt es uns, den Kübel samt Inhalt in meinen Kofferraum zu verfrachten.

»Ach übrigens, es gibt eine gute Neuigkeit«, informiert mich Olivia während der Fahrt zum Friedhof. »Das Geld der Ingvarssons ist schon auf dem Konto. Ich werde dir dein Honorar gleich morgen überweisen.«

Ich weiß, dass das – selbst abzüglich Olivias Provision – ein Betrag ist, der sich sehen lassen kann. »Damit komme ich erst mal für ein paar Monate über die Runden«, sage ich.

Olivia lacht. »Aber so lange wird es sicher nicht dauern, bis ich den nächsten spannenden Auftrag für dich an Land ziehe, du wirst schon sehen.«

Es gelingt Olivia, dem Friedhofsgärtner eine Schubkarre abzuschwatzen. »Aber nur für eine Viertelstunde«, knurrt er.

»Sie sind ein Schatz!«, strahlt sie. Ihr kann eben niemand widerstehen.

Ich pflanze den Rosenbusch auf Mamas Grab ein. Er würde ihr gefallen, sie hat Rosen geliebt. Erst auf dem Rückweg wird mir bewusst, dass ich damit auch die Affäre mit Lennart endgültig beerdigt habe. Bestimmt fällt es mir jetzt leichter, nicht mehr an ihn zu denken.

Am nächsten Morgen werden die Möbel geliefert.

»Sollen wir den Verpackungsmüll mitnehmen und entsorgen?«, fragt einer der beiden Lieferfahrer.

»Das ist nett – aber nicht, dass die Regalelemente durcheinanderkommen, bevor alles aufgebaut ist. Die lasse ich lieber in den Kartons. Aber die Stehlampe und den Sessel können wir gleich auspacken.«

Er steckt nicht nur in einem Karton, sondern ist auch mit zahllosen Schichten Verpackungsfolie umwickelt. Es dauert eine Weile, bis wir zu dritt alles entfernt haben, dann steht er in voller Schönheit vor mir. Ein gemütlicher, herrlich altmodischer Ohrensessel mit passendem Fußschemel in warmem Ziegelrot.

»Das ist ja eine krasse Farbkombination«, sagt der zweite Fahrer. »Haben Sie die selbst zusammengestellt oder irgendwo so gesehen?«

Ich lächele stolz. »Alles auf meinem Mist gewachsen.«

Doch als ich allein bin und den Anblick ganz in Ruhe auf mich wirken lasse, kommt mir die Kombination doch irgendwie bekannt vor. Ich weiß bloß nicht, woher.

Ich will gerade anfangen, die Regale aufzubauen, als es erneut klingelt. Schon wieder die Post. Diesmal ist es ein Päckchen, das schwedische Briefmarken trägt.

Unschlüssig lege ich es zunächst auf den Kaminsims, doch mein Blick wandert immer wieder dorthin, und mir wird klar, dass die Neugier ohnehin siegen wird. Was auch immer er mir geschickt hat, ich kann es mir wenigstens anschauen, bevor ich es wegwerfe oder weiterverschenke oder was auch immer damit anstelle.

Es ist ein Fotobuch. Eines in der Art, wie es gerne zu Weihnachten verschenkt wird. Man lädt Fotos online hoch und lässt sich ein gebundenes Erinnerungsbuch drucken. Auf dem Cover ist die verwunschene Badebucht auf Långholmen zu sehen. Sofort denke ich an unseren nächtlichen Spaziergang. Die Sommernachtluft um uns herum hat ganz schön geknistert. Als ich das Buch aufschlage, muss ich lachen: Da bin ich mit Elton-John-Brille, Tiara, Gitarre und Mikro und daneben Lennart mit Federboa, Piratenhut, Augenklappe und einem Schwert. Was hatten wir für einen Spaß in der Fotobox bei der Eröffnung von *Lasses Lycka!* Ich blättere weiter und entdecke all die Orte, die wir gemeinsam besucht haben. Gamla Stan. Sein Boot. Das ABBA-Museum. Die Bildunterschrift lautet jedoch überall gleich: »Egal, wohin ich komme – du fehlst.« Nur auf der letzten Doppelseite steht: »Ohne dich ist alles nichts.« Es zeigt die Schäreninsel, vom Meer aus fotografiert.

Ich registriere das Waldgrün der Kiefern, das sanfte Blau des Himmels und des Wassers, den sandfarbenen Strand, das Grau der Klippen und das Ziegelrot der *Sommarstuga.*

Und mit einem Mal werden mir zwei Dinge klar: Erstens, woher mir die Farbkombination in meinem neuen Lesezimmer so bekannt vorkommt. Und zweitens, dass Lennart so bald nicht aufgeben wird. Ob mir das nun gefällt oder nicht.

Kapitel 24

Coverbild

In dieser Nacht liege ich lange wach. Was einerseits der brütenden Hitze geschuldet ist, die im August sämtliche Juli-Rekorde bricht, und andererseits dem Gedankenkarussell, das mal wieder ordentlich Fahrt aufnimmt.

Warum hört mein Herz einfach nicht auf meinen Verstand? Lennart ist Vergangenheit, doch es gelingt ihm immer wieder, sich in meine Gegenwart zu mogeln. Und das nicht nur wegen der Hartnäckigkeit, mit der er sich auf unterschiedlichsten Kanälen bei mir meldet – nein, auch ich selbst boykottiere offensichtlich meine eigene Entscheidung, ihn komplett zu ignorieren. Stattdessen habe ich ihm unbewusst in meiner neuen Wohlfühloase ein Denkmal gesetzt. Wie konnte mir nicht auffallen, dass die Farbauswahl nichts anderes ist als ein optischer Nachhall auf unsere gemeinsame Nacht?

Ich könnte alles überstreichen. Und den Sessel umtauschen. Aber das wäre ja albern. Außerdem mag ich es, wie das Zimmer jetzt aussieht. Und an diese Nacht zu denken, ist ja nicht gerade eine traumatische Erinnerung, im Gegenteil.

Vielleicht sollte ich generell aufhören, mich selbst und meine Befindlichkeiten so wichtig zu nehmen. Bestimmt liegt es daran, dass ich schon so lange allein bin – alles dreht sich immer nur um mich. Wie konnte ich es so weit kommen lassen, dass Olivia sich mir nicht anvertraut, um mich nicht zu belasten, während ich sie pausenlos mit meinen Problemen vollquatsche? Wann ist unsere Freundschaft so einseitig geworden?

Klar, ich war von jeher diejenige mit den schlimmeren Problemen. Als Oscar starb, wäre ich ohne Olivias Unterstützung zerbrochen. Und während der Krankheit meiner Mutter hat sie dafür gesorgt, dass ich mit Aufträgen, die wenig Aufwand erforderten, irgendwie über die Runden kam. Immer konnte ich mich auf sie verlassen. Aber wann habe ich ihr jemals beigestanden? Macht Trauer egoistisch?

Unruhig wälze ich mich im Bett hin und her, bis ich endlich in den frühen – etwas kühleren – Morgenstunden einschlafe.

Nach dem ersten Kaffee sieht die Welt schon wieder besser aus. Der Himmel ist blau, die Sonne scheint, mein neues Lesezimmer ist wunderschön. Nach zwei Stunden sind die Regale aufgebaut, und ich räume die Bücher ein. Gegen Mittag mache ich mir ein Sandwich, das geschmacklich leider nicht im Entferntesten an die Kreationen von Magnus Bergman, dem Küchenchef des *Midnattssol*, heranreicht, dann rufe ich Olivia an.

»Ich bin eine furchtbare Freundin«, überfalle ich sie. »Heute reden wir einmal nicht über mich, sondern nur über dich. Wie war dein Abend mit Pavel?«

»Was ist denn in dich gefahren?« Olivia lacht. »Du bist meine beste Freundin, und das, seit wir sechzehn sind. Gestern erst hast du mir einen wunderschönen Seidenschal geschenkt.«

»Das schon, aber das ist doch gar nichts im Vergleich zu deinem Beistand und deiner Unterstützung über all die Jahre hinweg. Ohne dich wäre ich nichts. Und was hab ich jemals für dich getan?«

»Glaub mir, wenn ich irgendwann das Gefühl hätte, unsere Freundschaft wäre unausgewogen, würde ich dir das sagen. Oder hast du schon mal erlebt, dass ich mich davor scheue, unangenehme Wahrheiten auszusprechen?«

Natürlich gebe ich zu, dass das nicht der Fall ist. Genau das mag ich ja so an Olivia. Unter anderem.

Ich muss Olivia nicht lange dazu überreden, mir von ihrem Pavel vorzuschwärmen. »Er ist ein echter Künstler. So empathisch und sensibel. Und attraktiv! Er nennt mich seine Muse. Ich dachte immer, so etwas hätten bloß Maler, aber wenn er beim Celloüben an mich denkt, kann das bestimmt nicht schaden.«

»Es hat dich also voll erwischt«, stelle ich fest.

»Aber so was von! Ich bin total verknallt. Und auch ein bisschen verzweifelt. Denn Pavel hat nächste Woche Geburtstag, und ich will ihm unbedingt etwas Besonderes schenken.

Es muss symbolträchtig sein und ausgefallen und soll ihm zeigen, wie ich für ihn empfinde. Aber ohne plump oder aufdringlich zu wirken. Für den Fall, dass er die Sache mit uns lockerer sieht. Aber mir fällt einfach nichts ein.«

»Puh, da hast du dir was vorgenommen. Klingt nach der Quadratur des Kreises.«

»Ich weiß. Hast du keinen Tipp für mich?«

Da ist sie: die Chance, Olivia etwas zurückzugeben. »Gib mir mal ein bisschen Input. Was mag er denn so?«

»Er liebt Whisky, aber nur eine bestimmte Sorte, und die ist unaussprechlich«, zählt Olivia auf. »Außerdem liest er gern, allerdings am liebsten auf Tschechisch. Und er ist ein Riesenfan von Kate Bush. Hilft das?«

Eher nicht. Spontan habe ich jedenfalls keine zündende Idee. »Ich melde mich, sobald mir was einfällt«, verspreche ich.

Am Nachmittag fahre ich in den Baumarkt und besorge Farbe für den Flur, das Bad und die Gästetoilette. Ich entscheide mich für ein helles Taubenblau und ein warmes Cremeweiß. Die Küche braucht mehr als nur einen Anstrich, das ist ein separates Projekt und wird daher erst mal zurückgestellt. Dann fehlen eigentlich nur noch die Schlafzimmer in der oberen Etage. Ich bin zufrieden mit meiner Auswahl und dem Vorankommen der Renovierung. Dass im Radio gerade *Happy* von Pharrell Williams läuft, passt perfekt! Ich drehe die Lautstärke auf und singe mit, wenn auch nur mit rudimentärem Text. Aber egal, es hört mich ja keiner.

Ich biege gerade in meine Straße ein, als der Song zu

Ende ist und in den nächsten übergeht: *Running Up That Hill* – jenen Oldie von Kate Bush, der durch die Serie *Stranger Things* fast vierzig Jahre nach der Erstveröffentlichung wieder die Charts gestürmt hat. Und plötzlich ist sie da: die Idee, auf die ich so sehr gehofft habe.

Dass ich an meiner Haustür einen Geschenkkorb voll schwedischer Süßigkeiten – von Fruchtgummis über Karamellbonbons bis zu salzigen Lakritzstangen – vorfinde, tut meiner guten Laune keinen Abbruch.

»Sag mal, haben deine Nachbarn noch diese zwei Dobermänner, die du ab und zu hütest?«, überfalle ich Olivia, kaum dass sie ans Telefon geht.

»Wow, du klingst ja ganz aufgeregt. Aber wenn ich dich damit beruhigen kann: ja, haben sie. Bonnie und Clyde sind allerdings Weimaraner und außerdem lammfromm. Warum, bist du etwa auf der Suche nach einem Wachhund?«

»Bestimmt nicht. Aber könntest du dir die beiden mal ausleihen? Sagen wir – in einer Stunde?«

»Kein Problem, aber wozu?«

»Lass dich überraschen! Und leg am besten wieder genauso ein Make-up auf wie gestern Abend.«

Grinsend beende ich das Gespräch. Ich wette, sie platzt vor Neugier.

In Windeseile packe ich meine Kameratasche, verstaue außerdem Lampen und Stativ im Auto, suche noch ein paar Accessoires zusammen und mache mich dann auf den Weg zu Olivia.

Sie kommt gerade mit Bonnie und Clyde von einem Spaziergang zurück. Die beiden wirken tiefenentspannt, und das, obwohl Olivia total aufgedreht ist. Sie kann es kaum erwarten, zu erfahren, was ich vorhabe.

Nachdem ich meine Utensilien hinter ihr ins Haus geschleppt habe, marschiere ich zielstrebig an ihr vorbei in Richtung Wohnzimmer, wo eine Chaiselongue steht. Ich mustere sie, begutachte das Licht und stelle meine Sachen ab. »Perfekt.«

»Perfekt wofür?«

Wortlos zeige ich ihr das Albumcover, das ich in Mamas Sammlung gefunden habe.

»Was willst du mit dieser alten Schallplatte ... Mooooment!« Ich kann die Räder in ihrem Oberstübchen regelrecht rattern und einrasten hören. Dann breitet sich ein Strahlen auf ihrem schönen Gesicht aus, und sie fällt mir mit einem Jubelschrei um den Hals, der den beiden Weimaranern immerhin ein müdes »Wuff« entlockt.

Während ich die mitgebrachten Laken auf der Chaiselongue drapiere, verschwindet Olivia im Bad, um ihr Gesicht noch einmal abzupudern. Als sie wieder auftaucht, trägt sie ein seidenes Negligé. »Wie findest du's?«

»Sehr gut«, sage ich. »Den Rest kriegen wir mit der Beleuchtung hin. Leg dich mal hin.«

Es dauert eine Weile, bis Olivia die richtige Position gefunden hat und ihre Haare strahlenförmig um ihren Kopf herum ausgebreitet sind – genauso wie die von Kate Bush auf dem Cover von *Hounds Of Love*. Ich vergleiche immer wieder mit der Vorlage, und um uns in die richtige Stimmung zu bringen, lege ich die Platte kurzerhand auf. Zum Glück ist

Olivia ein unverbesserlicher Vinyl-Fan und selbstverständlich im Besitz eines klassischen Plattenspielers. Schon ertönt *Running Up That Hill*, jener Song, der mich vorhin im Autoradio auf die Idee zu diesem Shooting gebracht hat.

Nachdem ich die Lichtstrahler justiert und Farbfilter in Lila montiert habe, fehlen eigentlich nur noch die beiden Vierbeiner.

»Kannst du die Hunde mal anlocken?«

Olivia tut ihr Bestes, aber Bonnie und Clyde sind – wie sollte es bei diesen Namen anders sein – unzertrennlich. Entweder setzen sich beide auf die rechte Seite der Chaiselongue oder beide auf die linke.

Wir probieren es mit Käse, nach dem die zwei laut Olivia absolut verrückt sind. Ich hole welchen aus dem Kühlschrank und gebe ihr ein paar Stücke. Auf mein Kommando platziert sie je eins an ihrer rechten Schulter und eins am linken Schlüsselbein. Ich bin superschnell und erwische die zwei Weimaraner tatsächlich in der perfekten Position, doch was leider gar nicht passt, ist Olivias Gesichtsausdruck.

»Hey, ist das etwa verträumt und nachdenklich?«

»Ich bin nun mal kitzelig«, kichert sie. »Wie soll ich ernst bleiben, wenn Bonnie mich an so einer empfindlichen Stelle ableckt?«

»Konzentrier dich einfach. Tu es für Pavel«, sage ich mit gespielter Strenge, und tatsächlich: Nach ein paar weiteren Versuchen haben wir es geschafft: Die perfekte Nachbildung des legendären Albumcovers ist gelungen. Mit Olivia als melancholischer Kate Bush, umgeben von den beiden Jagdhunden, die sich an sie schmiegen. Alles ist in ein sanftes violettes Licht getaucht und erzeugt eine märchenhafte, fast mystische Stimmung. Genau wie im Original. Nur noch romantischer, denn es zeigt das Gesicht einer liebenden Frau und ist ausschließlich für denjenigen bestimmt, der diese Gefühle in ihr geweckt hat.

Das Resultat zeige ich Olivia auf dem Display, und sie kann kaum fassen, was sie da sieht. »Das ist das genialste Geschenk, das je gemacht wurde«, schwärmt sie und wischt sich verstohlen eine Träne der Rührung aus dem Augenwinkel.

Während sie sich umziehen geht, räume ich meine Sachen zusammen. Dann belohne ich Bonnie und Clyde mit noch mehr Käse und setze Olivias Kaffeemaschine in Gang.

»Hab ich dir schon gesagt, dass du ein Genie bist?« Sie strahlt noch immer von einem Ohr zum anderen.

»Du darfst das ruhig so oft wiederholen, wie du willst«, erwidere ich grinsend. »Hier ist übrigens dein Cappuccino. Lässt du mir auch einen durchlaufen? Dann bringe ich schon mal meine Sachen ins Auto. Und ich hab noch was Leckeres für uns dabei.«

Olivia ist nicht auf den Kopf gefallen. Sie erkennt sofort, woher die Süßigkeiten stammen. »Lauter schwedische Marken. Hat Lennart also immer noch nicht aufgegeben?«

Ich stecke mir ein Stück Marabou-Schokolade in den Mund und lasse es genüsslich darin zergehen. »Hm«, mache ich bloß.

»Und seine Hartnäckigkeit zeigt Wirkung. Immerhin hast du diesen Geschenkkorb nicht entsorgt.«

»Da wäre ich ja auch ganz schön blöd«, verteidige ich mich. »Was können denn die Fruchtgummis und Lakritzstangen dafür?«

Sie runzelt die Stirn. »Das hörte sich gestern noch ganz anders an, als es um diesen Rosenbusch ging. Du konntest ihn keinen Tag länger in deinem Blickfeld ertragen, um bloß nicht an Lennart erinnert zu werden. Woher der Sinneswandel?«

Ich nippe an meinem Kaffee. »Es ist wahrscheinlich sowieso unmöglich, nie wieder an ihn zu denken. Und selbst wenn ich glaube, ich wäre so weit, spielt mir mein Unterbewusstsein einen Streich.« Ich erzähle ihr von der Sache mit den Farben. »Natürlich könnte ich alles noch einmal streichen, und das in völlig anderen Tönen, aber so, wie es ist, gefällt es mir ja. Und genauso ist es mit den Süßigkeiten: Ich mag sie.«

»Lennart geht dir also nicht aus dem Kopf, egal, was du anstellst«, fasst Olivia trocken zusammen.

»Sieht so aus. Ich muss wohl damit leben. Mit der Zeit wird es sicher von selbst besser. Und bestimmt hört er auch irgendwann auf, mir Fotobücher und Liebesbriefe zu schicken.«

Olivia probiert nun ebenfalls ein Stück Schokolade. »Hmmm, die ist ja köstlich. Wirklich zu schade, um sie wegzuwerfen.«

Eine Zeit lang genießen wir schweigend, dann räuspert sich Olivia und schaut mich vielsagend an. »Noch mal zurück zu Lennart. Findest du nicht, er verdient die Wahrheit? Einfach nur, damit er loslassen kann. Das wäre nur fair.«

Mein Herz zieht sich zusammen. Wenn ich Lennart reinen Wein einschenke, bedeutet das automatisch, Oscars Tod anzusprechen. Das wird schmerzhaft sein. Aber wenn ich tief in mich hineinhorche, dann flüstert mir meine innere Stimme zu, dass Olivia möglicherweise nicht so ganz unrecht hat. So schwer es auch fällt, das zuzugeben. Und noch schwerer wird es sein, ihren Vorschlag in die Tat umzusetzen.

»Du findest also, ich soll ihm schreiben?«, frage ich zaghaft.

Sie schüttelt den Kopf. »Nein, du solltest es ihm sagen.«

Das allerdings klingt nach einer ziemlich schlechten Idee. »Auf keinen Fall. Ich möchte ihn nicht anrufen.«

»Ich rede auch nicht von einem Telefonat.«

Ich starre sie verständnislos an. »Du sprichst in Rätseln.«

»Du darfst jetzt nicht ausflippen.« Noch während sie das sagt, beschleunigt sich mein Puls, meine Hände fangen an zu schwitzen, und mein Mund wird trocken. »Es ist so, er hat dich angefragt. Du müsstest nächste Woche fliegen.«

»Ich ... fliege nirgendwohin!«, krächze ich. Leider klingt das eher jämmerlich als entschlossen, und genauso fühle ich mich. Mir wird heiß und kalt zugleich. Zum Glück sitze ich schon, sonst könnte ich für nichts garantieren.

»Lennart wird auf dem Magazin eines internationalen Gastronomie- und Hotelverbandes als Hotelier des Jahres vorgestellt. In diesem Zusammenhang wird eine Fotostrecke abgedruckt inklusive Covermotiv. Der Verlag zahlt das Shooting, und er durfte sich den Fotografen auswählen. Genauer gesagt: die Fotografin. Er will dich.«

Natürlich will er mich. Das hat er in unzähligen Nachrichten mehr als deutlich gemacht. Und jetzt versucht er mich mit diesem raffinierten Trick zu zwingen, ihn wiederzusehen.

»Ich glaub's ja nicht! Seit wann weißt du davon?«

Olivia zuckt mit den Schultern. »Vor ein paar Minuten. Der Anruf kam, als du draußen am Auto warst.«

Das besänftigt mich ein wenig. Sie hat es auch gerade erst erfahren. Die Vorstellung, dass sie die ganze Zeit über, während ich sie fotografiert habe, auf den richtigen Moment für diese Neuigkeit gewartet hat, fände ich furchtbar.

»Du musst das absagen.«

Olivia stemmt die Hände in die Seiten. »Bist du irre? Dieser Auftrag ist ein perfektes Karrieresprungbrett. Das könnte dein Durchbruch sein.«

Warum habe ich noch gleich von einer Karriere geträumt? Auf einmal erscheint mir die Vorstellung, für den Rest meines Berufslebens wieder Klassenfotos zu machen, viel reizvoller.

Kapitel 25

Fotosafari

Nun sitze ich also schon wieder in einem Flugzeug. Olivia hat mich nach Frankfurt gebracht. Sie ist eben eine tolle Freundin – und eine unbarmherzige Agentin, die unbedingt vermeiden wollte, dass ich es mir in letzter Sekunde anders überlege. Denn nach wie vor bin ich alles andere als begeistert von diesem Projekt. Warum habe ich mich dermaßen beeilt, die Shootings in Stockholm vor Lennarts Rückkehr abzuschließen, wenn ich mich nun freiwillig wieder mit ihm treffe? Ich muss nicht bei Sinnen gewesen sein, als ich dem zugestimmt habe!

Olivia kann eben ganz schön überzeugend sein. Immerhin habe ich ausgehandelt, dass das Ganze ein kurzes Gastspiel wird. Zwei Übernachtungen, mehr nicht. Heute Hinflug, morgen Shooting, übermorgen Heimflug. Auch auf eine gemeinsame Anreise habe ich mich nicht eingelassen. Ich werde vom Flughafen Östersund aus selbst zum Landhaus der Ingvarssons fahren. Dann bin ich unabhängig. Trotzdem ist mir nicht wohl bei dem Gedanken daran, so viel Zeit mit Lennart zu verbringen. Warum muss dieses Shooting auch mitten in der Einsamkeit stattfinden? Das hat er sich ja raffiniert ausgedacht. Wenn er glaubt, ich lasse mich hier weich kochen, ist er schief gewickelt. Warum habe ich mich nur von Olivia dazu überreden lassen, den Job anzunehmen?

Andererseits – hätte ich nicht zugestimmt, wäre er womöglich auf die Idee gekommen, zu mir nach Heidelberg zu kommen, um sich mit mir auszusprechen. Und das muss ich um jeden Preis vermeiden, sonst wäre mein Zuhause kein Ort mehr, an dem ich vor Lennart-Erinnerungen sicher bin. Dann fliege ich lieber noch ein letztes Mal nach Schweden, um das Kapitel endgültig abzuschließen.

Ich lehne meine Stirn an die Scheibe – diesmal habe ich einen Fensterplatz ergattert, und die beiden Damen neben mir sind in ihre Zeitschriften vertieft. Wir haben die Flughöhe bereits erreicht, und mir fällt der alte Reinhard-Mey-Song ein. *Über den Wolken* … Allerdings empfinde ich keine grenzenlose Freiheit, sondern pure Nervosität.

Um mich abzulenken, widme ich mich nun ebenfalls meiner Lektüre – einem Jämtland-Reiseführer. Die Provinz liegt zwar in der Mitte Schwedens, aber trotzdem zwei Flugstunden von Stockholm entfernt. Nördlicher ist nur noch Lappland, und vermutlich sollte ich dankbar sein, dass das Shooting nicht am Polarkreis stattfindet.

Ich blättere in dem Buch herum. Die Landschaftsfotos sind wirklich spektakulär. Ausgedehnte Wälder, kristallklare Seen, malerische Gebirge, atemberaubende Wasserfälle. Allerdings scheint es außer jeder Menge Landschaft wenig zu geben in Jämtland.

Als ich lese, dass die Bevölkerungsdichte nur knapp drei Einwohner pro Quadratkilometer beträgt und ein Großteil davon in Östersund lebt, sinkt mein Herz in die Hose. Lennart lockt mich also in die absolute Einsamkeit. Darauf lässt auch die Adresse schließen, die ich mir fürs Navi notiert habe. Es sind Koordinaten! Vermutlich steht das Landhaus also weit weg von jeglicher Besiedlung – es gibt nicht mal einen Straßennamen. Das war zwar auf der Schäreninsel so ähnlich, aber dort befand sich Stockholm und damit die Zivilisation zumindest in gefühlter Reichweite. Mir ist nicht wohl dabei, in dieser Einöde mit ihm allein zu sein. Worauf habe ich mich da nur eingelassen?

Immerhin scheint es viele Urlauber in die Region zu locken. Im Winter kann man hier Ski fahren oder Ausflüge mit dem Hundeschlitten unternehmen, im Sommer sind Wandern, Angeln, Kanutouren, Paragliding und Mountainbiken beliebte Freizeitaktivitäten. Nicht zu vergessen Fotosafaris. Vielleicht kriege ich ja einen Elch, ein Rentier oder einen Moschusochsen vor die Kamera. Als ich weiterlese, läuft mir ein Schauer über den Rücken. Ernsthaft, es gibt dort Polarfüchse, Vielfraße, Luchse, Wölfe und Braunbären? Na, herzlichen Dank! Auf die Begegnung mit einem Raubtier habe ich nun wirklich keine Lust. Und noch weniger darauf, dass Lennart mich auf heldenhafte Weise vor einem Bärenangriff rettet. Das würde ihm so passen …

Ich muss wohl eingenickt sein und viel länger geschlafen haben, als mein Gefühl mir sagt – noch habe ich weder einen trockenen Mund noch einen steifen Nacken. Da wir uns aber bereits im Sinkflug befinden, kann Östersund nicht mehr weit entfernt sein.

Mein Blick fällt aus dem Fenster, und ich erstarre. Das ist keine Fünfzigtausend-Einwohner-Stadt! Ich erkenne den Schärengarten, den Vergnügungspark Gröna Lund, den Riddarfjärden, das Stadshuset, Gamla Stan ...

»Aber – das ist ja Stockholm!«, rufe ich erschrocken aus. Meine beiden Sitznachbarinnen sind schon dabei, ihre Bücher zu verstauen.

»Selbstverständlich. Und Sie sollten sich lieber anschnallen«, sagt die Dame auf dem Platz neben mir. Tatsächlich, die Fasten-Seat-Belts-Signale leuchten, und ich komme dieser Aufforderung sofort nach, während ich fieberhaft nach einer logischen Erklärung suche: Sitze ich etwa im falschen Flieger? Bestimmt nicht, sonst hätte man mich wohl kaum an Bord gelassen. Hat also Olivia versehentlich verkehrt gebucht? Das würde so gar nicht zu ihr passen.

»Ich verstehe das nicht«, murmele ich verstört.

»Gibt es ein Problem?« Meine Sitznachbarin hat meine Verunsicherung offenbar bemerkt und lächelt mir freundlich zu. Vermutlich um mich zu beruhigen.

»Ich dachte, das sei ein Direktflug nach Östersund.«

»Ganz genau«, bestätigt sie.

»Und warum landen wir gerade in Stockholm?«

Bilde ich mir das nur ein, oder unterdrückt sie ein ironisches Schmunzeln? »Ja, ein Direktflug, aber kein Nonstop-

Flug. Es ist nur eine Zwischenlandung. Aber keine Sorge, Sie können einfach sitzen bleiben. Es wird bloß aufgetankt. Währenddessen steigen einige Passagiere aus und andere zu. Dauert bloß eine halbe Stunde.«

»Oh.« Ich komme mir dumm vor. Dass es einen Unterschied zwischen direkt und nonstop gibt, war mir nicht bewusst.

»Das verwechseln viele«, beruhigt sie mich. Tja, ich nun garantiert nie wieder.

Wir stehen auf dem Rollfeld. Die beiden Plätze neben mir sind leer, und überhaupt strömt über die Hälfte der Passagiere in Richtung Ausgang. Ich beobachte durchs Fenster, wie sie das Flugzeug über mobile Treppen verlassen und dann in Busse steigen, während Gepäcktransporter mit Koffern beladen werden und weitere mit dem Gepäck der zusteigenden Passagiere vorfahren. Als sich ein Shuttlebus nähert, schießt mir ein beunruhigender Gedanke in den Kopf: Was, wenn Lennart hier zusteigt? Und – weil das Schicksal bekanntlich einen schwarzen Humor hat – den Platz neben mir gebucht hat? Ich atme tief durch und versuche mich zu beruhigen. Das wäre dann doch ein bisschen viel Zufall. Andererseits reist er vermutlich ebenfalls heute an. Und zwar aus Stockholm. Und so viele Flüge nach Östersund gibt es vermutlich nicht. Schon steigt die Wahrscheinlichkeit wieder enorm. Es könnte passieren. Ich muss mich wappnen.

Noch bin ich nicht darauf vorbereitet, ihm zu begegnen. Aber das sollte ich schleunigst tun. Wenn nicht gleich, dann ist es doch spätestens in drei Stunden so weit. Dann werde ich ihm gegenüberstehen. In mir wird ein Sturm widersprüchlicher Gefühle toben, aber ich werde mir nichts davon anmerken lassen. Denn es ist kein privates Treffen, sondern ein rein geschäftliches. Darauf muss ich mich konzentrieren. Auf den Job, der erledigt werden muss. Und der mir – das hat Olivia unzählige Male wiederholt – die Türen zu weiteren spannenden und gut bezahlten Aufträgen weit öffnen wird. Denn die Fotostrecke samt Coverbild wird in einem internationalen Fachmagazin erscheinen. Und ich bin Profi genug, diese Chance zu nutzen und erstklassige Arbeit abzuliefern. Jawohl, ich werde absolut professionell mit Lennart umgehen. Zuvorkommend, kompetent, serviceorientiert – aber distanziert. Als hätte es diese Nacht auf der Insel nie gegeben. Und als hätte ich das Foto an Emilias Wand nie gesehen.

Die neuen Passagiere steigen ein. Von Lennart keine Spur. Ich bin sehr erleichtert. Neben mir nimmt eine Frau in meinem Alter Platz. Sie ist in Begleitung eines Teenagers mit EarPods in den Ohren und jenem unverkennbar genervten Gesichtsausdruck, der Eltern regelmäßig zur Verzweiflung bringt und sie fragen lässt: Wo ist nur das süße Baby von einst geblieben? Wann hat es sich in dieses mies gelaunte Monster verwandelt, das einem die Schuld für alles in die Schuhe schiebt?

Die Frau tut mir leid. Ihr Versuch, den Sohnemann für den gemeinsamen Urlaub im Norden zu begeistern, ist von vornherein zum Scheitern verurteilt. Der junge Mann interessiert sich weder für die indigene Kultur der Samen noch für seltene Pflanzen und Tiere. Und als sie ihm von Östersund, der einzigen Stadt weit und breit, vorschwärmt, verdreht er nur die Augen und murmelt abfällig: »Das ist ein Kaff, keine Stadt. Warum fliegen wir nicht nach New York?«

»Also hör mal, das ist immerhin eine Residenzstadt«, versucht sie zu retten, was nicht mehr zu retten ist, woraufhin das Mutter-Sohn-Gespräch endgültig zum Erliegen kommt.

Ich lächele ihr aufmunternd zu, dann schaue ich wieder aus dem Fenster, um den Start mitzuverfolgen und zu beobachten, wie Stockholm unter uns immer kleiner wird. Dann schließe ich die Augen und versuche, für die kommenden zwei Stunden an gar nichts zu denken.

Der Åre Östersund Airport ist nicht viel größer als ein Kleinstadtbahnhof. Es fällt mir nicht schwer, mich hier zu orientieren – anders als in Frankfurt, wo man sich leicht mal verlaufen kann. Es gibt nur ein Terminal und vermutlich kaum mehr als ein Dutzend Starts und Landungen am Tag.

Nachdem ich mein Gepäck eingesammelt habe, mache ich mich auf den Weg zum Mietwagenschalter, wo ich meinen Namen und die Reservierungsnummer nenne.

Überrascht stelle ich fest, dass Olivia mir einen Geländewagen gebucht hat. Vermutlich für den Fall, dass wir an Locations fotografieren, die nicht über befestigte Straßen zu erreichen sind.

»Kennst du dich hier im Norden aus?«, fragt der junge Mann, der mir den Schlüssel überreicht.

»Kann ich nicht gerade behaupten. Aber das Auto hat ja ein Navi«, erwidere ich.

»Das schon, aber so ein Navi schützt leider nicht vor Wildunfällen. Entsprechende Warnschilder solltest du auf jeden Fall ernst nehmen, auch wenn die Gefahr jetzt im August nicht ganz so groß ist wie während der Brunftzeit im Herbst oder im Frühsommer, wenn die Elchkühe ihre einjährigen Kälber verstoßen.«

»Okay. Ich werde aufpassen«, gelobe ich.

»Sollte ein Tier vor dir die Straße überqueren, dann folgen meist weitere.«

So langsam wird es mir nun doch mulmig zumute. »Auch darauf werde ich achten.«

Vermutlich klingt das nicht so überzeugend wie beabsichtigt, denn nun bekomme ich noch einen Vortrag zu hören, wie man sich im Fall eines Unfalls verhält.

»Alles klar – wenn's gar nicht anders geht, auf die Hinterbeine zusteuern, Warnblinkanlage einschalten, Warndreieck aufstellen, den Unfall unter eins-eins-zwo melden, Standortkoordinaten angeben. Und falls das verletzte Tier im Wald verschwindet, die Stelle gut sichtbar markieren. Alles richtig?«, fasse ich brav zusammen und komme mir dabei vor wie bei einer Prüfung.

»Außer …?«, hilft mir der junge Mann auf die Sprünge.

»Außer wenn Wölfe, Bären oder Wildschweine in den Unfall verwickelt sind. Dann im Auto bleiben.«

»Perfekt. Dann mal gute Fahrt!«

Der Airport liegt auf Frösön, einer Insel im Storsjön, über den ich im Reiseführer gelesen habe, dass er der fünftgrößte See Schwedens ist. Sein Name, der wörtlich übersetzt »großer See« bedeutet, ist also durchaus passend. Vor allem angesichts all der vielen kleineren Seen, die es hier in Jämtland außerdem gibt.

Ich überquere die Brücke zum Festland und folge dann der E45, die noch für ein paar Kilometer am Seeufer entlangführt. Was für ein herrliches Panorama der Storsjön bietet mit all seinen kleinen Inseln, den Wäldern, die ihn umgeben, und dem beeindruckenden Gebirge im Hintergrund!

Bei Målsta geht es scharf links ab, und ich lasse den See hinter mir. Die Strecke führt nun durch den Wald. Ich denke an all die wilden Tiere, die ich auf keinen Fall überfahren sollte, und konzentriere mich voll auf die Straße. Die mahnenden Worte des jungen Mannes von der Autovermietung klingen in mir nach. Meldepflichtig seien sogar Unfälle mit Mufflons, Ottern, Hirschen und Adlern. Ich habe noch nie davon gehört, dass jemand einen Adler überfahren hätte. Passiert so was wirklich?

Nach ein paar Kilometern werde ich entspannter. Bisher kein einziges Wildtier in Sicht. Wahrscheinlich hat der Autovermietungsfritze maßlos übertrieben. Trotzdem bin ich froh, wenn zwischendurch der Wald einer offeneren Landschaft weicht, wo ich einen besseren Überblick habe. Dichte Wälder wechseln sich mit Wiesen, Äckern und Seen ab. Hin und wieder passiere ich kleine Ortschaften oder entdecke einsam gelegene Gehöfte. Ich spüre, wie mich die Landschaft beruhigt. In dieser Einsamkeit mehr oder weniger allein unterwegs zu sein – bisher sind mir gerade mal zwei andere Autos entgegengekommen –, ist unglaublich entspannend. Kein Wunder, dass Lennart diesen Teil Schwedens liebt. Unberührte Natur, so weit das Auge reicht.

Und dann lege ich eine Vollbremsung hin. Der Geländewagen kommt knapp hundert Meter vor einem riesigen Elch zum Stehen, der mitten auf der E45 steht und mich anstarrt, als wollte er fragen, was in aller Welt ich hier, in seinem Revier, verloren habe. Es bleibt mir nichts anderes übrig, als abzuwarten, bis er sich verzieht. Aber natürlich halte ich diesen Moment mit dem Handy fest. Es gelingt mir sogar, mich so weit umzudrehen, dass auf meinem Selfie der Elch im Hintergrund zu sehen ist. Mit den Worten »Bin übrigens gut gelandet« schicke ich es an Olivia, die sofort mit einer Reihe von Emojis antwortet, die Staunen, Freude und Umarmungen andeuten sollen. Krass, wie gut das Netz hier im Norden ist! Damit hätte ich gar nicht gerechnet.

Als ich vom Handy aufschaue, ist die Straße frei – der Elch hat sich unbemerkt davongemacht. Als hätte es ihn nie gegeben. Zum Glück habe ich das Beweisfoto, sonst würde ich womöglich an meinem Verstand zweifeln.

Nach einer guten Stunde erreiche ich ein kleines Bergdorf namens Klövsjö. Wären die Holzhäuser, die hier auf den Hügeln verteilt liegen, nicht schwedenrot angestrichen, könnte man fast glauben, im Allgäu zu sein.

Ich halte an einer Tankstelle an und kaufe mir ein *Ramlösa*. Das zögert mein Wiedersehen mit Lennart wenigstens um ein paar weitere Minuten hinaus. Außerdem habe ich vor lauter Aufregung einen ganz trockenen Mund.

Von Klövsjö aus sind es nur noch wenige Kilometer bis zu der Stelle, an der das Navi verkündet, ich hätte mein Ziel erreicht. Ich stehe vor einem hübschen, robusten Landhaus mitten im Wald, direkt an einem See gelegen. Weit und breit keine Nachbarn, so wie ich es mir gedacht habe. Das Einzige, was auf einen Bewohner schließen lässt, ist das Motorrad, das im Hof parkt. Ist Lennart etwa mit dieser Maschine aus Stockholm angereist? Vielleicht gehört es ja nur seinem Hausmeister. Oder der Putzfrau.

Ich schalte den Motor ab und steige zögernd aus. Die Luft riecht nach Kiefern und Moos und Frische.

Gerade als ich anfange, mein Gepäck aus dem Kofferraum zu laden, fliegt die Haustür auf und Lennart kommt heraus. Mein Herz weiß nicht, ob es stehen bleiben oder wie verrückt losrasen soll. So viel zum Thema Professionalität. Ich habe meine Emotionen so was von gar nicht im Griff! Aber das muss er ja nicht merken.

Dann steht er vor mir mit seinen Locken und seinem Lennart-Lächeln und dem Funkeln in den Augen. Doch ich sehe ihm regelrecht an, dass er nicht weiß, ob er mich umarmen oder auf die Wangen küssen soll. Schließlich streckt er mir seine Hand zur Begrüßung entgegen. Statt einzuschlagen, überreiche ich ihm meinen Koffer.

»Ups«, sage ich dann. »Sorry, Missverständnis.«

»Vermutlich nicht das einzige«, erwidert er.

Kapitel 26

Magazinstrecke

Ich überspiele meine Verlegenheit, indem ich mich übertrieben neugierig umschaue und das Blockhaus ausführlich begutachte. Seine Holzfassade ist – wie fast alle Gebäude in der Region – im typisch schwedischen Falunrot gestrichen. Wie immer, wenn ich aufgeregt bin, kramt mein Hirn lauter nutzlose Informationen hervor. Zum Beispiel, dass diese Farbe ihren Namen einer Kupfermine in Falun verdankt und außerdem konservierende Eigenschaften hat, die das Holz vor Witterungseinflüssen schützt. Und dass Falun in der Provinz Dalarna liegt, die für das *Dalahäst* bekannt ist – jenes kunstvoll bemalte Holzpferd, das zu den am häufigsten verkauften Souvenirs in Schweden zählt.

»Möchtest du nicht reinkommen?«, fragt Lennart, der noch immer mit meinem Koffer in der Hand dasteht.

»Doch, natürlich«, erwidere ich hastig. »Ich wollte nur erst diesen Anblick genießen. Wirklich sehr schön. Und der See ist nicht mal einen Steinwurf entfernt. Total idyllisch.«

»Ich liebe diesen Ort sehr, deshalb wollte ich ihn unbedingt als Location für dieses Shooting.«

»Und gleich zwei Terrassen«, fahre ich fort. Eine Veranda befindet sich am Eingang und eine in Richtung Ufer. Auf beiden stehen hölzerne Bänke mit bunten Kissen darauf. »Ganz charmant. Ist das Häuschen dort die Außentoilette?«

Lennart lacht. »Keine Sorge, die sanitären Anlagen befinden sich im Haus und sind topmodern. Nein, das dort drüben ist die Sauna.«

Ich schlucke. Sauna. Falsches Stichwort. Über nackte, schwitzende Körper will ich jetzt weder nachdenken noch reden. »Na, dann bin ich mal auf das Interieur gespannt«, sage ich und stapfe in Richtung Eingang. Dann fällt mir ein, dass es ziemlich unhöflich ist, als Gast voranzugehen, und halte Lennart die Tür auf.

Wir stehen in einem großen Raum, der mich sofort verzaubert. Auf der einen Seite befindet sich eine funktionelle Küchenecke mit hellgrauen Lackfronten, in der Mitte ein großer Massivholz-Esstisch und auf der anderen Seite bequem aussehende Sofas und Sessel aus hellgrauem Leder mit blau gemusterten Kissen darauf, die um einen offenen Kamin herum angeordnet sind. Alles wirkt wunderbar behaglich, was nicht zuletzt auch den sichtbaren weiß lasierten Holzbalken an Decke und Wänden sowie den Terrakottafliesen auf dem Boden zu verdanken ist.

»Rustikal und modern zugleich, sehr einladend«, kommentiere ich mit ehrlicher Begeisterung.

»Es freut mich, dass du dich hier wohlfühlst.« Lennarts Stimme klingt warm und sanft, und wenn ich nicht aufpasse, gerät mein Vorhaben, ihn wie einen stinknormalen Kunden zu behandeln, ins Wanken. Das hier wird ein gefährlicher Balanceakt, so viel ist jetzt schon klar.

»Zeigst du mir mein Zimmer?«, frage ich und betone das Wörtchen »mein« etwas stärker als nötig, um zu verdeutlichen, dass ein gemeinsames Nachtlager definitiv nicht infrage kommt.

Lennart lässt sich nichts anmerken. Vermutlich ist er enttäuscht, doch er verhält sich so, wie ich es mir erhofft habe: professionell. »Natürlich, es ist gleich hier drüben«, sagt er und geht voraus.

»Du hast hier übrigens ein eigenes Badezimmer, wir werden uns also nicht ins Gehege kommen«, erklärt er, nachdem er mein Gepäck auf einer hölzernen Truhe abgestellt hat. »Du willst dich jetzt sicher etwas frisch machen und auspacken. Ich bereite unterdessen das Abendessen vor.« Er nickt mir mit einem kleinen Lächeln zu, dann dreht er sich um und schließt die Tür hinter sich.

Ich lasse mich auf das Bett sinken und sehe mich um. Viel Mobiliar gibt es hier sonst nicht, nur noch einen Nachttisch und einen hölzernen Einbauschrank. Handgewebte bunte Teppiche und Leinengardinen mit typisch schwedischen floralen Motiven sorgen für eine heimelige Atmosphäre. Das Badezimmer, das ich als Nächstes inspiziere, ist schlicht, aber komfortabel. Es ist in sanftem Hellgrün und warmem Beige gehalten und so eingerichtet, dass jeder Winkel optimal genutzt ist.

Zehn Minuten später – ich habe inzwischen ausgepackt – gibt es keinen Grund mehr, noch länger in meinem Zimmer zu bleiben. Außerdem knurrt mir schon ganz schön der Magen. Es wäre kindisch, die erneute Begegnung mit Lennart weiter hinauszuzögern. Immerhin werden wir morgen den ganzen Tag miteinander verbringen, da sollte ein gemeinsames Abendessen ja wohl kein Problem sein. Ich muss mich bloß ein bisschen zusammenreißen.

»*Hej*, ich habe Hunger wie ein Wolf«, verkünde ich munter, als ich den Wohnraum betrete. Doch von Lennart keine Spur.

»Hier draußen«, ruft er. »Auf der Terrasse.«

Ich folge seiner Stimme und entdecke zwischen Küchenzeile und dem deckenhohen Brennholzregal eine offene Tür. Lennart hat schon den Tisch gedeckt. Darauf stehen Wasserflaschen, ein bereits geöffneter Roséwein, Gläser, Teller – und eine große Platte mit Sushi.

»Wo hast du denn die hergezaubert?«, frage ich verblüfft.

»Damit hättest du jetzt wohl nicht gerechnet, was? Tatsächlich gibt es in Östersund eines der besten Sushi-Restaurants in Schweden. Ich habe extra einen Umweg gemacht, um das hier zu besorgen. Du magst doch Sushi, oder?«

»Ich liebe Sushi!«

»Na, dann guten Appetit.«

Lennart schenkt uns zuerst Wasser, dann Wein ein. Ich nehme Platz und lasse den Blick schweifen. Vor mir breitet sich der See aus, dessen Oberfläche im Licht der Abendsonne glitzert. Am gegenüberliegenden Ufer ragen majestätische Kiefern und Birken empor, die den Rand des kristallklaren

Wassers säumen und sich darin spiegeln. Die Luft ist erfüllt vom Duft des Waldes und dem leisen Rauschen der Bäume. In der Ferne sind sanfte Hügel zu erkennen. Alles wirkt ruhig und friedlich.

»Es ist wunderschön«, sage ich ergriffen.

»So wie du.«

Ich wollte mir gerade ein Nigiri-Sushi mit Thunfisch in den Mund schieben, lasse es jetzt aber wieder auf den Teller sinken und atme tief durch. »Hör mal, Lennart, wir sollten das vielleicht vorab klären. Ich bin als deine Fotografin hier. Nicht als dein Sommerabenteuer oder deine Angebetete. Das hier ist ein rein berufliches Treffen, einverstanden?«

Er schaut mir so tief in die Augen, dass ich all meine Selbstbeherrschung aufbringen muss, um ihm nicht seufzend in die Arme zu fallen. Für einen kurzen Moment bin ich kurz davor, all meine Regeln über Bord zu werfen, doch dann habe ich mich wieder im Griff.

»Natürlich«, erwidert er lächelnd. »Du bist der Boss. Aber wunderschön bist du trotzdem.«

Ich lasse es für den Moment auf sich beruhen. Denn eigentlich wäre diese letzte Bemerkung bei jedem anderen Auftraggeber völlig unangemessen gewesen. Aber Lennart ist nun mal nicht jeder andere. Sonst hätte er mich schon längst zur Rede gestellt und eine Erklärung für mein Verhalten gefordert. Und dann müsste ich mit ihm über Oscars Tod und seine Schuld daran sprechen, was mich garantiert aus der Fassung bringen würde. Ich bin froh, dass er es nicht tut, auch wenn ich es nicht recht verstehe. Hat er mich nicht genau deshalb hierhergelockt?

Ich schiebe den Gedanken beiseite und widme mich stattdessen dem Sushi. »Köstlich!«, sage ich. »Der Umweg hat sich wirklich gelohnt.« Dann wird mir klar, dass dieser Umweg ungefähr dreihundert Kilometer betragen haben muss – jedenfalls wenn Lennart von Stockholm aus mit dem Motorrad angereist ist.

»Na ja, es war bloß ein zusätzlicher Schlenker durch die Innenstadt von Östersund«, erklärt Lennart. »Ich bin ja geflogen und hab das Motorrad am Flughafen gemietet. Vielleicht können wir es für eins der Fotos als Accessoire verwenden.«

Ich nicke. »Gute Idee. Lass uns nach dem Essen doch über deine Ideen für das Shooting sprechen.«

Während er abräumt, hole ich mir was zu schreiben. Und einen Pullover, denn auch wenn es noch lange hell bleibt, ist es hier oben im Norden längst nicht so warm wie in Stockholm – und schon gar nicht so brütend heiß wie daheim in Heidelberg.

»Wenn es dir zu kalt wird, können wir uns auch gern reinsetzen«, sagt Lennart, zuvorkommend wie immer. Immerhin schlägt er nicht vor, die Sauna anzuheizen.

»Nein, alles gut, im Pulli ist es sehr gemütlich. Solange wir nicht von Stechmücken aufgefressen werden ...«

Lennart lacht. »Keine Sorge, die sind jetzt im August längst nicht mehr so aggressiv wie im Frühsommer.«

Ich trinke einen Schluck Wein. Er schmeckt leicht und fruchtig. Perfekt für einen entspannten Sommerabend. Aber ich werde es bei diesem einen Glas belassen, sicher ist sicher.

»Erzähl mal – was ist das denn für ein Magazin? Und wie stellst du dir die Fotostrecke vor?«

»Ich hab dir ein paar Muster mitgebracht«, sagt Lennart und überreicht mir einen Stapel Hefte. Ich blättere sie neugierig durch. Ungefähr so habe ich mir das Ganze vorgestellt. Sehr hochwertig, klar strukturiert und ästhetisch mit inhaltlichen Schwerpunkten auf den typischen Themen von Hotelmanagern und Gastronomen: Qualitätsmanagement, Housekeeping, Technologietrends in der Küche, persönliche Weiterbildung, Personalmanagement, Food and Beverage.

»Und die küren dich jetzt zum Hotelier des Jahres?«

Lennart grinst. »Das hört sich so an, als würdest du an meiner Eignung für so eine Auszeichnung zweifeln.«

»O nein, bestimmt nicht. Sorry, wenn das so rüberkam. Bestimmt bist du ein Topkandidat dafür«, stammele ich.

»Meistens werden besonders innovative Unternehmer ausgezeichnet, die sich etwa mit einer klaren Vision für die Zukunft ihrer Branche hervorgetan haben oder die mit einem neuen Ansatz ihr Haus vor dem Ruin bewahrt und damit Arbeitsplätze gerettet haben oder die besonders nachhaltige Ansätze verfolgen oder ungewöhnlich innovative Produkte entwickeln oder sich in besonderem Maß für Vielfalt und Inklusion am Arbeitsplatz einsetzen.«

»Zum Beispiel wer?«

Lennart blättert in einem der Magazine herum und zeigt mir das Porträt eines Japaners, der eine nicht mehr wirtschaftliche Sake-Brennerei in eine weltweit erfolgreiche Whisky-Destillerie verwandelt hat. »Mein Vorgänger – er wurde letztes Jahr ausgezeichnet«, erklärt er. »Und davor war es der Inhaber eines klimaneutralen veganen Restaurants aus Dänemark.«

Ich betrachte die jeweiligen Fotostrecken. Der Däne posiert auf einem komplett begrünten Flachdach, steht am Rednerpult, fährt mit dem Lastenrad durch Kopenhagen, tobt mit seinen Kindern am Strand herum. Der Japaner begutachtet eine Probe im Labor, leitet ein Team-Meeting, singt Karaoke, meditiert, genießt ein Glas seines Single Malt Whiskys.

»Okay, das ist alles sehr stylisch«, sage ich nachdenklich. »Natürlich muss es zum Image des Unternehmens passen, aber für meinen Geschmack ist das alles ein bisschen zu viel zur Schau gestellte Männlichkeit. Fehlt gerade noch, dass sie mit nacktem Oberkörper auf einem Pferd durch die sibirischen Berge reiten wie einst Putin.«

Lennart prustet los. »Auch wenn du dich auf den Kopf stellen würdest, zu so einem Motiv könntest du mich garantiert nicht überreden.«

Ich muss selbst darüber lachen. Irgendwie hat er es geschafft, dass sich meine Anspannung in Luft auflöst. In frische, klare jämtländische Waldluft.

»Okay, dann lass uns mal überlegen, in welche Richtung es bei dir gehen könnte. Wofür genau wirst du ausgezeichnet?«

Lennart könnte mich nun damit aufziehen, wie schlecht ich vorbereitet bin. Dabei ist das gar nicht meine Art. Normalerweise arbeite ich hochprofessionell. Tatsächlich hätte ich mir – wenn ich mich innerlich nicht so gegen diesen Auftrag gesperrt hätte – diese Zeitschriften schon im Vorfeld anschauen können, dann wäre das Konzept jetzt vielleicht schon fertig. Andererseits finde ich es immer besser, so etwas gemeinsam mit dem Auftraggeber zu entwickeln. Außerdem hätten wir sonst heute Abend womöglich kein Gesprächsthema. Jedenfalls kein unverfängliches. Lennart scheint es jedenfalls nichts auszumachen, dass ich so ahnungslos bin.

»Im Grunde werde ich stellvertretend für das ganze Führungsteam des *Midnattssol* ausgezeichnet. Dafür, dass wir noch immer ein Familienunternehmen sind, dabei aber immer innovativ und zukunftsorientiert arbeiten. Sei es in Sachen Diversität oder in Sachen Nachhaltigkeit und Digitalisierung. Es geht also nicht um mich persönlich. Und eigentlich sollte auch Emilia mit aufs Cover kommen, aber sie steht nicht auf solche Preise und hat gemeint, ein Gesicht sei genug, um unser Team zu repräsentieren.«

Oder hat sie vielleicht nur deshalb darauf verzichtet, um ihrem Bruder die Gelegenheit zu einem Treffen mit mir zu verschaffen? Schade, ein gemeinsames Shooting mit den beiden Geschwistern wäre für mich wesentlich unverfänglicher gewesen. Nun ist also nur er derjenige, den ich fotografieren werde.

»Aber warum hier, inmitten der Natur? Nicht in Stockholm, wo das Hotel steht. Offenbar hat dieser Ort für dich einen symbolischen Wert. Wofür steht er?«

Lennart überlegt kurz. »Für Authentizität«, sagt er dann. »Geradlinigkeit. Bodenständigkeit. Harte Arbeit. Naturverbundenheit. Fokussierung auf das Wesentliche. Konstanz. Stärke und Robustheit. Reicht das?«

Ich komme beim Mitschreiben kaum hinterher. »Dann lass uns mal brainstormen, welche Tätigkeiten du damit verbindest. Oder einfacher gesagt: Wenn du einfach nur so für ein Wochenende hergekommen wärst, womit würdest du dich beschäftigen?«

Eine Viertelstunde später haben wir eine lange Liste möglicher Motive: Lennart beim Moltebeerensammeln, beim Rudern über den See, beim Holzhacken, um den Vorrat für den Winter aufzustocken, beim Kochen, beim Wandern zum Fettjeåfallet, dem Wasserfall unweit von Klövsjö, beim Erneuern defekter Dachschindeln und auf dem Motorrad.

Ich merke etwas zu spät, dass Lennart nicht nur sein Weinglas auffüllt, sondern auch mir nachschenkt. Wäre ja jetzt ziemlich unhöflich, das nachträglich abzulehnen. Der Rosé ist leicht, den werde ich schon vertragen, ohne gleich über Lennart herzufallen.

»Es ist außergewöhnlich warm für diese Jahreszeit«, stellt Lennart fest. »Immer noch zwanzig Grad, dabei ist es schon zehn Uhr.«

Huch! Ich hätte nie gedacht, dass es so spät ist. Hier im Norden geht die Sonne noch später unter als in Stockholm. Es herrscht ein geheimnisvolles Zwielicht, das den Himmel über dem See in sanfte Pastelltöne taucht. Seine Oberfläche liegt ruhig und spiegelglatt da.

Lennart folgt meinem Blick. »Das ist meine liebste Uhrzeit, um noch einmal ein paar Runden zu drehen.«

Zuerst verstehe ich nicht recht, was er meint, dann erstarre ich. »Du willst schwimmen gehen? Jetzt, mitten in der Nacht?« Und mit Alkohol im Blut …

»Der See ist flach, man kann fast überall stehen«, sagt er. »Na, hast du Lust?«

Er meint das tatsächlich ernst. Ich bin fassungslos und muss mich erst sammeln, bevor ich antworten kann. »Nein, danke, ich bin müde. Morgen ist ein anstrengender Tag.« Ich stehe auf. »Schlaf gut.«

Als ich unter der Dusche stehe, wird mir bewusst, dass ich ihm ruhig hätte helfen können, die Gläser ins Haus zu tragen. Sei's drum. In einem Hotel würde man so etwas ja auch nicht von mir erwarten.

Aber das ist im Grunde mal wieder nur ein Ablenkungsmanöver meines Geistes. Ich stürze mich auf ein Nebenthema, um nicht darüber nachdenken zu müssen, was mich gerade so schockiert hat.

Hat es sich vor fünfundzwanzig Jahren genauso zugetragen? Hat Lennart ganz beiläufig vorgeschlagen, ins Wasser zu gehen, obwohl es spät war und alle etwas getrunken hatten? Hat er also aus Oscars Tod wirklich nichts gelernt?

Ich rubbele mich trocken und schlüpfe in meinen Pyjama. Bevor ich ins Bett gehe, bleibe ich für einen Moment am Fenster stehen. Gerade in dem Augenblick, als Lennart auf dem Steg Anlauf nimmt und ins Wasser springt. Es ist noch hell genug, um zu erkennen, dass er keine Badehose trägt.

Es lässt mich fast vollkommen kalt.

Kapitel 27

Schwarz-weiß

»Na, ist es vollbracht?«, begrüßt mich Olivia gut gelaunt.
Sie hat heute Abend ein Date mit Pavel, deshalb nutze ich
die Zeit, in der Lennart das Essen zubereitet, um ihr vorher
schnell Bericht zu erstatten. Es ist früher Abend und noch
herrlich sommerlich. Ich sitze auf dem Steg und habe die
Hose hochgekrempelt, um die nackten Beine ins kühle See-
wasser baumeln zu lassen. Das Holz des Stegs hat die Wärme
des Nachmittags gespeichert, doch die Luft riecht schon nach
feuchter Erde.

»Alles im Kasten«, erwidere ich.

»Keine Zwischenfälle?«

»O doch, jede Menge, aber keine unangenehmen.« Ich berichte von dem Spaziergang zu dem beeindruckenden siebzig Meter hohen Wasserfall inmitten schroffer Felsen und
dem üppigen Grün der Bäume, Moose und Farne, von der

erfolgreichen Suche nach Moltebeeren, die unfassbar aromatisch und fast ein bisschen exotisch schmecken, von Lennarts großartiger Idee, nicht beim Motorradfahren, sondern beim liebevollen Polieren des Motorrads abgelichtet zu werden, und davon, wie er in Jeans und Hemd in den See gefallen ist. »Stell dir vor, er wollte unbedingt die Ich-bin-der-König-der-Welt-Pose aus *Titanic* imitieren, und das am Bug eines Ruderboots. Natürlich hat er das Gleichgewicht verloren.« Bei der Erinnerung an diese Szene gluckse ich schon wieder los. Es war aber auch wirklich zu komisch!

»Dann ist aus diesem Motiv wohl nichts geworden«, meint Olivia trocken.

»Ich war zum Glück schnell genug und habe rechtzeitig abgedrückt. Aber den Sturz habe ich natürlich auch dokumentiert. Und warte, bis du das Bild siehst, auf dem er wie ein begossener Pudel aus dem Wasser kommt!«

Olivia lacht. »Ich bin sehr gespannt darauf. Aber was mich noch viel mehr interessiert: Wie läuft es zwischen euch beiden?«

»Hervorragend. Wir gehen freundschaftlich miteinander um, als wäre nie etwas passiert.«

»Hm«, macht Olivia.

»Was ist los?«

»Das war aber nicht der Plan.«

»Doch, das ist exakt, was ich mir vorgenommen habe. Keine Gefühle zulassen, ganz professionell bleiben. Zuerst dachte ich, das ginge schief, aber heute haben wir mindestens zehn Stunden miteinander verbracht, und es gab keinen einzigen kritischen Moment.«

»Er weiß also noch immer nicht, dass du mit Oscar verlobt warst?«

Ich stutze. »Ähm. Nein.« Das muss ich wohl verdrängt haben.

»Aber wir hatten doch vereinbart, dass du ihm reinen Wein einschenkst. Damit er deine Haltung versteht.«

»Vereinbart? Du hast das vorgeschlagen, aber …« Ich breche ab. »Sorry, vergiss, was ich gerade gesagt habe. Das war Blödsinn.«

»Da kann ich dir wirklich nicht widersprechen.« Man hört Olivia an, dass sie grinst. »Also?«

»Bis zu meiner Abreise morgen früh ist ja noch ein bisschen Zeit. Vielleicht sag ich es ihm heute Abend. Oder spätestens beim Frühstück. Ich warte auf den passenden Moment.«

»Aber nicht, dass du den verpasst!«

»Das werde ich bestimmt nicht. Sicher wird Lennart jetzt, da der offizielle Teil meines Besuchs vorbei ist, von sich aus auf unsere Nicht-Beziehung zu sprechen kommen. Dass er es bis jetzt noch nicht getan hat, grenzt ohnehin schon an übermenschliche Selbstbeherrschung.«

»Klingt, als ob ihr euch prächtig versteht.«

»Irgendwie tun wir das auch. Als Freunde. Aber nicht als Paar. Dazu wird es nie wieder kommen.«

Beim Abendessen ergibt sich einfach nicht der richtige Moment, um davon anzufangen. Es würde uns bloß den Appetit verderben, und das wäre unfassbar schade, denn Lennart hat gegrillt. Es gibt Forelle, Garnelenspieße, *Köttbullar*, Zucchini,

Paprika, Maiskolben und Pilze, dazu einen Tomatensalat und Fladenbrot. Es ist köstlich!

Wir stoßen mit Bier an – Lennart mit Pils, ich mit alkoholfreiem. Bei dem, was ich vorhabe, sollte ich lieber nüchtern sein.

Lennart erzählt von den zahlreichen Ferien, die er als Kind hier bei seinem Onkel verbracht hat. »Meine Eltern machten eigentlich nie einen richtigen Urlaub, sie gönnten sich höchstens mal eine kurze Auszeit auf unserer Insel. Deshalb schickten sie Emilia und mich in den Ferien meist hier rauf«, sagt er. »Dieses Haus gehört definitiv auch zu den Top Ten meiner Lieblingsorte. Vielleicht sogar zu den drei allerliebsten.«

»Das kann ich gut verstehen«, sage ich.

»Einmal war ich mit Freunden hier, und die verrückten Kerle hatten doch tatsächlich *Surströmming* dabei.«

»Du meinst diesen fermentierten, unfassbar ekelhaft stinkenden Dosenfisch?« Schon bei dem Gedanken daran ziehe ich eine Grimasse, die Lennart zum Lachen bringt.

»Genau den. Sie hatten irgendwo gelesen, man müsse nur genug Aquavit trinken, und dann ginge das schon.«

»Darf ich raten? So viel Aquavit kann man gar nicht in sich reinschütten, dass dieser Stinkefisch schmeckt.«

Lennart grinst. »Hundert Punkte. Ganz genau so war es. Wir waren alle drei hackedicht, doch keiner von uns schaffte es, auch nur ein winziges Stückchen *Surströmming* zu probieren.«

»Unbegreiflich, dass es Menschen gibt, die behaupten, das sei eine Delikatesse.«

»Die wollen sich bloß wichtigmachen.« Lennart schüttelt sich. »Was ist das Widerlichste, was du einmal beinahe gegessen hättest?«

Da muss ich nicht lange überlegen. »Das war bei einer Wanderung in Südtirol. In einer abgelegenen Hütte wurde eine regionale Spezialität serviert: ein saurer Innereien-Eintopf namens Trippa. Klingt auf Deutsch wie eine Geschlechtskrankheit, auch wenn es bloß vom italienischen Wort für Kutteln kommt.«

»Und das hast du gegessen?« Lennart sieht aus, als wüsste er nicht, ob er lachen, weinen oder sich übergeben soll, was ich wiederum urkomisch finde.

»Natürlich nicht – ich hab mich lieber an Strauben gehalten.«

»Klingt auch gefährlich. Irgendwie nach Grashüpfersuppe oder panierten Hahnenkämmen.« Er nimmt einen kräftigen Schluck Bier.

»Igitt, was hast du für eine schreckliche Fantasie! Nein, Strauben sind so was wie Pfannkuchen, die spiralförmig in heißem Fett ausgebacken werden. Dazu gibt's Puderzucker und Preiselbeeren.«

»Klingt gut. Fast wie *Äggakaka*, nur ohne Speck.«

»Hab ich noch nie probiert. Die Kombination von Preiselbeeren und Speck finde ich allerdings auch gewöhnungsbedürftig.«

Lennart springt auf und verschwindet im Haus. Als er wieder auf die Terrasse zurückkehrt, macht er das Daumenhoch-Zeichen. »Alles da für *Äggakaka*. Das gibt's dann morgen zum Frühstück. Du wirst begeistert sein.«

Er beginnt abzuräumen, und ich helfe ihm dabei. »Apropos morgen früh – ich muss ziemlich zeitig los zum Flughafen. Mein Flieger startet schon um neun.«

Lennart wirkt enttäuscht. »Ich dachte, du nimmst vielleicht auch die Zwölf-Uhr-Maschine.«

»Leider nicht«, sage ich und denke: *Glück gehabt*. Unser Zusammensein geht also nicht in die Verlängerung. Was aber zugleich bedeutet, dass mir nicht mehr viel Zeit bleibt für das Gespräch, das ich schon so lange vor mir hergeschoben habe. Soll ich jetzt gleich? Das wird das Beste sein. Und dann verschwinde ich direkt in meinem Schlafzimmer. »Ich bin ganz schön k. o., das war heute ein anstrengender Tag.«

»Willst du etwa schon ins Bett? Aber – das geht doch nicht!« Die Enttäuschung steht Lennart ins Gesicht geschrieben.

»Wie gesagt, der Wecker klingelt um sechs.«

»Aber es ist doch noch früh. Ich dachte, wir sehen uns *Leoparden küsst man nicht* an …«

Sofort ist die vorgetäuschte Müdigkeit vergessen. Ich hatte ganz vergessen, dass wir diese gemeinsame Leidenschaft haben: die Liebe zu Schwarz-Weiß-Filmen. »Du meinst die schwedische Version? Die hab ich noch nie gesehen!«

»Die heißt zwar *Ingen fara på taket*, ist aber nichts anderes als *Bringing Up Baby*, die amerikanische Originalversion, bloß mit schwedischen Untertiteln.«

Schade. Das hätte ich jetzt reizvoll gefunden. Den schwedischen Filmtitel finde ich allerdings ziemlich originell – denn im übertragenen Sinn bedeutet er so etwas wie »immer mit der Ruhe«, wörtlich übersetzt jedoch »keine Gefahr auf dem Dach«, was wirklich äußerst treffend ist angesichts der Tatsache, dass in einer Szene tatsächlich eine Gefahr auf dem Dach herumspaziert, nämlich ein ausgebüxter Leopard.

»Egal«, sage ich. »Ich habe sowohl die deutsche als auch die englische Originalversion schon so oft gesehen, dass ich mir den Film auch auf Chinesisch ansehen könnte und trotzdem jedes Wort verstehen würde.«

Wir machen es uns auf den Sofas gemütlich – wohlgemerkt auf zwei verschiedenen. So können wir uns gemütlich hinfläzen. Lennart legt die DVD ein und drückt auf Play. Ich überlege, wie lange es her ist, dass ich diese Mutter aller Screwball-Komödien zuletzt gesehen habe. Schon mindestens zwei Jahre, wird mir bewusst. Dabei liebe einfach alles an diesem Film: die fabelhafte Katharine Hepburn als quirlige Millionenerbin Susan Vance, den großartigen Cary Grant als sympathisch-vertrottelten Paläontologen Dr. David Huxley, die unglaublichen Wortwechsel, die absurden Wendungen, die rasante Situationskomik …

Eine meiner Lieblingsstellen kommt schon ganz am Anfang – als Alice Swallow, die verknöcherte Verlobte des Helden, zu ihm sagt: »Ich betrachte unsere Ehe als reine Hingabe an dein Werk.« Wie immer spreche ich das laut mit, und zu meiner großen Überraschung tut Lennart exakt dasselbe. Wir schauen uns an und prusten los. Danach machen wir uns einen Spaß daraus, die Sätze, die wir besonders mögen, zu zitieren, und manchmal sogar mit verteilten Rollen.

Lennart und Cary Grant sagen: »Sie lassen eine Olive fallen, und ich sitze auf meinem Zylinder, ein wundervoller Trick.«

Woraufhin Katharine Hepburn und ich erwidern: »Ja, aber den kann man nicht einfach schaffen, ohne ein paar Oliven fallen zu lassen, ist reine Übungssache.«

Er: »Was, auf meinem Hut zu sitzen?«

Ich: »Nein, eine Olive fallen zu lassen.«

Manchmal halte ich mich allerdings auch bewusst zurück, denn Zitate wie »Wissen Sie, die Liebesimpulse eines Mannes äußern sich sehr häufig in Form von Konflikten« kommt mir auf einmal ziemlich zweideutig vor.

Zwischendurch steht Lennart auf und versorgt uns mit neuen Getränken. Danach setzt er sich wie selbstverständlich neben mich, jedoch mit genügend Abstand dazwischen, sodass es nicht brenzlig wird. Warum auch? Ich meine, was gibt es Harmloseres, als einen fast neunzig Jahre alten Film zu schauen? Wir haben Spaß und lachen viel, alles fühlt sich herrlich leicht und unbefangen an.

Als der Film zu Ende ist, trete ich ans Fenster und beobachte, wie die Sonne hinter den Bäumen untergeht und den Himmel in spektakuläre Orange- und Lilatöne taucht, die sich im Wasser des Sees spiegeln und einen atemberaubenden Kontrast zum Dunkelgrün des Waldes bilden. Urplötzlich wird mir klar, dass jetzt der Moment gekommen ist, an dem ich mein Geständnis nicht weiter hinauszögern sollte.

»Warte, den Song hab ich auf Spotify«, sagt Lennart.

»Welchen Song?« Ich stehe auf der Leitung.

»Den du gerade gesummt hast. Aus dem Film, du weißt schon.«

Er zieht sein Handy aus der Hosentasche, und wenig später erklingen die ersten Takte von *I Can't Give You Anything*

But Love, jenem Titel, der im Film ständig gesungen wird, um den titelgebenden Leoparden namens Baby anzulocken. Und den ich eben wohl vor mich hin gesummt habe, ohne es zu bemerken. Die Version von Tony Bennett und Lady Gaga ist fantastisch – bei dieser Art Musik kommt ihre Stimme super zur Geltung.

»Darf ich bitten?« Lennart verbeugt sich vor mir.

Es ist unklug, ich weiß, und eigentlich hatte ich gerade auch etwas völlig anderes vor, aber ich sage nicht Nein. Statt ernsthaft miteinander zu reden, tanzen wir ausgelassen. Er wirbelt mich herum, und ich bin sicher, er spürt durch die Kleidung, wie heftig mein Herz klopft. Als wollte es aus meinem Körper herausspringen.

»Was tu ich da eigentlich?«, murmele ich vor mich hin.

»Ich würde nie wagen, ein Motiv zu suchen für irgendwas, was Sie tun«, antwortet Lennart mit einem weiteren Filmzitat. Wow, das klingt ja wirklich wie für diese Situation getextet!

Ehe ich mich selbst bremsen kann, gehe ich auf das Spiel ein und wandele einen der bekanntesten Sprüche aus *Leoparden küsst man nicht* so ab, dass es fast noch besser passt: »Stockholm hat fast eine Million Einwohner! Warum musste ich ausgerechnet Sie treffen?«

Damit scheine ich ihn beeindruckt zu haben, denn er nickt anerkennend. Dann kontert er mit: »Oh, das ist wirklich eine übertriebene Untertreibung.«

Dabei wirbelt er mich so wild herum, dass ich fast stolpere und hinfalle, doch er fängt mich gerade noch rechtzeitig auf. Keuchend liege ich in seinen Armen und frage mich, wie in aller Welt ich es so weit habe kommen lassen.

»Oh Huxley, was hast du nur getan?«, zitiere ich erneut Katharine Hepburn, um der Situation ihre prickelnde Spannung zu nehmen. Doch das geht gründlich in die Hose, denn ich fühle mich wie elektrisiert, als Lennart seine Wange an meine schmiegt und drehbuchgemäß erwidert: »Denk dir irgendwas aus, ich nehm es auf mich.« Ich schließe die Augen und spüre, wie mein Widerstand schmilzt. Alles, was ich mir vorgenommen habe, ist vergessen. Gleich werden sich unsere Lippen berühren, und dann ...

Dann flüstert Lennart in mein Ohr: »Küss mich, *Älskling*.« Als ich diesen Kosenamen höre, fühle ich mich, als hätte jemand einen Eimer Eiswasser über mir ausgegossen.

Älskling – Liebling –, so hat Oscar mich in unseren intimsten Momenten genannt.

Es ist, als hätte er mir ein Zeichen aus dem Jenseits geschickt. Ein Warnsignal! In letzter Sekunde komme ich zur Vernunft. Ich reiße mich los, stürme in mein Zimmer und knalle die Tür hinter mir zu. Schwer atmend lehne ich mich dann dagegen und versuche zu begreifen, was da eben passiert ist. Meine Gedanken rasen. Wie konnte ich es bloß so weit kommen lassen? Wie naiv von mir, zu glauben, die Situation wäre harmlos. Hierherzukommen war ein großer Fehler, ich hätte auf mein Bauchgefühl hören sollen statt auf Olivias Argumente.

Ich muss hier raus! Und zwar nicht erst morgen früh, sondern jetzt gleich.

Ich ignoriere Lennarts Klopfen an meiner Tür und seine wiederholte Frage, ob alles okay ist. Er klingt ehrlich besorgt, aber ich fühle mich nicht in der Lage, ihm eine Erklärung zu liefern. In Windeseile packe ich meine Sachen zusammen, dann schnappe ich mein Gepäck und atme tief durch. Schlimm genug, dass ich Lennart auf dem Weg zum Auto unweigerlich noch einmal begegnen werde. Das schaffe ich schon irgendwie! Aber ich kann mich nicht dazu durchringen, mit ihm über Oscar zu reden. Nicht nach diesem Schockmoment.

»Was ist nur los, Isabel?«, bestürmt er mich, kaum dass ich den Wohnraum betreten habe. Ich beachte ihn nicht, sondern marschiere zielstrebig in Richtung Haustür.

»Habe ich dich zu sehr bedrängt? War ich zu forsch? Habe ich deine Signale falsch interpretiert? Dabei habe ich dich doch extra nicht mit all den Fragen bombardiert, die mich quälen. Ich wollte einfach nur sehen, ob ich mir das, was zwischen uns war, nur eingebildet habe. Und gerade war ich mir sicher, dass du wirklich noch etwas für mich empfindest. Warum läufst du davon? Schon wieder … Sprich doch mit mir! Es war doch alles … ganz wunderbar. Bis eben.« Er wirkt verzweifelt. Aber das ist nichts im Vergleich dazu, was in mir gerade vorgeht. Denn dort kämpfen Schuld, Verzweiflung, schlechtes Gewissen, Sehnsucht und Trauer miteinander. Ich kann kaum atmen.

»Ich muss los. Vergiss mich, bitte. Es ist besser. Ich kann nicht …«, stammele ich, dann reiße ich die Tür auf und stürme auf das Auto zu.

Lennart bleibt am Eingang stehen und schaut mir stumm hinterher.

Eine Viertelstunde später bin ich wieder auf der E45 und brause durch die Nacht zurück in Richtung Östersund. Es ist mir völlig egal, wie viele Bären, Wölfe und Rentiere in diesem Wald leben. Wenn das Schicksal für mich vorgesehen hat, heute Nacht auf dieser Straße zu sterben, kann ich eh nichts dagegen tun.

Es ist nicht ganz dunkel, aber dunkel genug, um eindeutig die Sternschnuppe am Nachthimmel zu sehen. Zuerst ist da nur ein leises Funkeln am Horizont, ein sanftes Flackern, das urplötzlich zu einem hellen Lichtstreifen wird und durch die Dunkelheit zischt. Wie ferngesteuert bremse ich und fahre den Wagen rechts ran, um das Naturschauspiel gebannt zu verfolgen. Der ersten Sternschnuppe folgen weitere, und ihr Anblick hypnotisiert mich geradezu. Jede einzelne hinterlässt einen leuchtenden Pfad, der dann genauso schnell wieder verschwindet, wie er aufgetaucht ist. Mir wird bewusst, dass ich gerade Zeugin eines kosmischen Ereignisses werde, und fühle mich, als hätte mir der Himmel einen flüchtigen Augenblick seiner Geheimnisse preisgegeben. Kein Wunder, dass die Menschen früher glaubten, Sternschnuppen seien Botschaften der Götter – und noch heute hält sich die Legende, bei ihrem Anblick habe man einen Wunsch frei.

Ich denke an Lennarts Worte damals auf der Insel: *Wenn ich mir genau jetzt etwas wünschen dürfte, dann …*

Und ich frage mich, was ich mir wünschen soll, nun, da ich mit eigenen Augen einen Sternschnuppenregen gesehen habe. Mir wird klar, dass ich diesen Wunsch schon seit vielen Jahren hege: Ich sehne mich danach, eines Tages erneut der wahren Liebe zu begegnen. Einer Liebe, die mich glücklich macht, nicht traurig und verzweifelt. Und dass auch Lennart glücklich wird. Mit Zara oder wem auch immer. Hauptsache, er meldet sich nie wieder bei mir.

Kapitel 28

Unscharf

Sorgfältig arrangiere ich eine roségoldene Halskette auf einer dunkelgrauen Schieferplatte, deren raue und matte Oberfläche einen faszinierenden Kontrast zu dem filigranen Schmuckstück bildet. Erneut gratuliere ich mir selbst zu der Idee, die MVM-Kollektion auf natürlichen Untergründen in Szene zu setzen: die goldenen Ohrringe auf Sandstein, die Platinringe auf Moos, die anthrazitgrauen Perlen auf Kristallquarz ... Jedes Material hat seinen ganz eigenen Charakter, der wiederum die Besonderheiten des Schmucks auf unvergleichliche Weise hervorhebt.

Marcella Valentina Moreno – die italienische Designerin – war ganz aus dem Häuschen, als sie die ersten Aufnahmen zu Gesicht bekam, und sie hat selbst einige interessante Vorschläge gemacht, die mein Konzept bereichert haben. Flusskiesel zu verwenden, wäre mir ohne sie nie in den Sinn gekommen, aber sie bilden die perfekte Kulisse für die Herren-Armbänder aus Leder, Edelstahl und Lavastein.

MVM, der Markenname, steht nicht nur für die Initialen ihres Namens, sondern auch für das Geburtsjahr der Künstlerin – 1995 in römischen Ziffern. Unfassbar, was diese junge Frau schon alles erreicht hat. Ihre Kollektionen sorgen seit Jahren für Furore, sie ist unfassbar kreativ und inzwischen auch unfassbar erfolgreich.

Als ich in ihrem Alter war, befand sich meine Karriere gerade auf Talfahrt, um nicht zu sagen: Sie lag bereits am Boden. Ich war in tiefer Trauer um Oscar gefangen und schaffte es einfach nicht, mich als Fotografin auf hohem Niveau zu etablieren. Auch wenn Olivia schon damals alles Erdenkliche tat, um mich voranzubringen. Ich hatte einfach zu viel anderes im Kopf.

Auch jetzt gelingt es mir kaum, mich auf meine Arbeit zu konzentrieren, und das, obwohl ein Projekt wie dieses schon immer mein Traum war. Designerschmuck zu fotografieren, ist eine tolle Herausforderung. Wenn die MVM-Kollektion bloß nicht diesen Namen hätte. *Amore Eterno* – ewige Liebe. Eigentlich habe ich mich in die Arbeit gestürzt, um mich nicht mit meinen Gefühlen auseinandersetzen zu müssen. Ich wollte weder an Oscar noch an Lennart denken und schon gar nicht an die Szene, die sich vor meinem überstürzten Aufbruch in seinem jämtländischen Landhaus abgespielt hat. Das ist jetzt drei Wochen her. Dass ich mich dennoch gerade wieder dabei erwischt habe, *I Can't Give You Anything But Love* zu summen, liegt bloß an diesem vermaledeiten Namen.

Klar ist *Amore Eterno* ein perfektes Motto für eine Schmuck-kollektion, denn es vermittelt sowohl Romantik als auch Beständigkeit. Aber im wirklichen Leben sind diese beiden Begriffe nur in den seltensten Fällen kompatibel. Okay, die Nacht mit Lennart auf der Insel war wahnsinnig romantisch. Unser nächtlicher Tanz ebenso. Aber das waren nur kurze Momentaufnahmen. Das Leben ist nun mal keine romantische Komödie, auch wenn Olivia das glauben mag. Oder hat mich das Schicksal zu einer unverbesserlichen Pessimistin gemacht?

Ich denke an diese Sternschnuppen am nordschwedischen Augusthimmel. In dem Augenblick musste ich nicht lange überlegen, was ich mir wünsche. Nämlich Zweisamkeit, Zuneigung und Zärtlichkeit. Geborgenheit. Liebe. Und damit meine ich nicht jenes Aufflackern von Sinnlichkeit im Rausch einer Sommernacht, sondern das Gefühl, sich fallen lassen zu können. Angekommen zu sein. Gemeinsam Pläne zu schmieden und sie dann Realität werden zu lassen. Also doch: *Amore Eterno*. Ich sehne mich nach einer Illusion, und obwohl mir die Absurdität dieses Wunsches bewusst ist, kann ich nicht anders, als weiter davon zu träumen.

Ein letztes Mal korrigiere ich den Kamerawinkel und die Beleuchtung. Jetzt ist alles perfekt. Die Schönheit des filigranen Schmuckstücks kommt optimal zur Geltung. Nur zur Sicherheit schieße ich noch ein paar weitere Fotos aus leicht veränderter Perspektive, dann baue ich dieses Set-up wieder ab. Dabei wandern meine Gedanken immer wieder zu jener Nacht in Jämtland zurück. Um ein Haar wäre ich Lennart erneut verfallen, seine Wirkung auf mich ist ganz eindeutig stärker als meine Vernunft und meine Selbstbeherrschung. Zum Glück habe ich in letzter Sekunde die Reißleine gezogen. Das habe ich zwar nur getan, weil Lennart diesen Kosenamen verwendet hat, aber das spielt rückblickend keine Rolle. Hauptsache ist, dass ich es überhaupt geschafft habe, die Notbremse zu ziehen und Hals über Kopf abzuhauen.

Natürlich erreichte ich den Flughafen viel zu früh. Noch nicht mal der Mietwagen-Schalter war um diese Uhrzeit besetzt, ich warf den Schlüssel einfach in den Briefkasten und hielt mich mit Automatenkaffee wach. Die Wartezeit bis zum Start dauerte länger als der eigentliche Flug, und als ich dann endlich zu Hause ankam, war ich völlig übermüdet. Kein Wunder, nach einem anstrengenden Arbeitstag, einer verwirrenden Nacht und der umständlichen Rückreise, diesmal inklusive eines ungeplanten Flugzeugwechsels in Kastrup, weil die Maschine einen technischen Defekt hatte.

Ich schlief erst einmal rund um die Uhr, bevor ich mich bei Olivia meldete, die mir noch einmal überschwänglich für das Kate-Bush-Gedächtnis-Foto dankte. »Pavel war ganz aus dem Häuschen«, berichtete sie begeistert. Erst dann fragte sie, wie es in Schweden gelaufen sei.

»Alles erledigt«, habe ich bloß gesagt und damit eigentlich nur den Fotoauftrag gemeint. Olivia dagegen hat etwas völlig anderes in meine Aussage hineininterpretiert – nämlich, ich hätte mich mit Lennart ausgesprochen. Sie glaubt immer noch, dass er nun alles über Oscar und mich weiß und versteht, warum ich nicht mit ihm zusammen sein kann. Ich habe sie nicht korrigiert, obwohl ich meiner Freundin gegenüber sonst nie etwas verheimliche. Doch diesmal hatte ich einfach keine Energie, das Missverständnis aufzuklären. Außerdem war mir mein unreifes Verhalten einfach zu peinlich. Himmel, ich bin fast fünfzig, eine gestandene Frau, und habe mich benommen wie ein verknallter Teenager!

Aber egal – das alles gehört der Vergangenheit an. Denn das Thema Lennart ist für mich abgehakt. Das hat er auch ohne große Aussprache inzwischen offenbar begriffen. Seit meiner Rückkehr nach Heidelberg ist es vorbei mit den Liebesbriefen, den Blumengrüßen und den Überraschungspäckchen. Ich habe mein Ziel also trotz allem erreicht – wenn auch mit einem gewissen Umweg.

Nachdem nun Schweden hinter mir liegt, habe ich beschlossen, in Zukunft nur noch nach vorne zu schauen. Deshalb habe ich für die nächsten Wochen meine ganze Energie in das Renovierungsprojekt gesteckt.

Im ehemaligen Gästezimmer ist ein Fotostudio entstanden. Hier steht jetzt auch der Schreibtisch, den ich ursprünglich unten im Erkerzimmer platzieren wollte. Aber dann habe ich entschieden, Berufliches und Privates zu trennen. Nicht nur im Hinblick auf meine Kunden, sondern auch räumlich.

Das Honorar des Magazins für meine Hotelier-des-Jahres-Aufnahmen von Lennart steckt zum Großteil in diesem Raum. Kaum war der fertig, kam Olivia mit dem Designerschmuck-Auftrag um die Ecke. Man hätte es nicht besser planen können.

Und wenn das Geld von Marcella Valentina Moreno auf dem Konto ist, nehme ich die Küche in Angriff. Ich habe schon tolle Ideen dafür. Ein robuster Designboden in Beton-

Optik, mint- und cremefarbene Wände und die Kombination antiker Schränke mit modernen Edelstahlgeräten – so was in der Art schwebt mir vor.

Es klingelt an der Haustür. Das kann nur Olivia sein, die den Schmuck abholen und in den Tresor bringen will. Ich bin ganz froh, dass die Sachen nicht über Nacht hierbleiben müssen. Zwar wurde in unserer Gegend noch nie eingebrochen, aber die Designerstücke sind schweineteuer, und man weiß ja nie. Manchmal ist der Teufel ein Eichhörnchen.

»Ist offen«, rufe ich.

Gleich darauf höre ich ihre Schritte auf der knarzenden Holztreppe.

»Hi Süße! Na, wie weit bist du?«, begrüßt sie mich.

»Noch ein Stück. Das Armband«, sage ich, während ich das neue Set-up aufbaue. »Magst du einen Kaffee?«

Olivia winkt ab. »Ich hatte heute schon fünf Tassen, noch eine weitere und ich werde zum Flummi.«

Ich muss lachen. Koffein hatte schon immer diese Wirkung auf Olivia, sie wird davon ganz hibbelig, kann aber einfach nicht darauf verzichten.

»Dauert nicht lang. Wenn du willst, kannst du zuschauen.« Das letzte Motiv – ein Armband in Weißgold – will ich auf einer rauen, unbehandelten Scheibe Eichenholz ablichten. Die rustikale Ästhetik dieses natürlich schlichten Hintergrundes bildet einen spannenden Kontrast zur Eleganz des Schmuckstücks.

»Schickes Teil«, kommentiert Olivia. »Aber was ich mich schon die ganze Zeit frage: Warum hat die Künstlerin bloß

Gliederelemente in Form von ineinander verschlungenen Achten gewählt? Ist das ihre Glückszahl?«

Ich grinse. »Das ist jetzt nicht dein Ernst. Du siehst darin Achten?«

»Was denn sonst?«

»Na, das Unendlichkeitszeichen. Das soll die ewige Liebe symbolisieren.«

Olivia schlägt sich mit der flachen Hand auf die Stirn. »Logisch! *Amore Eterno* – da stand ich wohl gewaltig auf dem Schlauch.« Sie prustet los. Meine Freundin konnte schon immer gut über sich selbst lachen, eine tolle Eigenschaft.

Während ich die Kamera justiere und das Licht überprüfe, schaut Olivia sich in meinem neuen Studio um. »Es ist wirklich toll geworden. Man könnte fast glauben, du wärst Innenarchitektin. Nur schade, dass du jetzt kein Gästezimmer mehr hast.«

»Ach, das fehlt mir nicht. Wann habe ich denn schon mal Übernachtungsbesuch? Und wenn, dann überlasse ich den Gästen einfach mein Schlafzimmer und schlafe auf einer Matratze unten im Lesezimmer.«

Noch während ich das sage, überkommt mich wieder ein Erinnerungsflashback. Für einen Moment bin ich erneut auf der Schäreninsel und beobachte, wie Lennarts selbstaufblasende Matratze langsam Form annimmt. Dann sehe ich uns beide darauf liegen, ineinander verschlungene Körper, die alles um sich herum vergessen.

»Alles okay? Du bist auf einmal ganz blass.« Olivias Worte durchbrechen den Bann, und ich bin wieder im Hier und Jetzt.

»Ja klar, alles bestens«, schwindele ich.

Olivia setzt sich auf einen Rollhocker und wirbelt damit im Kreis herum. Ja, sie hatte definitiv schon mehr als genug Kaffee heute. »Sag mal, hast du eigentlich mal wieder was von Lennart gehört?«, fragt sie wie nebenbei. Aber ich kenne sie gut genug, um einen gewissen Unterton wahrzunehmen.

»Nein, wieso?«

»Na ja, aber ich«, erwidert sie.

Es dauert ein paar Sekunden, bis ich den Sinn dessen erfasse, was sie gerade gesagt hat. Lennart hat sich bei ihr gemeldet! Hat er ihr etwa von dem Beinahe-Kuss erzählt? Weiß sie also, dass ich abgehauen bin, ohne mich mit ihm auszusprechen? Nein, das ist unmöglich. Lennart hat keine Ahnung davon, wie nahe Olivia und ich uns stehen. Er weiß nur, dass sie meine Agentin ist. Dass wir auch beste Freundinnen sind, habe ich nie erwähnt, also hat er mit Sicherheit auch nichts Privates mit ihr besprochen. Es sei denn, sie hat ihn ausgehorcht. Aber das würde sie doch nie ... Oder?

Ich atme tief durch und versuche mir nichts anmerken zu lassen. »Und was wollte er?«

»Ach, es ging nur um die Fotos. Er bittet dich, sie ihm zu mailen.«

Ich stutze. »Aber ich habe sie doch längst an das Magazin geschickt, in dem sie erscheinen sollen.«

»Das schon«, meint Olivia schulterzuckend, »aber er hätte gerne deine persönlichen Lieblingsmotive. Als Souvenir.«

Meine Hände werden feucht. Er lässt also immer noch nicht locker!

»Das war so nicht vereinbart.« Diesmal muss ich stur bleiben. Wenn man Lennart den kleinen Finger reicht, gibt er sich auch mit der ganzen Hand nicht zufrieden, dann will er mich mit Haut und Haar vereinnahmen, und das darf ich nicht zulassen.

»Ach komm, Isabel, das ist doch ein harmloser Wunsch.«

O nein, das ist ein Trick. Und ehe ich mich's versehe, hat er mich wieder umgarnt. Ich darf nicht darauf reinfallen! Was muss ich denn noch tun, um ihm klarzumachen, dass es vorbei ist?

»Die Nutzungsrechte liegen beim Verlag«, argumentiere ich. »Ich darf Lennart die Fotos also gar nicht schicken. Wenn er sie anderweitig veröffentlicht, haben wir ein Problem.« Es ist immer gut, auf der Sachebene zu argumentieren, vor allem, wenn es in Wahrheit um eine völlig chaotische Gefühlslage geht.

»Wirklich? Du hast sämtliche Fotos an das Magazin geschickt? Ohne Ausnahme?« Zielsicher findet Olivia die Schwachstelle meiner Logik.

»Natürlich nicht. Ich habe die geeignetsten Aufnahmen ausgewählt, jeweils drei bis fünf pro Motiv.«

»Und wie ich dich kenne, hast du Hunderte Fotos gemacht. Noch genug Auswahl für Lennart. Nun hab dich nicht so! Er wird sie garantiert nicht veröffentlichen. Er möchte nur eine Erinnerung.«

Ich seufze. »Total unprofessionell.« Lennarts Wunsch hebt das, was eigentlich nichts weiter als ein Job war, wieder auf eine persönliche Ebene. Aber wenn ich ganz ehrlich bin, war es das ja ohnehin von Anfang an. Ich habe mir bloß eingeredet, es sei ein Auftrag wie jeder andere. »Aber gut, um des lieben Friedens willen. Das ist aber das Letzte, was er von mir bekommt.«

Nachdem Olivia mit dem Schmuck weg ist, mache ich es mir mit dem Laptop in meinem Ohrensessel gemütlich und fange an, sämtliche Fotos noch einmal zu sichten. Ungern. Aber ich will das Thema ein für alle Mal abschließen.

Mein Blick fällt auf die Ruderboot-Motive, und ich klicke drauf, um sie in voller Größe betrachten zu können. Lennart, wie er rudert. Wie er aufsteht und die *Titanic*-Pose einnimmt. Wie er ins Wasser stürzt. Und schließlich prustend ans Ufer watet. Nicht gerade *Hotelier-of-the-Year*-mäßig. Das Motiv, in dem er das Gleichgewicht verliert, ist am besten. Das Boot, der See, der umgebende Wald, alles ist gestochen scharf, nur der fallende Lennart ist total verwischt wie in einer Karikatur. Dennoch ist seine entsetzte Grimasse unverkennbar. Urkomisch! Ich kopiere das Motiv in einen neuen Ordner, den ich »Lennarts Best-of« nenne.

Dann sehe ich mir die anderen Bilderserien an. Wie Olivia vermutet hat, habe ich unzählige Fotos gemacht, und nicht alle haben es in die engere Auswahl für das Magazin geschafft. Viele habe ich einfach nur für mich gemacht, weil ich den Wasserfall so spektakulär fand, die Stimmung im Wald so geheimnisvoll oder das Licht so zauberhaft. Einmal habe ich zwischen Moos, Farn und Moltebeeren einen wunderschönen Schmetterling entdeckt, der auf dem Foto in voller Pracht zur Geltung kommt. Erst bei genauerem Hinsehen erkennt man, dass Lennart im Bildhintergrund eine Beere nascht. Er ist nur ganz klein und verschwommen zu erkennen. Perfekt! Auch dieses Foto wandert in den Best-of-Ordner.

Die Sache beginnt mir Spaß zu machen, und ich durchsuche nun gezielt die Fotos, die eigentlich Ausschuss waren, nach gelungenen Naturaufnahmen, in denen Lennart lediglich als Randfigur auftaucht. Genauer gesagt: als unscharfe Randfigur. Exakt das, was er in meinem Leben auch bleiben wird.

Während meine Sammlung wächst, steigt meine Laune.

Ohne lange darüber nachzudenken, schicke ich ihm meine Auswahl über einen Filesharing-Dienst.

»Nimm das!«, murmele ich vor mich hin, während ich auf Abschicken klicke. Wenn er diese Botschaft nicht versteht, ist ihm echt nicht mehr zu helfen.

Kapitel 29

Fotofalle

In den nächsten zwei Wochen komme ich zum Glück überhaupt nicht mehr zum Grübeln, weil ich vor lauter Arbeit
nicht weiß, wo mir der Kopf steht. Nicht genug, dass ich
für einen Frankfurter Versicherungskonzern sämtliche Mitarbeiterinnen und Mitarbeiter porträtiere. Nein, parallel
dazu habe ich auch mit der Küchenrenovierung angefangen. Tatsächlich habe ich mich für den Betonoptik-Boden
entschieden und ihn bestellt, ebenso eine kleine Kochzeile
mit schicken Edelstahlgeräten und einer Theke, jedoch ohne
die üblichen Hängeschränke. Stattdessen werde ich ein altes
Buffet und eine Vitrine meiner Mutter, die zuletzt unge-
nutzt und von dicken Lackschichten verunziert in der Garage herumstanden, integrieren. Zurzeit sind die Stücke zum
Ablaugen und Aufbereiten bei einer Restauratorin.

Nachdem ich den Inhalt der alten Küchenschränke in

Umzugskartons verpackt hatte, wurde mir schnell klar, dass ich für alle weiteren Arbeiten nicht ohne Hilfe auskomme. Auf einen Aushang am Schwarzen Brett der Universität haben sich zwei Studenten gemeldet, Julian und Jabari, die sofort damit begonnen haben, die schrottreifen Möbel zu entsorgen, den alten Boden herauszureißen und mehrere Schichten Tapeten von den Wänden zu kratzen. In meiner Einfahrt steht ein Müllcontainer, der schon fast voll ist.

Zum Glück arbeiten Julian und Jabari schnell und sehr selbstständig. Ich habe ihnen einen Schlüssel zum Haus gegeben, sodass sie kommen und gehen können, auch wenn ich nicht da bin. Ich muss nur dafür sorgen, dass immer genug isotonische Getränke im Haus sind, denn die konsumieren die beiden in rauen Mengen. Ich würde meine Helfer ja auch bekochen, aber dazu bräuchte ich natürlich eine funktionstüchtige Küche. Meistens bestelle ich uns was beim Thailänder, und darauf wird es wohl auch heute hinauslaufen.

Den Vormittag habe ich damit verbracht, die Porträts des Versicherungsteams zu sichten, die besten Aufnahmen auszuwählen und zu bearbeiten. Kurz wandern meine Gedanken dabei zu Lennart und den Outtake-Fotos, die ich ihm geschickt habe. Natürlich hat er nicht darauf reagiert – was ja auch mein Ziel war. Dennoch bin ich ein klein wenig enttäuscht davon. Ich beschließe, ihn aus meinem Kopf zu verbannen, und widme meine volle Aufmerksamkeit wieder der Arbeit, die zu erledigen ist. Währenddessen verputzt Julian die Küchenwände, und Jabari ist in den Baumarkt gefahren, um Grundierung zu besorgen – die Farbeimer stehen zwar schon bereit, aber an den Haftgrund habe ich leider nicht gedacht.

Gegen Mittag mache ich eine Pause. Julian ist fast fertig mit dem Verputzen. Ich will ihn gerade fragen, ob ich ihm – wie immer – gebratenen Reis mit Garnelen bestellen soll, als das Telefon klingelt. Ich rechne eigentlich mit einem Anruf von Olivia, deshalb melde ich mich mit »Hallo«.

»Busch hier. Ihre Vinylplatten sind da und können heute geliefert werden. Passt das?«

Es dauert einen Moment, bis ich begreife, dass da der der Raumausstatter am Apparat ist, bei dem ich den Bodenbelag bestellt habe. Seinen Namen hatte ich nicht mehr im Kopf, und das Stichwort *Vinylplatten* hat meine Gedanken eher in Richtung Kate Bush gelenkt, sodass ich auf einer völlig falschen Fährte war.

»Ja klar, hier ist immer jemand da«, sage ich schnell, als ich mich wieder gesammelt habe. Der Raumausstatter kündigt die Lieferung für »zwischen dreizehn und sechzehn Uhr« an, was zwar relativ vage ist, aber ich sage zu.

»Ihr seid doch noch hier, oder?«, wende ich mich dann an Julian. »Nachher wird der Boden gebracht, und der müsste vorübergehend in der Garage deponiert werden.« Die Logistik ist eine der größten Herausforderungen bei einem Projekt. Ständig muss etwas umgeräumt oder zwischengelagert werden, und die Planung, welcher Arbeitsschritt wann drankommt, ist eine Kunst für sich. Zum Beispiel habe ich eigentlich diese Woche streichen wollen, aber der Putz muss zuerst gründlich austrocknen, sonst hält er nicht und die Farbe dann ebenso wenig.

»Klar, kein Problem«, erwidert Julian. Seine entspannte Grundhaltung ist wirklich wohltuend. Egal, welche Schwierigkeiten sich im Laufe der Renovierung auftun, er bleibt immer gelassen und findet für alles eine Lösung.

»Was ist kein Problem?« Jabari ist zurück, einen Eimer Grundierung in der einen Hand, eine Tüte mit Steckdosen und Lichtschaltern in der anderen. »Hier, ich hoffe, die gefallen dir. Du wirst ja sicher nicht mehr die alten, vergilbten Dinger verwenden wollen. Kannst sie aber auch umtauschen.«

»Wow, super«, kommentiere ich begeistert. Jabari plant immer zwei Schritte im Voraus. »Die gefallen mir sehr gut. Danke, dass du daran gedacht hast. Und um deine Frage zu beantworten: Nachher werden die Bodenplatten geliefert. Julian meinte, ihr könnt sie noch in die Garage räumen, bevor ihr Feierabend macht.«

»Klar.« Jabari nimmt sich eine Flasche aus dem Getränkekasten im Flur und leert das isotonische Sportgetränk fast in einem Zug. Und wieder einmal wird mir klar, was für ein Glücksgriff meine beiden Hilfskräfte sind.

Ich notiere noch ihre Essenswünsche, dann schnappe ich mir mein Fahrrad und fahre los.

Eigentlich habe ich kein bestimmtes Ziel. Ich muss nur mal raus aus dem Trubel. Die Bewegung an der frischen Luft tut mir gut. Es ist ein sonniger Spätsommertag, der September präsentiert sich von seiner schönsten Seite. Als ich an einem Blumenstand vorbeikomme, mache ich spontan halt und kaufe einen Strauß. Und mit einem Mal habe ich auch ein Ziel: den Friedhof. Ich war schon länger nicht mehr an Mamas Grab. Die Abdeckung und der Grabstein erfordern nicht viel Pflege, und ich brauche ihren Anblick nicht, um mir meiner Trauer bewusst zu sein. Meine Mutter fehlt mir jeden Tag, ganz gleich, wo ich bin. Und zu Hause ist sie mir viel gegenwärtiger als an ihrer letzten Ruhestätte.

Trotzdem kommt es mir vor, als würde ich sie besuchen. Während ich Wasser in die Gießkanne strömen lasse, wandern meine Gedanken zurück zum letzten Geburtstag meiner Mutter. Damals habe ich sie mit einem ähnlichen Strauß überrascht, und ihre kindliche Freude darüber hat mich so gerührt, dass ich mich schnell abwenden und so tun musste, als hätte ich einen Anruf bekommen, damit sie meine Tränen nicht sah. Jetzt fülle ich die Vase mit Wasser und stelle die Sonnenblumen hinein.

»Ich hab dir deine Lieblingsblumen mitgebracht«, sage ich mit gedämpfter Stimme, obwohl niemand in Hörweite ist. »Bestimmt erinnerst du dich daran. Deine Krankheit hat dich alles vergessen lassen, aber wer tot ist, ist ja nicht mehr krank, richtig? Ich bin sicher, du hörst und siehst alles. Dann weißt du ja auch, was zu Hause gerade los ist. Gefällt dir mein neues Lesezimmer? Okay, es sieht zwar aus wie eine Schäreninsel, aber das ist ja nichts Negatives. Bist du auch so gespannt auf die Küche? Sie wird nicht wiederzuerkennen sein. Ich meine, das ist sie schon jetzt nicht mehr – zurzeit ist sie die reinste Baustelle. Aber wenn sie dann bald in neuem Glanz erstrahlt, werde ich deinen Lieblingskuchen backen, dabei deine Lieblingsplatte von Milva hören und den ganzen Tag nur an dich denken. Versprochen.«

Ich zupfe die Blumen zurecht, sodass sie in der Vase gut zur Geltung kommen, und entferne ein paar verwelkte Blüten an Lennarts Rosenbusch.

»Nicht dass du glaubst, ich würde nicht sowieso ständig an dich denken. Du bleibst immer in meinem Herzen. Genauso wie Papa. Und wie Oscar ...«

Zwischen der Grabeinfassung und dem Kiesweg haben sich ein paar Unkrautstängel einen Weg gebahnt. Ich gehe in die Hocke, um sie auszurupfen.

»Wenn du wirklich alles siehst und hörst, dann hast du die Sache mit Lennart sicher auch mitbekommen. Ich dachte wirklich, das mit uns könnte eine Zukunft haben. Aber das war ein Irrtum. Auf den ersten Blick schien alles zu passen. Er ist witzig, zärtlich, interessant, gut aussehend, erfolgreich, rücksichtsvoll ... Aber er hat Oscar auf seinem Gewissen. Das war vielleicht ein Schock.«

Ich richte mich wieder auf. Ein kleines Rotkehlchen lässt sich auf Mamas Grabstein nieder und legt sein Köpfchen schief, als wollte es mir sagen: *Sprich weiter.*

»Natürlich konnte ich nicht mit ihm darüber reden. Was hätte das auch gebracht? Gar nichts. Ich will einfach nichts mehr mit ihm zu tun haben. Und nachdem er anfangs nicht aufgeben wollte, habe ich jetzt schon länger nichts mehr von ihm gehört. Es ist vorbei.«

Ein gutes Schlusswort. Das Rotkehlchen flattert davon. Ich nehme die leere Gießkanne in die Hand, kann mich jedoch noch nicht so recht zum Gehen entschließen.

»Keine Ahnung, warum meine Gedanken immer noch so oft zu ihm wandern. Das muss eine Art geistiger Schluckauf sein. So wie man immer wieder von Dingen träumt, solange man sie nicht richtig verarbeitet hat.«

Vielleicht ist es Aberglaube, aber irgendwie habe ich das

Gefühl, das musste einfach mal ausgesprochen werden. Bestimmt kann ich Lennart jetzt leichter vergessen.

Ich fahre noch ein gutes Stück am Neckar entlang, bevor ich zurückkehre und beim Thailänder das Essen abhole.

Die Zeit ist heute nur so dahingerast. Gleich nach dem Essen wurden die Bodenplatten geliefert, und die Jungs räumten sie in die Garage. Dann rief Olivia an und verabredete sich mit mir für heute Abend im Biergarten. »Man muss das schöne Wetter ausnutzen – bald ist wieder alles dunkel, grau, nass und kalt«, hat sie gesagt, als ich zunächst zögerte, und schon war ich überzeugt.

Ich habe schnell geduscht und mir dann das grüne Blumenkleid aus Leylas Boutique angezogen. Gerade bin ich dabei, einen Lidstrich zu ziehen, als es läutet. Olivia ist aber früh dran!

»Komm rein«, rufe ich, doch nach einer Weile wird die Klingel ein weiteres Mal betätigt. Offenbar doch nicht Olivia. Ich lege den Kajalstift zur Seite und gehe zur Haustür. Es ist der Postbote.

»Ein Einschreiben für Sie. Bitte hier signieren«, sagt er und hält mir ein Tablet hin.

Ich frage mich, ob so eine digitale Unterschrift, krakeliger als mit jedem Kugelschreiber, überhaupt rechtskräftig ist. Wie so oft, wenn etwas Ungewöhnliches geschieht, reagiert mein Gehirn darauf, indem es völlig abwegige Gedankengänge verfolgt statt des naheliegenden. Der in diesem Fall lauten würde: Wer in aller Welt schickt mir ein Einschreiben? Werde ich etwa verklagt? Aber welchen Grund sollte es dafür geben?

»Alles klar, schönen Tag noch«, sagt der Postbote und drückt mir den Umschlag in die Hand, der größer ist als das Standardformat. Wer verschickt denn quadratische Briefe?

Ich drehe das Kuvert um und erkenne die schwedische Briefmarke.

»Das darf doch nicht wahr sein!«, seufze ich. Da hab ich mich wohl zu früh gefreut, als ich glaubte, Lennart hätte aufgegeben. »Das hast du dir ja fein ausgedacht.« Ich starre den Umschlag in meinen Händen entgeistert an. »Aber glaub bloß nicht, ich würde deine Nachricht lesen.« Entschlossen marschiere ich nach draußen, um den Brief direkt in der Papiermülltonne zu entsorgen. Dabei wird mir bewusst, was für ein passendes Wort dieses *entsorgen* eigentlich ist. Eine Sorge weniger!

»Hey, nicht so stürmisch!« Olivia, mit der ich auf dem Weg zum Müll fast zusammengekracht wäre, stemmt ihre Fäuste in die Seiten und mustert mich neugierig. »Ist was passiert? Wo willst du denn so eilig hin?«

»Oh, Olivia, da bist du ja. Hab dich gar nicht gesehen«, erwidere ich lahm.

»Weil du gerade … was tun wolltest? Einen Brief wegwerfen? Genauer gesagt ein Einschreiben aus Schweden? Gib mal her!«

Wenn Olivia ihren souveränen Agentinnenton anschlägt, wagt so schnell niemand zu widersprechen. Einschließlich mir.

Sie nimmt mir den Umschlag ab und betrachtet ihn von allen Seiten. »Ungewöhnliches Format. Hochwertiges Papier. Offizieller Absender des Hotels. Und ein Vermerk von der Post – der Brief konnte zuerst nicht zugestellt werden, weil die Hausnummer nicht lesbar war. Du hättest ihn also schon längst bekommen sollen. Willst du nicht wissen, was drinsteht?«

Ich schüttele den Kopf. »Das weiß ich eh schon. Lennart gesteht mir wohl wieder seine Liebe. Offenbar musste er sich erst mal von meiner Provokation mit den unscharfen Fotos erholen, um dann die nächste Romantik-Offensive zu starten.«

Olivia starrt mich an. »Was für eine Provokation? Wovon sprichst du?«

Zögernd berichte ich von meiner Racheaktion. »Damit er es endlich kapiert«, rechtfertige ich mich, denn auf einmal wird mir klar, wie albern und unprofessionell das Ganze war.

»Nicht dein Ernst! Bist du nicht ein bisschen zu alt für derart kindische Aktionen?« Olivia runzelt die Stirn. »Und überhaupt: Warum versteht er nicht, dass du dich niemals auf ihn einlassen wirst? Du hast ihm doch reinen Wein …« Sie bricht ab und mustert mich mit zusammengekniffenen Augen.

Ich fühle mich durchschaut und enttarnt. »Okay, ich geb's zu«, rufe ich aus, während ich beide Hände zu einer Ich-gestehe-alles-Geste hebe. »Es hat sich einfach nicht ergeben, mit ihm darüber zu reden. Aber ich war sicher, die Botschaft ist inzwischen bei ihm angekommen. Offenbar habe ich mich getäuscht.«

»Na, das können wir ja leicht feststellen.« Kurz entschlossen reißt Olivia den Umschlag auf und zieht eine Klappkarte hervor. »*Vi inbjuder* …« beginnt sie vorzulesen. »Mist, das ist ja Schwedisch. Lies selbst!«

Rasch überfliege ich den Text. »Das ist eine Einladung«, sage ich. »Zu einem Empfang anlässlich der Präsentation der neuen Website und der druckfrischen Imagebroschüre.«

»Da steht auch noch was Handgeschriebenes.« Olivia etwas zu verheimlichen, ist ein Ding der Unmöglichkeit.

»Ja, ein persönlicher Gruß von Maj-Britt Ingvarsson. Sie und Johan würden sich riesig freuen, wenn ich zusage. Aber da muss ich sie leider enttäuschen. Das Ganze ist ja schon übermorgen, das ist mir zu kurzfristig. Außerdem kostet die Reise bestimmt ein Vermögen. Sparpreise bekommt man nur, wenn man lange im Voraus bucht.«

»Das ist kein Grund, abzusagen«, sagt Olivia und hält triumphierend ein Bahnticket in die Höhe, das sie aus dem Umschlag gefischt hat. »Die Ingvarssons haben offenbar an alles gedacht.« Sie beäugt die Einladungskarte erneut. »Ist das wirklich alles, was sie geschrieben hat? Der Text erscheint mir viel länger als das, was du übersetzt hast.«

Ich seufze. »Okay, da steht noch mehr. Nämlich dass meine Fotos überall für Begeisterung sorgen und vermutlich einige potenzielle Kunden zu dem Empfang kommen, die mich ebenfalls buchen möchten. Aber …«

Quiekend fällt mir Olivia um den Hals. »Ich wusste es! Das ist dein Durchbruch. Wie genial ist das denn?!«

Ich habe das Gefühl, in eine Falle getappt zu sein. Eine Fotofalle, sozusagen. Und irgendwie bin ich bei der ganzen Sache Fallenstellerin und Opfer zugleich.

Mir wird klar, dass Olivia keine Ausrede gelten lassen wird, ganz gleich, wie kreativ sie auch sein mag. Denn diese Einladung hat rein gar nichts mit irgendwelchen romantischen Verwicklungen, sondern einzig und allein mit meiner Karriere zu tun. Ein reiner Businesstermin also. Diesmal wirklich. Und ich wäre ja ganz schön blöd, mir die Chance auf lukrative Aufträge entgehen zu lassen.

»Okay«, höre ich mich sagen. »Und was zieht man zu so einem Anlass wohl an?«

Kapitel 30

Blitzlichtgewitter

Aller guten Dinge sind drei, heißt es. Doch ich bin mir nicht sicher, ob es wirklich eine gute Sache war, herzukommen. Jetzt ist es allerdings zu spät, einen Rückzieher zu machen. Ich sitze bereits im Taxi von *Centralen*, dem Stockholmer Hauptbahnhof, nach Södermalm. Dass ich seit fast siebzehn Stunden unterwegs bin, sieht man mir hoffentlich nicht an. Der petrolfarbene Hosenanzug, den ich mir gestern noch schnell gekauft habe, hält wirklich, was die Verkäuferin versprochen hat: Er ist bequem, schick und knitterfrei. Ich gähne. Immerhin ist es mir gelungen, in der Bahn ein paar Stunden zu schlafen. Auf der Toilette habe ich noch rasch ein bisschen Puder und Lipgloss aufgelegt. Rein optisch bin ich also bestens vorbereitet auf das, was vor mir liegt. Mental dagegen überhaupt nicht. Ganz gleich, wie oft ich mir einrede, rein beruflich hier zu sein, ist es mir dennoch nicht gleichgültig, dass ich Lennart bald wiedersehen werde. Und seine Eltern, die menschlich bestimmt wahnsinnig enttäuscht von mir sind, auch wenn sie meine Arbeit schätzen. Genauso wie Emilia. Sie haben mich mit offenen Armen in ihre Familie aufgenommen, und ich bin einfach abgehauen. Ohne Erklärung. Ein Wunder, dass sie mich überhaupt eingeladen haben. Vermutlich gelingt es ihnen deutlich besser als mir, Privates und Geschäftliches voneinander zu trennen.

Das Taxi biegt um die Kurve, und das Hotel liegt direkt vor mir. Wir müssen ein paar Meter entfernt vom Eingang anhalten, so viel ist hier los. Vor mir steigt ein Paar in Abendkleidung aus dem Taxi – er trägt einen Smoking, sie ein Ballkleid. Im Vergleich bin ich absolut underdressed, aber das ist vielleicht auch ganz gut so, denn dann wird mich niemand beachten. Während das Paar auf den Eingang zugeht, wird es von Fotografen umschwärmt. Vermutlich sind das echte Promis.

Ich folge den beiden in einigem Abstand, doch der Versuch, nicht aufzufallen, misslingt leider, denn plötzlich richten die Paparazzi ihre Aufmerksamkeit auf mich. Ehe ich mich's versehe, stehe ich mitten im Blitzlichtgewitter.

Die müssen mich wohl verwechseln! Ich fühle mich wie eine Hochstaplerin.

»Das ist die Künstlerin«, höre ich jemanden sagen, und ich muss daran denken, wie mich Lennart damals bei der Eröffnung von Lasses Bar überall vorgestellt hat. Vielleicht bin ja doch ich gemeint?

Maj-Britt und Johan stehen am Eingang und heißen die Gäste willkommen. Mich umarmen und begrüßen sie mit einer Herzlichkeit, die unmöglich gespielt sein kann. Falls sie mir meine überhastete Abreise übel genommen haben, ist davon jedenfalls nichts zu merken.

»Deinen Rucksack lassen wir dir aufs Zimmer bringen«, sagt Johan. »Genieß den Abend. Emilia freut sich schon auf dich.«

Während sich die Ingvarssons den nächsten Gästen zuwenden, betrete ich das Foyer. Auf einem Tisch liegt die neue Imagebroschüre aus. Zudem wurden mehrere Monitore aufgestellt, auf denen die Website des Hotels präsentiert wird. Überall sehe ich meine Fotos, und es macht mich stolz, wie sehr meine Arbeit hier wertgeschätzt wird.

Bevor ich weitergehe, nehme ich eine Broschüre und stecke sie in meine Tasche. Als Belegexemplar. Dann folge ich dem Stimmengewirr in Richtung Festsaal. Ich trete ein – und erstarre. Denn ich stehe direkt vor einem etwa zwei mal drei Meter großen Bild hinter Plexiglas, das an fast unsichtbaren Nylonseilen von der Decke hängt. Es zeigt einen See, einen Wald, einen Sommerhimmel – und einen grimasseschneidenden Lennart, der gerade dabei ist, aus dem Ruderboot ins Wasser zu stürzen.

»Was ... wieso ...«, stammele ich verblüfft, dann erkenne ich, dass der ganze Saal voller Bilder hängt. Wie in einer Galerie. Eine Ausstellung meiner missratenen, unscharfen Rachefotos.

Jemand drückt mir ein Glas Sekt in die Hand. Ich wünschte, es enthielte einen Unsichtbarkeits-Trunk. Am liebsten würde ich auf dem Absatz kehrtmachen und auf direktem Weg zurück zum Bahnhof fahren. Warum habe ich diese Einladung bloß angenommen? Nur um mich hier vor halb Stockholm demütigen zu lassen ...

Das muss ich mir echt nicht antun. Ja, meine Aktion war kindisch und nicht sehr professionell, aber Lennarts Revanche ist tausendmal schlimmer. Denn er führt mich in aller Öffentlichkeit vor! Wut steigt in mir hoch. Am liebsten würde ich das Sektglas mit voller Wucht an die Wand feuern, und es kostet meine ganze Selbstbeherrschung, es nicht zu tun. Stattdessen leere ich es, und während ich das tue, beschließe ich, unauffällig durch den Seiteneingang zu verschwinden. Dann fällt mir ein, dass ich zuerst noch meinen Rucksack finden muss. Ob der wohl noch im Foyer herumsteht? Oder wurde er schon auf mein Zimmer gebracht? Und falls ja, ist es dasselbe wie im Sommer?

Ich will mich gerade aus dem Staub machen, da entdeckt mich Emilia und kommt mit ausgebreiteten Armen auf mich zu. »Isabel, wie schön, dich zu sehen. Komm, lass dich umarmen!«

Zugegeben – ich bin auch froh, sie wiederzusehen. Und zugleich macht es mich traurig, denn wir hätten wirklich gute Freundinnen werden können – unter anderen Umständen.

»Na, was sagst du zu der Ausstellung? Alle sind total begeistert. Ständig werde ich nach deinen Kontaktdaten gefragt.«

Ungläubig schaue ich sie an. »Machst du Witze? Mir ist das alles megapeinlich. Hätte es nicht eine weniger öffentliche Vergeltungsaktion getan?«

Jetzt ist Emilia diejenige, die verwirrt die Stirn runzelt.

»Vergeltung? Peinlich? Wovon redest du? Lennart war von Anfang an total begeistert von deiner Bildauswahl. So wunderschöne Aufnahmen! Und der Mensch als unscharfer oder abgeschnittener Teil der Natur, das hat Symbolkraft und ist reinste Kunst, da sind sich alle Kritiker einig.«

»Du willst mich verkohlen.«

»Mir ist schon klar, dass du diese Motive ausgewählt hast, weil du sauer auf Lennart warst, auch wenn ich den Anlass nicht kenne. Das geht mich auch gar nichts an, es ist eine Sache zwischen euch beiden. Aber die Fotos sind wirklich großartig – ganz objektiv. Und sie passen perfekt zu unserem Image als naturnahes, nachhaltiges Hotel. Da hast du wohl aus Versehen ganz große Kunst erschaffen.«

»Ich fasse es nicht.«

Emilia lacht. »Ich glaube, du leidest an akuter Selbstunterschätzung.« Dann nickt sie einem etwas zerzausten Bartträger zu, der sich daraufhin prompt nähert. »Isabel, darf ich dir Stellan Svensson vorstellen? Er schreibt für *Dagens Nyheter*. Stellan, das ist Isabel Blum, die Fotokünstlerin aus Deutschland. Sie spricht übrigens hervorragend Schwedisch.«

Der Journalist fängt sofort an, meine Fotos in den höchsten Tönen zu preisen. Ich nicke, lächele und beantworte seine Fragen, die tatsächlich so klingen, als wären sie ernst gemeint. Und so langsam reift in mir die Erkenntnis, dass Lennart es mir mit dieser Ausstellung keineswegs heimzahlen will, sondern … Ja, was eigentlich? Soll ich glauben, dass er mir einfach nur eine Werbefläche bieten möchte? So ganz ohne Hintergedanken? Sicher nicht.

Stellan Svensson dankt mir für das Interview – ach, das

war eins? – und verschwindet in Richtung Bar. Auch Emilia muss sich verabschieden: »Wir reden später, okay? Kleiner Notfall an der Rezeption.« Sie deutet auf ihr linkes Ohr, und ich erkenne ein unauffälliges Headset. Man merkt es ihr zwar nicht an, weil sie so entspannt wirkt, aber Emilia ist hoch konzentriert – dieser Abend ist für sie harte Arbeit, nicht Vergnügen. Bevor sie geht, umarmt sie mich noch einmal. »Isabel, glaub mir – mein Bruder liebt dich mehr, als er jemals eine andere Frau geliebt hat. Und das Thema Zara ist definitiv abgeschlossen.«

Damit habe ich jetzt nicht gerechnet. Ich blicke Emilia hinterher und frage mich, ob Lennart sie um Unterstützung gebeten hat. Wo steckt er überhaupt? Ich drehe mich um die eigene Achse, kann ihn aber nirgendwo entdecken.

Am anderen Ende des Raumes winkt mir eine grauhaarige Dame mit Pagenkopf und rotem Lippenstift zu. Sie tippt ihrem Begleiter auf die Schulter, der sich daraufhin umdreht und mir ebenfalls freundlich zunickt.

Mir wird schwindelig. Das kann nicht sein. Es ist völlig unmöglich …

Wie in Trance durchquere ich den Raum. Mein Mund ist ganz trocken, und mir wird gleichzeitig heiß und kalt. Je näher ich komme, desto klarer wird mir, dass ich mich keineswegs getäuscht habe. Die zwei Menschen, die mir so herzlich entgegenlächeln, sind Malin und Leif Nykvist. Oscars Eltern.

»Isabel, meine Liebe«, begrüßt mich Malin voller Wärme. »Was für eine große Freude, dich zu sehen. Du siehst fantastisch aus!«

Leif umarmt mich ebenfalls. Ich hatte ganz vergessen, wie unglaublich ähnlich Oscar ihm sah. Ein Schauer läuft mir über den Rücken.

»Das ist ja mal eine Überraschung«, sage ich. Meine Stimme zittert. Das letzte Mal, dass ich meinen Beinahe-Schwiegereltern begegnet bin, war auf Oscars Beerdigung. Seitdem hat sich unser Kontakt auf Geburtstags- und Weihnachtsgrüße beschränkt. Ich habe sie immer sehr gemocht, aber nach dem Unfall hat es mich nur noch traurig gemacht, an sie zu denken – und umgekehrt war es bestimmt genauso. »Wie geht es euch? Wie... wieso seid ihr hier?«, platze ich heraus.

Malin lacht. »Wie schön, dass die Überraschung gelungen ist. Als die Einladung von Maj-Britt und Johan kam, ahnten wir ja selbst noch nicht, dass wir dich hier treffen würden. Aber Leif war neugierig und hat sich gleich die neue Website des *Midnattssol* angeschaut. Im Impressum entdeckten wir dann deinen Namen. Du hast all diese wundervollen Fotos gemacht? Oh, Oscar wäre so stolz auf dich!«

Wie kann sie das sagen? Oscar wäre vermutlich entsetzt, dass ich ausgerechnet den Mann porträtiert habe, der an seinem Tod schuld ist. Ist es denn möglich, dass Malin und Leif nichts davon ahnen?

»Ich wusste gar nicht, dass ihr die Ingvarssons kennt.« Das soll möglichst beiläufig klingen, aber ich fürchte, das Zittern in meiner Stimme verrät mich.

»Seit fünfundzwanzig Jahren schon«, sagt Leif. »Wir haben sie bei Oscars Begräbnis kennengelernt. Es hat uns viel bedeutet, dass sie eigens dafür anreisten kamen. Damals waren sie uns eine große Stütze. Inzwischen sind sie wahre Freunde.«

Als ob das Lennarts Schuld hätte wiedergutmachen können. Ich verstehe die Welt nicht mehr. Meine Gedanken wirbeln durcheinander. Wussten die Ingvarssons also, wer ich bin, als sie mich engagierten? Ich muss ihnen damals begegnet sein, aber ich habe überhaupt keine Erinnerungen an jenen schwarzen Tag. Damals war ich so in Trauer gefangen, dass ich nichts und niemanden wahrnahm.

»Maj-Britt hat so von deiner Arbeit geschwärmt, und ich muss sagen, sie hat kein bisschen übertrieben.« Malin deutet auf das Bild, vor dem wir stehen. Es zeigt den Fettjeåfallet. Der Wasserfall verbreitet einen feinen Sprühnebel aus tanzenden Tropfen, in denen sich das Sonnenlicht bricht und dabei einen prachtvollen Regenbogen zaubert. Lennarts Gestalt ist nur zu erahnen, er wirkt wie eine Geistererscheinung.

»Eigentlich sollte dieses Foto nie einem Publikum gezeigt werden.«

»Das wäre aber wirklich schade gewesen.« Leif nippt an seinem Sekt. »Ein echtes Kunstwerk. Und Lennart so vom Wasser verdeckt zu sehen, das erinnert auf ganz subtile Weise an das, was er getan hat.«

Mich fröstelt. Wie kann Leif so munter darüber plaudern, was Lennart seinem Sohn angetan hat?

»Glaubt mir, ich habe nichts von alldem geahnt«, beeile ich mich zu erklären.

»Als Johan erwähnt hat, wie gut du dich mit Lennart verstehst, habe ich mich wahnsinnig für ihn gefreut.« Leifs Augen schimmern verdächtig.

Ich kann nicht begreifen, was hier los ist. »Das ist alles ein großer Irrtum. Lennart ist absolut tabu für mich.«

»Aber warum denn, liebe Isabel? Du könntest keine bessere Wahl treffen«, widerspricht Malin. »Er ist klug, erfolgreich, witzig, gut aussehend …«

Das weiß ich selbst alles. Deshalb fällt es mir ja so schwer, ihn zu vergessen.

»… und außerdem ein wahrer Held.«

Ich traue meinen Ohren nicht. Was redet Malin da bloß?

Mein ungläubiger Blick spricht wohl Bände. Leif lächelt. »Natürlich hat er dir nichts davon erzählt. Noch etwas, was für ihn spricht. Er ist kein Angeber. Dass er damals sein Leben riskiert hat, um Oscar zu retten, werden wir ihm nie vergessen.«

Ich kann kaum atmen. »Das hat er getan?«, stoße ich hervor.

»Als Einziger, ja. Bis heute kann er es sich nicht verzeihen, dass es ihm nicht gelungen ist. Dabei wäre er bei dem Versuch selbst um ein Haar gestorben.«

Es dauert eine Weile, bis ich die Bedeutung seiner Worte begreife. »Er war also nicht derjenige, der Oscar zu dieser unseligen Wette verleitet hat?«

Leif schüttelt den Kopf. »Nein, im Gegenteil. Lennart hat vielmehr versucht, ihn davon abzuhalten.«

»Aber … ich dachte …« Es dauert, bis ich wirklich begreife, was ich da höre.

Malin legt ihren Arm um meine Schultern. »Dieser Mann ist ein guter Mensch. Wir haben ihn in unser Herz geschlossen. Dass er für unseren Sohn sein Leben aufs Spiel gesetzt hat, macht ihn zu einem echten Helden.«

Ich muss mich setzen. Oder noch besser: einen Luftsprung

machen. Tanzen. Jubeln! Doch ich kann mich nicht bewegen.

Ich muss wohl träumen. Denn in diesem Moment ertönt Musik. Und ich erkenne den Song, noch bevor der Gesang einsetzt. Ein ziemlich schräger Gesang! Alle Köpfe wenden sich in Richtung der Bühne, auf der Lennart steht und voller Inbrunst *I Can't Give You Anything But Love* schmettert. Nach einer gefühlten Ewigkeit – in Wahrheit sind es wohl kaum mehr als zwanzig Sekunden – bricht er lachend ab. »Meine Damen und Herren, ich will Ihre Ohren nicht länger quälen, nun, da ich Ihre Aufmerksamkeit erlangt habe. Und die der Hauptperson des heutigen Abends – der wunderbaren Künstlerin Isabel Blum. Isabel, darf ich dich auf die Bühne bitten?«

Hat er das wirklich gesagt?

»Nun geh schon«, raunt Leif mir zu.

»Oscar würde das auch wollen«, ergänzt Malin mit leicht belegter Stimme. Sie lächelt aufmunternd, aber ihre Augen schimmern feucht.

Es bleibt mir nichts anderes übrig, als mir den Weg durch die Menge zu bahnen. Zu Lennart. Der Oscar nicht auf dem Gewissen hat … sondern ihn retten wollte. Und der sich gerade vor einem Saal voller Menschen zum Affen gemacht hat. Für mich.

Als ich die Stufen hinaufsteige, schlägt mein Herz so schnell, als hätte ich einen Sprint hinter mir. Lennart strahlt mich an und umarmt mich.

»Applaus für die Künstlerin!«, ruft er ins Mikro, und donnernder Beifall folgt.

»Ich hoffe, du haust nicht wieder ab«, sagt er leise zu mir, während er das Mikro zur Seite legt. »Und hältst mich nicht für völlig verrückt.«

Die vielen Gesichter, die uns anstarren, blende ich aus. »Ich würde nie wagen, ein Motiv zu suchen für irgendwas, was Sie tun«, antworte ich mit jenem Satz aus unserem gemeinsamen Lieblingsfilm, den Lennart schon bei unserem Tanz zitiert hat.

Er fährt sich durch seine Locken, streicht seinen Bart glatt und erwidert mit den Worten von Cary Grant: »Der Mann, der Sie mal kriegt, beschließt sein Leben bestimmt im Irrenhaus.«

Ich pruste los. »Der Punkt geht an dich.«

Er legt seine Hand auf meinen Arm und tritt einen Schritt näher. »Ich würde sagen, wir einigen uns auf ein faires Unentschieden.«

In diesem Moment ist es mir völlig gleichgültig, dass wir hier auf einer Bühne stehen. Und dass nicht nur die High Society von Stockholm, sondern auch die Presse und Oscars Eltern uns zusehen. Dieser Moment gehört nur uns.

»Da waren Sternschnuppen am Himmel«, sage ich.

»Vielleicht dieselben, die ich auch gesehen habe?«

»Jedenfalls habe ich mir etwas gewünscht.«

»Würde mich nicht wundern, wenn ich mir das Gleiche gewünscht hätte.« Sein Blick ist voller Zärtlichkeit.

»Wie der Zufall es will, könntest du mir meinen Wunsch erfüllen. Gleich jetzt«, flüstere ich.

»Wie der Zufall es will, gilt das auch für meinen Wunsch.« Seine Stimme klingt sanft und rau zugleich.

»Lennart, ich muss dir erklären …«, sage ich, doch dann fehlen mir die Worte. Es ist so viel zu sagen, und ich weiß nicht, wo ich beginnen soll.

»Nicht jetzt, *Älskling*«, wispert er.

»Du hast recht. Wir sollten jetzt wohl …«, beginne ich.

»Ja, und zwar jetzt gleich.«

»Dann hör einfach auf zu reden. Küss mich lieber!«

Und das lässt sich Lennart nicht zweimal sagen.